JOAN HE

AQUELES QUE DEVERIAMOS ENCONTRAR

Tradução de Ana Omuro

ALTA BOOKS
GRUPO EDITORIAL
Rio de Janeiro, 2023

Aqueles que Deveríamos Encontrar

Copyright © 2023 da Starlin Alta Editora e Consultoria Eireli.
ISBN: 978-65-5520-736-1

Translated from original The Ones We're Meant to Find. Copyright © 2021 by Joan He | Endpaper illustrations © 2021 by Eduardo Vargas. ISBN 978-1-2502-5856-4. This translation is published and sold by permission of Roaring Brook Press a division of Holtzbrinck Publishing Holdings Limited Partnership, the owner of all rights to publish and sell the same. PORTUGUESE language edition published by Starlin Alta Editora e Consultoria Eireli, Copyright © 2023 by Starlin Alta Editora e Consultoria Eireli.

Impresso no Brasil — 1ª Edição, 2023 — Edição revisada conforme o Acordo Ortográfico da Língua Portuguesa de 2009.

Dados Internacionais de Catalogação na Publicação (CIP) de acordo com ISBD

H432a He, Joan
　　　　Aqueles Que Deveríamos Encontrar / Joan He ; traduzido por Ana Omuro. – Rio de Janeiro : Alta Books, 2023.
　　　　384 p. ; 16cm x 23cm.

　　　　Tradução de: The Ones We're Meant To Find
　　　　ISBN: 978-65-5520-736-1

　　　　1. Literatura americana. 2. Ficção. I. Rezende, Isis. II. Título.

2022-1388　　　　　　　　　　　　　　CDD 813
　　　　　　　　　　　　　　　　　　CDU 821.111(73)-3

Elaborado por Vagner Rodolfo da Silva - CRB-8/9410

Índice para catálogo sistemático:
1. Literatura americana : Ficção 813
2. Literatura americana : Ficção 821.111(73)-3

Todos os direitos estão reservados e protegidos por Lei. Nenhuma parte deste livro, sem autorização prévia por escrito da editora, poderá ser reproduzida ou transmitida. A violação dos Direitos Autorais é crime estabelecido na Lei nº 9.610/98 e com punição de acordo com o artigo 184 do Código Penal.

A editora não se responsabiliza pelo conteúdo da obra, formulada exclusivamente pelo(s) autor(es).

Marcas Registradas: Todos os termos mencionados e reconhecidos como Marca Registrada e/ou Comercial são de responsabilidade de seus proprietários. A editora informa não estar associada a nenhum produto e/ou fornecedor apresentado no livro.

Erratas e arquivos de apoio: No site da editora relatamos, com a devida correção, qualquer erro encontrado em nossos livros, bem como disponibilizamos arquivos de apoio se aplicáveis à obra em questão.

Acesse o site www.altabooks.com.br e procure pelo título do livro desejado para ter acesso às erratas, aos arquivos de apoio e/ou a outros conteúdos aplicáveis à obra.

Suporte Técnico: A obra é comercializada na forma em que está, sem direito a suporte técnico ou orientação pessoal/exclusiva ao leitor.

A editora não se responsabiliza pela manutenção, atualização e idioma dos sites referidos pelos autores nesta obra.

Produção Editorial
Editora Alta Books

Diretor Editorial
Anderson Vieira
anderson.vieira@altabooks.com.br

Editor
José Ruggeri
j.ruggeri@altabooks.com.br

Gerência Comercial
Claudio Lima
claudio@altabooks.com.br

Gerência Marketing
Andrea Guatiello
andrea@altabooks.com.br

Coordenação Comercial
Thiago Biaggi

Coordenação de Eventos
Viviane Paiva
comercial@altabooks.com.br

Coordenação ADM/Finc.
Solange Souza

Coordenação Logística
Waldir Rodrigues
logistica@altabooks.com.br

Direitos Autorais
Raquel Porto
rights@altabooks.com.br

Produtoras da Obra
Illysabelle Trajano
Maria de Lourdes Borges

Produtores Editoriais
Paulo Gomes
Thales Silva
Thiê Alves

Equipe Comercial
Adenir Gomes
Ana Carolina Marinho
Ana Claudia Lima
Daiana Costa
Everson Sete
Kaique Luiz
Luana Santos
Maira Conceição
Natasha Sales

Equipe Editorial
Andreza Moraes
Beatriz de Assis
Betânia Santos
Brenda Rodrigues
Caroline David
Henrique Waldez
Kelry Oliveira
Marcelli Ferreira
Mariana Portugal
Matheus Mello
Milena Soares

Marketing Editorial
Livia Carvalho
Marcelo Santos
Pedro Guimarães
Thiago Brito

Atuaram na edição desta obra:

Tradução
Ana Omuro

Copidesque
João Pedroso

Revisão Gramatical
Kamila Wozniak
Raquel Escobar

Diagramação
Joyce Matos

Editora afiliada à:

ASSOCIADO
Câmara Brasileira do Livro

ALTA BOOKS
GRUPO EDITORIAL

Rua Viúva Cláudio, 291 — Bairro Industrial do Jacaré
CEP: 20.970-031 — Rio de Janeiro (RJ)
Tels.: (21) 3278-8069 / 3278-8419
www.altabooks.com.br — altabooks@altabooks.com.br
Ouvidoria: ouvidoria@altabooks.com.br

Para minha mãe, uma irmã de espírito.

E para Leigh. Obrigada por amar mais a Kasey.

Não importa o que perdemos (como um você ou um eu),
somos sempre nós que encontramos no mar

— e. e. cummings
"maggie and milly and molly and may"

TAMBÉM ESCRITO POR JOAN HE

Descendant of the Crane

1

ACORDO DE PÉ E SINTO o vento bagunçando meu cabelo. A areia em que piso é gelada e a maré que está subindo traz espuma branca e água cinzenta até os meus tornozelos antes de, efervescente, desaparecer entre os meus dedos.

Meus dedos *descalços*.

Isso em si não seria um problema. Mas também estou usando as calças cargo de M. M., o par mais macio de seu closet cheio de roupas roídas por traças. Usei-as para dormir ontem à noite, a mesma noite em que eu, aparentemente, caminhei sonâmbula até a praia. De novo.

— Merda.

— Merda — repete uma voz monótona quando comparada às ondas que se levantam no mar diante de mim. Viro os olhos tomados de sono e avisto U-me deslizando pela névoa da manhã que encobre a praia. Suas rodas tracionadas deixam triângulos na areia como pegadas de patas. Sua cabeça em forma de caixa, posicionada sobre um corpo cilíndrico, alcança até metade da minha coxa quando ela para ao meu lado.

— Merda: substantivo feminino, substância fecal; adjetivo, pessoa insignificante ou desprezível; gíria, expressão utilizada...

— Tranquei a porta.

Ouço o ruído das engrenagens de U-me reagindo à afirmação.

— Concordo plenamente.

— Você escondeu a chave na casa.

— Concordo plenamente.

As ondas ficam mais fortes e me obrigam a recuar. É quando um brilho no chão chama minha atenção.

A chave da casa, enterrada como uma concha na areia cinzenta.

Eu a pego.

— *Merda*.

A palavra ativa o modo dicionário de U-me pela segunda vez. Mal consigo ouvi-la devido ao som das ondas.

De vez em quando, sonho que nado até o horizonte e encontro minha irmã na borda do mundo. Ela segura minha mão e nos leva para casa. Às vezes, casa quer dizer uma cidade no céu. Ou outra ilha. Por mim, nossa casa poderia ser aqui, se ela estivesse comigo. Ela não está. Não sei o que nos separou, só sei que falo sério quando digo que acordar é um saco, especialmente quando meu corpo está determinado a imitar os sonhos, não importa quantas portas eu feche. Minha solução? Transformar sonhos em realidade. Encontrar minha irmã, de preferência mais cedo do que mais tarde.

— Vamos, amor — digo para U-me enquanto dou as costas para a maré. — Vamos tentar ganhar do sol.

Percorro a praia. Ainda sinto os ombros doerem por causa da última viagem para o interior da ilha, mas minha recuperação pode esperar. Minhas primeiras fugas noturnas nunca me levaram para o mar. Hoje, estou com água na altura dos tornozelos. Amanhã? Se eu terminar Hubert hoje, não vou estar aqui para descobrir.

Depois de cinquenta passos largos, chego na casa de M. M. Ela fica audaciosamente perto da costa, uma cabaninha baixa, meio enterrada na areia, assentada no topo de um rochedo de frente para o mar. Há tralhas por todo lado. Nos degraus da varanda. No deque. Objetos valiosos, como a pochete de M. M., devem ser guardados acima do nível da areia. Pego a pochete do beiral da varanda e vou até a lateral da casa, onde Hubert está descansando.

— Bom dia, Bert — digo, jogando a pochete por cima do ombro. — Está com sorte hoje?

Não há resposta. Hubert não gosta muito de conversar, o que não é um problema para mim. Falo com ele sobre qualquer coisa; ele me mantém sã só por existir.

É o seguinte, dividi meu tempo nesta ilha em "vida-antes-de-Hubert" e "vida-depois-de-Hubert". Vida-antes-de-Hubert... Joules, mal me lembro do que eu fazia para passar os dias. Provavelmente plantava taro ou consertava o encanamento de M. M. Coisas básicas de sobrevivência.

Então completei com sucesso minha primeira jornada ao interior da ilha e encontrei Hubert. Ele estava despedaçado. Agora só falta um hélice para ele voltar ao que era antes e, sendo bem sincera, estou orgulhosa do quanto avançamos. Claro, recuperar o corpo dele quase destruiu o meu, e teve também uma situação bizarra envolvendo a carcaça dele, uma corda e a gravidade que quase arrancou minha perna, mas ele conta comigo e isso me dá forças. Eu conto com ele também. *Quem me dera* poder nadar até minha irmã como faço nos meus sonhos. O problema dos oceanos é que eles sempre parecem menores quando vistos da praia.

— Espera só, amor — digo para Hubert, cutucando-o com o pé. — Você. Eu. O mar. Esta noite.

Um hélice.

Não vou voltar sem ele.

U-me me alcança e, juntas, partimos para o interior da ilha. Deixamos para trás os sons do mar e das gaivotas até que só reste o barulho dos cascalhos sob as rodas de U-me e da lama cinzenta sob minhas sandálias de borracha — cortesia de M. M. — e o silêncio nebuloso por quilômetros sem fim. Com o tempo, a lama se solidifica e vira xisto. Poças de água da chuva formam laguinhos rasos e sem vida. Arbustos se curvam na direção do vento e suas raízes se arrastam como veias ao longo da pedra. Este lado da ilha — o lado costeiro — é praticamente todo plano. Se não fosse a neblina, daria para ver diretamente a cordilheira que divide a ilha ao meio, um paredão de pedra que não pode ser circundado, apenas escalado.

À sombra da encosta imponente, abro minha pochete, removo o rolo de corda de nylon e o amarro ao redor do pescoço de U-me.

— Você sabe o que fazer.

— Concordo plenamente. — Ela desliza pela base da encosta e sobe, encolhendo até se transformar em um grão. No topo, joga a corda agora amarrada de volta para mim, cem metros abaixo.

Pego a ponta e dou um puxão na corda para me certificar de que está firme antes de amarrá-la ao redor da cintura. Seguro o nylon escorregadio o mais forte que posso, inspiro e tomo um impulso no chão.

Pé. Mão. Repetir. Ao fim da escalada, o sol nascente aquece meus ombros. Ensopada debaixo do suéter de M. M., eu me apoio sobre o cume estreito e recupero o fôlego enquanto analiso a terra do outro lado. Campos. Cinzentos como o resto da ilha, com árvores que crescem em bandos caóticos. Amontoados de tijolo se erguem como tumores em meio à grama que vai até a cintura. Ainda preciso descobrir o que são. Templos, talvez. Templos abandonados e cobertos de musgo.

Sacudo os braços e começo a descida. U-me desliza ao meu lado e, de vez em quando, emite um "discordo plenamente" como resposta aos lugares que escolho para apoiar os pés. Acontece que memorizei a maior parte dos pontos perigosos na encosta, então a mando voltar para o topo quando estou na metade da descida.

A corda desamarrada cai assim que meus pés chegam ao chão. Eu a coloco na minha pochete e afago a cabeça de U-me quando ela se junta a mim novamente.

— Bom trabalho, amor.

Além de nós, a névoa é a única coisa que se move nos campos esta manhã. Dou o melhor de mim para ignorar os templos e atribuo meus arrepios ao suor que esfria nas minhas costas. A fome golpeia meu estômago, mas não paro para comer um biscoito de taro. Não aqui. Não parece certo comer aqui.

O campo termina com uma floresta esparsa de pinheiros. Há vários deles fundidos no tronco como gêmeos coligados. Infiltradas em meio aos pinheiros, há árvores com folhas de oito pontas. Elas dominam o interior da floresta. Galhos se entrelaçam sobre nossas cabeças e folhas em decomposição se esparramam pelo caminho. Um besouro passa por nós — e acaba debaixo das rodas de U-me.

Crunch.

Recuo. Tirar uma vida — não importa quão pequena seja — parece algo sério quando já há tão pouco dela nesta ilha.

— Sem coração.

— Sem coração: locução adjetiva, sem sentimentos; locução adjetiva, cruel.

— Ou literalmente sem um coração.

— Neutra.

— Beleza, mas o que você quer dizer com isso? Neutra à definição? Ou à ideia de não ter um coração?

As ventoinhas de U-me chiam.

Agacho para desviar de um galho baixo.

— Tá bom, amor. Desculpa. Esqueci que você não responde a perguntas diretas. — *E mais um trilhão de outras coisas.*

Quando encontrei U-me no armário debaixo da pia de M. M., precisando de um pouco de sol, dancei ao redor da casa. Um robô poderia me ajudar a construir o barco. Ou mapear as águas da região. Ou simplesmente me fornecer informações cruciais, como de onde eu vim e como encontrar minha irmã.

Acontece que U-me não é um robô comum. Ela é uma mistura de um dicionário e de uma escala de avaliação, quase tão útil para mim quanto... bom, quanto um dicionário e uma escala de avaliação. Mas é de grande ajuda o fato de ela conseguir amarrar cordas, cavar buracos e me imitar, como quando deslizamos mais ou menos na direção das pilhas de lixo ao finalmente chegarmos ao Estaleiro, o nome que dei para a clareira na floresta, onde há outro pequeno templo e algo que se parece muito com uma piscina. As beiradas estão cobertas de musgo e rodeadas por montes de ferro velho. A maior parte está oxidada e deformada, incapaz de ser reaproveitada, especialmente agora que usei tudo que poderia reaproveitar em Hubert.

Mesmo assim, me agacho e vasculho as pilhas, a princípio metodicamente e depois nem tanto. As chances de encontrar um hélice são mínimas. Mas também eram mínimas as chances de encontrar *qualquer* parte de um barco e, ainda assim, aqui estamos: casco, leme, cana do leme, motor, parafusos, tudo direitinho. É só eu pensar: *é isso, acabou minha sorte*, que encontro outra peça. Não só isso, cada peça parece vir do mesmo barco. É meio mágico. Tudo em Hubert é. Ele veio até mim na hora em que eu mais precisava dele. No dia em que o encontrei, foi como se o universo estivesse dizendo "não desista". E não desisti. Estou tão perto de encontrar Kay. Fico ofegante quando penso nela. Um lampejo de paetês. Uma risada aguda. Um sorriso temporariamente manchado de vermelho por um picolé de cereja. Duas mãos unidas, a minha e a dela. Uma escada impossivelmente branca, conectando o céu ao mar. Nós saltamos e flutuamos por dias.

Quando tento me prender à memória, no entanto, a água ao nosso redor vacila. Vejo um barco sendo levado para longe pelas ondas. Ouço um sussurro — *desculpa* — entrelaçado no pesar de uma despedida.

Pensamentos positivos. É melhor focar o presente. Dividir as coisas em tarefas menores. Construir Hubert. Encontrar Kay.

Construir.

Encontrar.

Construir.

Encontrar.

Mas o temor envenena meus pensamentos mesmo assim.

Solto o pedaço de sucata. Meus joelhos estalam quando me levanto. Alfinetes espetam meus dedos dos pés enquanto caminho até a borda da piscina. Ela está cheia de água da chuva e reflete uma imagem trêmula de mim: uma garota com cabelo liso e escuro pouco abaixo dos ombros, rosto pálido demais e olhos pretos, suponho. Junto com minhas memórias, perdi a habilidade de enxergar cores. É estranho, eu sei. Mais estranho ainda é o que acontece em seguida. A imagem na água se transforma: estou olhando para um reflexo de Kay.

— Cadê você? — pergunta ela. Sua voz é uma versão mais baixa e grave da minha.

— Chegando, amor.

— Você está esquecendo. — Meneio a cabeça veementemente, mas Kay continua: — Olhe de novo — diz ela. — Você só está vendo a si mesma.

E estou.

A garota na água não é Kay.

Sou eu.

Sinto minha pulsação nas orelhas. É óbvio que minha irmã não está aqui. Mas a Kay da minha imaginação está certa: *estou* esquecendo mesmo. Meus sonhos com ela são em cores vibrantes, diferentemente dos tons de cinza dos meus dias monocromáticos. Mas tudo fica nebuloso quando acordo. Os detalhes se misturam. As cores desaparecem.

Fecho os olhos com força como se quisesse esprem-los. Abro-os. Os ladrilhos no fundo da piscina cintilam. A água parece estar me chamando.

Cee.

Antes que eu me dê conta do que estou fazendo, meus pés se movem até a borda. Dou um tapa nas bochechas. Estou acordada. Não é um sonho. Não estou andando enquanto durmo. De jeito *nenhum* vou acabar dentro da sopa de micróbios.

Um passo após o outro, recuo. Sinto uma tensão no peito, como se houvesse um elástico entre ele e a água. Quando me afasto da piscina, uma parte de mim tem medo de que meu coração exploda, mas ele permanece firme atrás das minhas costelas, batendo com força enquanto volto a me ajoelhar ao lado da pilha de lixo.

Às vezes a necessidade de encontrar Kay me oprime, então não penso nela. Penso em Hubert, que depende de mim. Penso no mar e em toda a sua imensidão, em como é impossível atravessá-lo a nado. Penso em todas as noites inquietas que passei na casa de M. M., usando seus suéteres e calças cargo, vivendo uma vida de segunda mão. Nada aqui é meu de verdade. Nem mesmo U-me. Meu verdadeiro lar espera por mim além do oceano.

Primeiro de tudo: sair da ilha.

Vasculho a pilha mais a fundo — e tiro a mão rapidamente com um chiado. A dor diminui, porque vejo a lâmina. Ela atravessa a sujeira e reluz com um líquido cinza — meu sangue, penso. Também penso...

Não estrague tudo.

Com cuidado, remove a lâmina da pilha. Outras duas emergem; as três giram ao redor de um eixo. Eu o ergo na direção da luz que jorra pelas árvores. As três pétalas de metal cintilam, levemente arranhadas; mas, fora isso, parecem bastante com um hélice para meus olhos amadores.

— Joules.

Será que estou sonhando?

Não, ainda estou sangrando. Ainda estou segurando o hélice sujo como se fosse algum tipo de flor exótica.

U-me desliza até mim.

— Joule: substantivo masculino. Unidade de medida de trabalho e energia.

— Aqui é Megajoules, porra! A gente conseguiu, U-me!

Eu a agarro, dou um abraço, e depois solto um grito de entusiasmo que ecoa pela ilha. U-me pisca, provavelmente se perguntando se o som conta como uma palavra traduzível. Qualquer que seja seu veredito, não o ouço. Já estou correndo de volta para a colina, sem saber se devo chorar, rir ou gritar mais um pouco.

Então faço as três coisas.

Adeus, campo. Corro pela grama alta demais. *Adeus, templos.*

Adeus, encosta. Com os braços entorpecidos pela adrenalina, eu a escalo em tempo recorde. *Adeus, M. M. Obrigada por dividir sua casa. Sinto muito que as traças tenham chegado até seus suéteres antes de mim.*

Guardo o último adeus para mim mesma, a única alma neste lugar abandonado por Joules. Vai por mim, eu procurei. Em todo canto. Resumi minha situação aos seguintes fatos desanimadores:

Primeiro, estou em uma ilha abandonada.

Segundo, não faço ideia de como isso aconteceu ou dos motivos, porque (ver o terceiro)...

Terceiro, é bem provável que eu tenha um caso de amnésia que piora a cada dia.

O quarto fato, não tão desanimador?

Estou dando o fora daqui.

2

À DISTÂNCIA, A CIDADE NO céu parecia tão sem vida quanto o oceano abaixo dela.

Sob a superfície, a história era outra.

Dentro do estrato-99, o penúltimo nível da ecocidade, a festa deixara Kasey Mizuhara abandonada em sua própria cozinha. Enquanto todo mundo pulava ao ritmo da música e seus corpos brilhavam sob a luz negra, Kasey estava atrás de uma fachada de bebidas e copos, observando do mesmo jeito que alguém observaria animais em um zoológico, a diferença era que ela não se sentia muito como uma humana. Estava mais para um alienígena. Ou um fantasma.

Já era tempo. Kasey sentira falta de sua invisibilidade. Havia sido reconhecida duas vezes só na última semana e, quando a primeira onda de convidados se conectou, ela quase fez o contrário.

Mas o universo tinha um jeito de encontrar equilíbrio. Em quinze minutos, alguns dos colegas de sala de Kasey a confundiram com a bartender contratada. Então, enquanto Kasey improvisava as bebidas, Meridian enviou uma mensagem dizendo que não poderia mais ir à festa. *Tudo bem*, respondeu Kasey. Era mais do que bom, na verdade, que a mente por trás da suposta festa de "superação" de Kasey não estivesse presente. Porque, para seu grande alívio, ninguém estava ali por Kasey.

Por outro lado, para sua grande preocupação, todos estavam ali por sua irmã, Celia.

Dito e feito:

— Aposto 50 bytes que ela aparece hoje — disse uma garota para a pessoa com quem dançava. Suas palavras apareciam legendadas na visão de Kasey graças à Intraface. Considerada o computador mais portátil existente até então, a Intraface era uma interface implantada dentro do cérebro capaz de capturar memórias, converter e transmitir mensagens do pensamento em palavras e, nesse caso, fazer leitura labial de sentimentos que Kasey considerava ridículos, mas perdoáveis. Entrar de penetra na própria festa seria algo típico de Celia. Ela chegaria elegantemente atrasada, coberta de paetês, e todos a encarariam, com medo de perder um riso, um beijo, um segredo sussurrado escrito em seus rostos.

Até naquela época havia coisas que eles não percebiam.

Por exemplo, a forma como Celia nunca falhava em encontrar Kasey em meio a uma multidão.

A forma como Celia a encontrara naquela hora.

Uma pulsação atravessou Kasey. Ela desviou o olhar do oceano de cabeças oscilantes e focou a cidade que estava montando com os copos. Eram as luzes. A música. Tudo muito escuro, muito alto e mexendo com seus sentidos. Deixando todo o resto para lá, ela se voltou à enxurrada de pedidos de login que se amontoavam em sua visão. ACEITAR CONVIDADO. ACEITAR CONVIDADO. ACEITAR CONVIDADO. Mais pessoas apareciam na pista de dança. Nenhuma delas, no entanto, poderia desbancar sua irmã, e Celia ainda estava lá quando Kasey ousou dar uma outra olhada. Dançando com um garoto. Seus olhares se encontraram, e Celia ergueu a sobrancelha perfeitamente desenhada a laser como se dissesse: *Olha que homão. Quer tentar a sorte, amor?*

Kasey tentou assentir. Não conseguiu. Estava paralisada enquanto a irmã abandonava o garoto e deslizava pelos convidados com facilidade. Ela se juntou a Kasey na ilha da cozinha, dispersando o grupo que soprava anéis de fumaça alucinógena na direção de Kasey.

A fumaça se dissipou.

Celia desapareceu.

Em seu lugar estava uma garota com cabelo azul vibrante e pêndulos de Newton como brincos. *Curioso*, Celia teria dito. Kasey, por outro lado, talvez tivesse gostado de verdade dos brincos se sua mente não tivesse se esvaziado e deletado todas as suas opiniões sobre moda ou qualquer outra coisa e seu coração não estivesse a mil enquanto a garota pegava um copo e o enchia.

— Rápido, fala comigo.

Será que ainda estava alucinando?

— Eu? — perguntou Kasey, checando para ver se a cozinha havia, de fato, se esvaziado.

— Você mesma — disse a garota, forçando a Intraface de Kasey a inicializar SILVERTONGUE, um aplicativo que Celia havia indicado e que auxilia os usuários em conversas. *Vai facilitar as coisas*, prometera a irmã.

Na maior parte do tempo, as dicas do aplicativo, que vinham a toda velocidade, só deixavam Kasey tonta. Ela piscou e estourou as bolhas que cobriam sua visão.

— Falar com você sobre o quê?

— Qualquer coisa.

Parâmetros insuficientes. Irritada, Kasey olhou ao redor em busca de inspiração.

— Toda a população humana cabe dentro de um cubo de um quilômetro cúbico? — O fato foi pronunciado como se fosse uma pergunta; ela corrigiu a entonação: — Toda a população humana cabe dentro de um cubo de um quilômetro cúbico.

"**REPETIÇÃO DETECTADA!**", repreendeu SILVERTONGUE.

— Sério? — disse a garota enquanto observava a pista de dança por sobre a borda do copo. — Continua.

— Sobre o volume de *homo sapiens*?

A garota riu como se Kasey tivesse contado uma piada. Será que tinha? Piadas eram uma coisa boa. Humor era um traço essencial na Escala de Humanidade dos Cole. Era só que... Kasey não estava esperando risos como reação. De acordo com os padrões de um experimento, aquilo não estava indo bem. Ela pensou em perguntar qual era a graça, mas acabou perdendo a oportunidade.

— Mil vezes obrigada — disse a garota, desviando o olhar da pista de dança e finalmente encarando Kasey. — Tem gente que não consegue aceitar um "não tô interessada" por nada na vida. E aí, você veio pra ver ela também?

Perguntas eram simples. Com perguntas Kasey conseguia lidar, especialmente quando sabia a resposta esperada.

— Ela? — perguntou, apenas porque não queria encorajá-la.

Ela esperou pelo nome de Celia. Preparou-se para ouvi-lo.

— A Kasey? Anfitriã da festa? — Diante do silêncio de Kasey, a garota acenou com a cabeça na direção da cidade que ela havia construído com os copos. — Pelo jeito você não veio aqui pra se misturar. Fica chato logo, né? Depois que você supera como parece real. Já a irmã mais nova...

Não pergunte. Nada de bom podia vir disso.

— O que tem ela? — perguntou Kasey, cedendo à curiosidade.

— Não sei. — A garota sorveu o drinque, escondendo os olhos. — Essa é a graça, né? Uma hora ela evita a imprensa. Na outra, convida todo mundo em um raio de vinte estratos pra festa dela. Tipo, eu também tenho uma irmã. Não sei o que eu faria se ela desaparecesse. — Uma nova música começou a tocar com tudo no sintonizador-delta. — Mas eu com certeza não estaria dando um festão ao som de Zika Tu.

Justo. Eram argumentos sólidos.

— Talvez seja uma festa pra ajudar ela a deixar essa história pra trás — sugeriu Kasey, agora desejando que Meridian tivesse vindo. Meridian teria sido capaz de explicar, da mesma forma que havia explicado para Kasey, por que aquela festa fazia todo sentido, com motivos dos quais Kasey não se lembrava.

Ah, que beleza. Pelo menos Kasey havia tentado. Ela acrescentou outro copo à sua cidade e quase derrubou tudo quando a garota disse:

— Difícil superar quando ainda não encontraram um corpo. Mórbido demais? — perguntou ela enquanto Kasey arrumava a cidade. Um copo rolou para fora de seu alcance. A garota o pegou. — Desculpa. — Ela colocou o copo sobre outros dois, onde ele balançou. Kasey o arrumou. — Vivo esquecendo que aqui é diferente. De onde eu venho, tem corpos em tudo quanto é... okay, é, vou parar. — Ela ergueu o copo na direção de Kasey. — Essa sou eu. Yvone, rainha das gafes.

Um silêncio se seguiu.

Kasey percebeu depois de um tempinho que a garota estava esperando que ela se apresentasse também.

Será que era tarde demais para revelar sua identidade? Provavelmente.

— Meridian.

— Como é?

— Meridian. — Como as pessoas conseguiam conversar em festas? Ou melhor, as pessoas *conversavam* em festas? Por que essa garota simplesmente não pediu uma bebida como todo mundo e seguiu a vida? — *Meridian* — repetiu Kasey conforme o volume da música aumentava.

— *Quê?*

— *Meridian.* — Será que era condescendente soletrar um nome? Ou aí já seria querer demais com um nome longo como Meridian? Pensando bem, ela devia ter escolhido um mais curto. — M–E–R...

— Espera, deixa comigo. — A garota piscou três vezes na direção de Kasey, o que fez a Intraface emitir um *ding* alegre enquanto projetava o ID sobre sua cabeça.

MIZUHARA, KASEY
Nível: 2

Droga.

Kasey cancelou a projeção e depois checou para ver se alguém havia notado. Do lado de fora, nas ruas, escolas, lojas ou qualquer domínio público, os níveis eram exibidos automaticamente. O número sobre sua cabeça segue você para todo lugar. Lugares privados eram a única exceção. Por isso, considerava-se falta de educação andar por aí com o nível quando não era necessário.

Também era falta de educação mentir sobre seu nome.

— Você... — Yvone fez uma careta. — Você é a irmã da Ce...

Abortar. A tela de LOGOUT, já aberta na Intraface de Kasey, estava apenas a um botão de CONFIRMAR de distância quando algo tocou seu ombro.

Uma mão.

— Kasey?

Ela se virou...

... e soube, no segundo em que viu o garoto, que ele era um dos de Celia. Tristan, devia ser esse o nome dele. Ou Dmitri. Um dos dois.

Qual?

— Kasey — repetiu Tristan/Dmitri, piscando como se não estivesse acreditando no que via. Atrás dele, a multidão continuava a dançar. Kasey teria dado tudo para estar no meio das pessoas naquele momento. — Graças a Joules. Faz meses que estou tentando falar com você.

Assim como todo mundo. Sua Intraface havia sido tomada por mensagens de spam e vírus. Todas de contatos desconhecidos que ela teve que filtrar.

— Preciso saber se foi culpa minha — disse Tristan/Dmitri, erguendo a voz quando Kasey balançou a cabeça. — *Preciso saber!*

O olhar de Yvone se alternava entre os dois, absorvendo a interação.

— Não consigo dormir de noite. — O peito de Tristan/Dmitri arfava. Ele suspirou profundamente. A boca de Kasey estava tão seca quanto um deserto. — Não consigo, desde... Eu achava que tava tudo bem com a gente, depois que terminamos, pensei que... Mas agora eu fico imaginando... Foi alguma coisa que eu falei? Alguma coisa que eu fiz?

Dmitri, Kasey queria dizer; afinal de contas, tinha 50% de chance de acertar. *Não é sua culpa*. Não era culpa de ninguém. Às vezes, não há respostas. Não há causa e efeito, não há agressores e vítimas. Apenas acidentes.

Mas Kasey sabia que aquelas não eram as palavras de uma irmã carinhosa. O que ela não sabia era como agir como uma. Uma irmã carinhosa não deixaria estatísticas guiarem suas decisões. *Tristan ou Dmitri?* Não daria uma festa sem saber por que, deixando o motivo aberto a interpretação. *Tristan ou Dmitri?*

Como ela poderia ficar tranquila com 50%?

Como ela poderia estar *tranquila* quando ninguém mais estava?

O baixo engoliu as batidas do coração de Kasey. Ela sentiu uma fraqueza no peito. Apoiou-se, atrapalhada, na ilha da cozinha, agarrando-a como a borda de uma piscina.

— Ô, amigo — ela ouviu Yvone dizer para Tristan/Dmitri com uma voz indefinida como se abafada por água —, você tá falando com a pessoa errada.

— Acabei de ver o ID dela.

— Bom, você viu errado.

Foi legal da parte de Yvone acobertá-la. Kasey deveria tê-la agradecido. Celia teria; não que ela alguma vez fosse estar na situação de Kasey, mas *se* estivesse, hipoteticamente.

Celia teria feito mil coisas diferentemente de Kasey, que pressionou confirmar logout.

A ilha da cozinha desapareceu. A pista de dança, as luzes, as bebidas e os copos, produtos de consumo que se transformariam em emissões de carbono no fim de seu ciclo de vida se existissem, desapareceram; não passavam de meras linhas de código. Lá no domínio virtual, a festa continuava para todos ainda conectados. Ninguém sentiria falta de Kasey.

Melhor assim.

Kasey abriu os olhos e se deparou com a escuridão azul de sua cápsula de estase. Seu interior, que lembrava um sarcófago, brilhava suavemente com linhas de código transmitidas do aplicativo biomonitor de sua Intraface, que media os sinais vitais sempre que ela se projetava holograficamente. Seus batimentos cardíacos, embora altos, ainda estavam dentro da normalidade. Sua visão periférica exibia o horário — 0h15 — e o número atual de residentes que ainda perambulavam pela cidade ecológica em versões holográficas de si mesmos: 36,2%.

Projetar-se holograficamente, como era chamado, era mais um último recurso do que uma alternativa ecológica. Para viver de forma sustentável, as pessoas tinham de viver menos. Realizar atividades não essenciais — as "essenciais" seriam comer, dormir e existir — no modo holográfico. Sair para jantar e viajar virtualmente, sem deixar rastros ou pegadas. Reduzir a necessidade de transporte e diminuir o uso de infraestrutura, energia e materiais conservados. Era apenas abrindo mão dessas coisas que os arquitetos poderiam construir cidades ecológicas nos céus, seguras do nível crescente do mar. As trocas valiam a pena, na opinião de Kasey. Mas era a minoria que pensava assim. A maioria das pessoas rejeitava a ideia de viver como legumes dentro de um bentô — fosse por seu próprio bem ou pelo do planeta — e continuava em seus territórios terrestres. Sim, o clima era mais extremo, mas tolerável. O derretimento do ártico, embora lamentável, não os afetara tanto como afetou as populações litorâneas ou insulares.

As queimadas, por outro lado, os afetavam. Os furacões e as monções. A magnitude dos terremotos havia aumentado, exacerbada por décadas de mineração profunda. Desastres naturais catalisavam tragédias feitas pelo homem: indústrias químicas e usinas nucleares eram comprometidas e disseminavam radioaxons, nanopartículas e microcinógenos pela terra e pelo mar. A opinião global mudou da noite para o dia. Ecocidades passaram a ser vistas como utopias, distantes dos epicentros dos desastres. E se projetar holograficamente através de uma cápsula de estase, algo que antes era visto como restritivo, passou a representar liberdade e segurança. Por que vivenciar algo de verdade quando a vida real havia se tornado tão volátil?

Por quê? Embora soubesse a resposta, Kasey pensava na irmã. Limites existiam para que Celia pudesse extrapolá-los. Nada estava fora dos limites, nenhum problema era grande demais. Era por isso que as pessoas achavam tão difícil lidar com a notícia de seu desaparecimento, a ponto de algumas até mesmo o negarem.

Aposto cinquenta bytes que ela aparece hoje.

Outras lamentavam.

Também tenho uma irmã.

Outros ainda se culpavam.

Preciso saber se foi culpa minha.

Essa era a reação que Kasey achava mais sem sentido. Sua irmã havia desaparecido. Nenhum acúmulo de sono perdido podia reverter aquilo. Sentir-se culpada era irrelevante. Irracional.

Kasey desejava sentir menos culpa.

///

ME ESPERA, KAY. JÁ ESTOU chegando.

Meu sangue escorre pelo ralo enquanto lavo o hélice na pia de M. M. Eu o seco com a manga do suéter. Depois, começo a martelar as pás amassadas. Minhas mãos tremem tanto que é um milagre eu não ter perdido os polegares ainda. Sinto o coração prestes a detonar. De volta na área externa, derrubo o parafuso na areia duas vezes antes de finalmente rosqueá-lo no eixo de transmissão e fixar o hélice no lugar.

Enfim, está pronto. Ao pôr do sol, arrasto Hubert para seu primeiro teste usando as células solares de M. M. como motores de barco. Já dentro da água, giro a manivela e me arrasto de lado até a sua popa.

— Vamos lá, Bert. — Seguro suas laterais. — Me deixe orgulhosa.

Hubert grunhe.

— Vai, *vai*.

Uma onda desliza sob nós e me derruba de barriga na popa. Eu me preparo para o próximo solavanco.

Ele nunca chega.

Porque Hubert se move. Ele se *move* e, tocado pela espuma, flutua pelas ondas. Estou tão feliz que seria capaz de beijá-lo. Seria mesmo. Ajusto o ângulo da proa, testo a cana do leme e depois o conduzo de volta para a costa. Deixo Hubert na praia e corro até a casa em busca dos meus suprimentos estocados. Alguns dos biscoitos de taro mofaram. Eu os jogo no chão da cozinha e os troco pelos biscoitos frescos da jarra de vidro de M. M. Por impulso, despejo o conteúdo da jarra inteira. É tudo ou nada.

— Discordo plenamente — diz U-me, me seguindo enquanto carrego os suprimentos até Hubert.

Eu os guardo na escotilha debaixo da popa.

— Você sempre soube do meu objetivo.

— Concordo.

— Você não deveria estar surpresa.

— Discordo.

— Você está se contradizendo — reclamo, mas ela não está mais olhando para mim.

Está olhando para o mar.

Eu olho também. Nos meus sonhos, há outras ilhas lá longe, até mesmo cidades flutuantes. Mas, também nos meus sonhos, consigo enxergar em cores e nadar por dias. Sonhos são sonhos. Sei que não são confiáveis.

A verdade é que não faço ideia de onde Kay está. Pelo amor de Joules, não sei nem onde *eu* estou. Antigamente, eu remava com Hubert até onde minha coragem permitia, na expectativa de encontrar terra ou pelo menos alguma coisa para me orientar. Mas nunca descobri nada além de quilômetros de mar agitado.

E agora sou lembrada de como me sentia lá. Como era quieto nos melhores dias. Como era tempestuoso nos piores. A *imensidão* das coisas, a água inclemente por toda parte. A *pequeneza* das coisas, o modo como o silêncio e a luz do sol estariam a postos para assistir caso eu me afogasse.

Tremendo de frio, caminho de volta para a casa. Os degraus cobertos de areia sussurram sob meus pés enquanto subo na varanda. A cozinha me recebe detrás da porta. As janelas acima da pia estão abertas, voltadas para o mar e convidando sua brisa para entrar. Em dias de vento, uma rajada consegue viajar pela meia-porta que separa a cozinha da sala de estar e chegar até o modesto corredor, soprando vida em cada canto e fenda, fazendo com que as cortinas de rendas esfarrapadas dancem e agitando a cadeira de balanço no quarto.

Ainda assim, mesmo sem o feitiço do mar, o lugar é cheio de vida. A mobília é mínima, mas descombinada, como se tivesse sido coletada ao longo do tempo, e a planta, embora simples, revela ocasionais estranhezas, com alcovas que marcam as paredes como entradas trancadas para outros mundos. A casa deve ser uma herança, adorada e passada de geração em geração. Ao pegar um suéter do closet de M. M., quase me sinto tentada a ficar. É possível que eu enlouqueça com o isolamento, ou perca minha visão completamente, ou que os taros adoeçam e morram. Mas o futuro é abstrato demais. Aqui e agora, estou segura. A gente cuida uma da outra, eu e a casa de M. M.

A porta do quarto atrás de mim se abre em um suspiro. Não me viro porque não pode ser ninguém além dela e, como esperado, U-me desliza até mim com algo em seus braços.

Um suéter de tricô adornado com *patches* de pugs.

Sinto um nó na garganta ao me lembrar dos meus primeiros dias aqui. Acordei na praia, nua como um recém-nascido, puxando ar para dentro dos meus pulmões vazios. A água nunca foi quente, mas, naquele dia, devia estar congelante. Meus dentes tremiam tanto que minha visão oscilava enquanto eu me arrastava na direção da casa nas pedras submersas na areia.

M. M. salvou minha vida. Ou melhor dizendo, os suéteres dela salvaram. Logo depois das traças saírem voando, arranquei o de pugs do closet. O suéter era grosso, quente, e a única coisa com que eu me importava.

Levou um dia inteiro para os tremores passarem; uma semana para eu lembrar meu nome. E então as outras peças foram voltando. Memórias de cores que não consigo mais enxergar. Uma irmã em casa, seja lá onde isso for. Éramos próximas — eu sabia lá no fundo. Ela deve ter morrido de preocupação quando desapareci. Talvez eu esteja me esquecendo dela, mas e se ela também estiver *me* esquecendo?

Meu coração endurece enquanto encaro o suéter. Pensava que meu inimigo era o mar, mas é esta casa. Estes suéteres. Até mesmo U-me. Eles fizeram com que eu me acomodasse.

Não posso me acomodar.

Saio do quarto. Passo pela sala de estar. Ignoro a bagunça que fiz com taros na cozinha e vou até a varanda outra vez. U-me me segue. Ela observa enquanto uso um pedaço de metal, encontrado no Estaleiro, para entalhar mais uma linha no beiral da varanda de M. M. Ele está cheio de talhos que marcam todos os dias que se passaram desde que acordei aqui.

Com sorte, esta será a última marca.

— Fica aí — ordeno a U-me, soltando o pedaço de metal. — Isso, muito bem — digo, descendo os degraus da varanda enquanto U-me pisca, com o suéter ainda nos braços de metal. — Só... fica.

Engulo em seco, me viro e corro até Hubert. Eu o empurro para a água, subo a bordo e ligo o motor.

Não olho para trás.

O sol se põe no horizonte enquanto nos aproximamos dele. É lindo, eu me lembro. O pôr do sol. Tem tons de mel e manchas como as da casca de uma maçã. Mas é difícil recuperar imagens do passado sem sentir que estou correndo em areia seca. Sem demora, o céu acinzentado escurece. A lua se acende lentamente, como uma antiga lâmpada de filamento. Chegamos a um pedaço calmo de mar algumas horas depois, então desligo o motor de Hubert para economizar um pouco de bateria e me recosto contra o armário de suprimentos, com um suéter extra dobrado atrás da cabeça. As estrelas no céu são a última coisa que vejo. Depois, o sol está se erguendo, tingindo as águas ao meu redor em um tom de cinza. Ligo o motor de novo.

Marco os dias na amurada de Hubert. Bebo um pouco de água, certa de que vai chover logo. Mordisco os biscoitos de taro e tento manter a conversa.

— Bert, amor. Você acha que estamos indo pelo caminho certo?

— Quer ouvir uma piada? Tá bom... acho que não.

— Quer ouvir mesmo assim? Qual é o cereal favorito do vampiro? Aveia! Entendeu? Aveia. A veia. Okay, vou parar agora.

— Por que você nunca dá a definição dos meus palavrões?

— Pelo amor de Joules, você é pior que a U-me. Por que não fala nada?

Paro de falar com Hubert depois de uma semana, porque fico sem água.

Tive que fazer uma escolha: trazer mais água, o que deixaria Hubert mais lento, ou torcer para que chovesse. Decidi torcer por chuva. Na ilha, chovia pelo menos duas vezes por semana.

Mas a chuva não vem.

Até que ela chega.

Estou tentando tirar um cochilo — o único jeito de ignorar o deserto que sinto crescer na boca — quando alguma coisa respinga na minha cabeça. A princípio, penso ser cocô de gaivota, mas o céu está silencioso. Eu me sento. Outro pingo, e quase choro de alegria.

Chuva. Gotas grossas caindo do paraíso cinzento.

Inclino a cabeça para trás e abro os lábios, capturando as doces e geladas gotas na língua. Então me lanço à escotilha de Hubert e agarro a bacia vazia de água, que já não fica mais tão vazia assim quando a primeira onda quebra sobre nós.

Por um momento desesperador, somos arrastados. Bolhas explodem diante dos meus olhos, acho que dou um grito e, em seguida, estou tossindo e com os olhos ardendo devido ao sal e à chuva que cai com força. Graças a Joules voltamos à superfície, e estou agarrada à amurada de Hubert enquanto o oceano se agita, com ondas mais negras do que nunca. Em meio a toda aquela escuridão há um ponto branco.

Minha bacia de água. Foi arrastada para fora da embarcação e está rapidamente flutuando para longe de nós. Além disso, meus biscoitos de taro pontilham as ondas como caspa. A porta da escotilha de Hubert se foi. Arrancada. Não vejo meu saco de suprimentos em lugar nenhum e há mais água sobre a embarcação do que qualquer outra coisa.

— Caralho.

Quase espero ouvir U-me fornecendo a definição da palavra em resposta, mas ela não está aqui. Somos só eu e Hubert, jogados de uma onda para a outra como uma bola de vôlei, como brinquedos para o mar. Desligo seu motor, torcendo para que isso ajude. Não ajuda. *Pense.* Um raio corta o céu e a chuva acerta meu rosto quando uma onda se ergue sobre nós do nada e nos cobre com sua sombra.

A hora de pensar já passou. Ligo o motor, pego o remo reserva e começo a remar com toda a minha força.

Lentamente, nos movemos.

Na direção errada.

A onda nos envolve com suas garras. Nos esmaga.

Conforme afundamos, sinto água entrando em meus ouvidos. Mesmo assim, consigo ouvi-lo: o grito do metal se partindo.

4

AS NOTÍCIAS HAVIAM SE ALASTRADO como uma explosão pela cidade. A repercussão durou semanas.

Celia Mizuhara, filha mais velha do arquiteto de ecocidades David Mizuhara, desapareceu no mar.

Era um caso de desaparecimento dos tempos pré-Intraface, quando projeções holográficas *não* eram um estilo de vida, quando biomonitores *não* corrigiam comportamentos motivados por desequilíbrio de neurotransmissores e quando *não* era possível encontrar uma pessoa com uma simples pesquisa de geolocalização. Ainda assim, as autoridades verificaram a autenticidade das imagens das câmeras-robô públicas. Antes do nascer do sol, Celia havia de fato passado por um duto que levava a um estabelecimento de aluguel de barcos abaixo da ecocidade. Tanto o barco quanto o corpo haviam desaparecido, deixando para trás um prato cheio para os noticiários. Amigos e ex-namorados surgiram do nada, ávidos por preencher as lacunas deixadas por Celia.

Apenas uma pessoa estava faltando.

— Kasey Mizuhara! — Ela evitava os repórteres; eles se projetavam sempre que conseguiam rastreá-la em domínios públicos.

— Como está lidando com a situação desde que as autoridades da cidade declararam que sua irmã está desaparecida?

— Presumidamente morta — corrigiu Kasey, pensando que eles iriam embora se fosse sucinta. Em vez disso, sua resposta viralizou. Algumas pessoas a massacraram pelo tom monótono em sua voz; outras a defenderam, explicando seu estoicismo como uma máscara que ocultava o luto. Aquilo perturbou Kasey mais do que as críticas. Esperança era um remédio. Qual o objetivo de se automedicar quando os números estavam bem ali, estampados no horário registrado pelas imagens das câmeras? Há três meses e doze dias, sua irmã desaparecera no mar. Celia era muitas coisas, mas imortal, não. Como havia pegado o barco do jeito que estava, sem empacotar suprimentos, a desidratação devia tê-la matado primeiro. Afinal de contas, quem se preocuparia com isso ao sair para um passeio rápido?

A menos que sua intenção não fosse dar um só passeio.

— As tentativas de geolocalizar sua irmã falharam — mencionaram os repórteres sem pensar duas vezes. — A Intraface dela parece ter parado de funcionar por completo. Kasey, você gostaria de dizer algo a respeito?

— Não. Sem comentários.

— Você acha que isso teria sido planejado? — insistiam eles, e aquilo fazia Kasey congelar onde quer que estivesse, geralmente nos dutos, esperando para voltar para casa depois da aula enquanto ouvia o som alto dos comerciais ao fundo, mas nem mesmo eles podiam abafar a pergunta não dita.

Será que sua irmã não quer ser encontrada?

O que ela podia dizer? O mais provável era que a Intraface estivesse fora de alcance. O barco e o corpo poderiam muito bem estar no fundo do oceano. Possibilidade não era o mesmo que alta probabilidade, e qualquer coisa era mais provável do que uma teoria da conspiração.

Acontece que revelar o que ela realmente pensava não serviria para nada além de chocar as pessoas, então Kasey simplesmente meneava a cabeça para os repórteres e entrava no duto quando ele finalmente chegava.

Naquele dia, enquanto sua festa da superação continuava no domínio virtual, ela saiu da cabine de estase, fechou a porta atrás de si e deixou o quarto que tinha a sorte de chamar de seu. Não se deixe enganar: os Mizuhara praticavam o que pregavam. Sua unidade, como a maioria daquelas projetadas por David para uma família de quatro pessoas, tinha apenas 35 metros quadrados. Mas pelo menos eles tinham quartos individuais conectados por um corredor que era estreito, mas com uma janela no fim. Todas as outras pessoas haviam solicitado paredes que maximizassem a pontuação de eficiência termal de suas unidades, o que acabou fazendo os comandos de voz para janelas serem descontinuados.

Determinada, Celia costumava abrir manualmente a janela que tinham depois do pôr do sol. Ela fazia a tarefa parecer fácil; mas de fácil não tinha nada. Kasey tinha calos como prova. Naquele dia, assim como na noite anterior, ela havia segurado a alavanca abaixo do beiral e a levantado. A cada puxão, a folha de vidro se abria como o braço de um goniômetro.

Na pequena sacada no lado de fora havia uma escada parafusada na parede. Kasey segurou as barras e subiu até sua cabeça atingir o estrato que ficava sobre o deles. O teto — ou melhor, a parte térrea do estrato — felizmente *ainda* tinha comando de voz, e, com uma ordem de Kasey, uma entrada circular se abriu como um olho.

Ela passou pela abertura e emergiu na unidade superior iluminada pela lua. Estava totalmente vazia, a menos que contasse o robô de limpeza, a quem Kasey devia muita coisa. Ela não duraria um minuto ali sem ele, já que os Cole haviam sido colecionadores ávidos e, além de suas cabines de estase — guardadas —, eles haviam mobiliado a unidade com uma mesa de centro feita de madeira de demolição e poltronas forradas com veludo turquesa. Os materiais degradáveis eram um ímã para partículas. Da primeira vez que seus pais a levaram para visitar os vizinhos, colegas e amigos do andar de cima, Kasey não parou de espirrar. Ela espirrou de novo, anos depois, quando Celia a arrastou escada acima, mesmo que Kasey tivesse dito que não deveriam fazer aquilo. Elas não eram mais convidadas. Aquela não era a casa delas.

Mas Celia não conseguia resistir ao chamado das janelas. E que janelas: 360 graus do chão ao teto; a unidade no estrato-100 era um cone reluzente no topo da cidade em forma de lágrima. Celia costumava se sentar na espreguiçadeira perto da grama, como seus pais uma vez haviam feito: a mãe e Ester Cole, ambas legisladoras, discutindo as mais recentes crises humanitárias enquanto o pai e Frain Cole comparavam plantas de microrresidências. As duas famílias mais influentes no movimento de proteção planetário, banhadas em luz.

Na escuridão, Kasey agora estava sentada olhando para além da janela, para o panorama de oceano e ar que cercava a ecocidade e outras sete ao redor do mundo. Coletivamente, as oito abrigavam cerca de 25% da população humana. Os outros 75% ainda viviam nos territórios terrestres — nem todos por escolha. A imigração para o céu havia crescido a níveis insustentáveis; agora, a admissão era limitada por nível. O nível de uma pessoa era calculado a partir do impacto planetário dos comportamentos rastreados por Intraface de um indivíduo — e de seus ancestrais. Habitantes terrestres, muitos com histórico de trabalho em indústrias dependentes de carbono na família, criticavam o sistema, que consideravam injusto. Mas será que era injusto mesmo? Kasey achava que era difícil para as pessoas aceitarem sua própria insignificância; suas ações eram como gotas em um mar criado por seus antecedentes.

Mas mesmo em um mar toda vida ondulava para muito além de seu fim. Em vez de culpar sistemas ou ancestrais, Kasey culpava a natureza humana. As pessoas não eram programadas para pensar gerações à frente. Entidades como a Corporação Mizuhara, que haviam financiado as primeiras ecocidades para comunidades atingidas pelo derretimento do ártico, eram poucas. Assim como os Cole, que entraram para o nível 1 por curar doenças como o câncer comum para reduzir os efeitos da indústria farmacêutica na biosfera. Mais do que médicos, eram humanistas. Para dar às pessoas maior controle sobre suas vidas, os Cole haviam inventado o biomonitor, um aplicativo para Intraface que colocava a saúde nas mãos dos indivíduos e os alertava quando alguma ação corretiva era necessária.

Como agora.

Ding. A notificação soou na cabeça de Kasey. Ela abriu o aplicativo biomonitor e encontrou seus neurotransmissores na zona **MODERADAMENTE DEBILITADA**.

Que estranho. Ela não se sentia debilitada. Estava mais ou menos bem. Ela encarou a opção corretiva em sua visão.

AJUSTAR NÍVEIS DE SEROTONINA

Piscando, removeu a opção, apenas para encontrar outra em seu lugar.

COIBIR MEMÓRIAS RELEVANTES*
*memórias de IRMÃ, CELIA MIZUHARA

A terapia de cognicisão reprimia memórias que causavam estresse no corpo para depois reintroduzi-las gradativamente. Contudo, memórias não perturbavam Kasey. A menos que fossem gravadas religiosamente como Celia fazia — e Kasey não se esforçava para tal —, lembranças eram degradáveis, pouco confiáveis e sujeitas ao desgaste do tempo. Havia uma razão pela qual história era a matéria da qual ela menos gostava. Até as memórias que tinha da mãe, Genevie, eram fragmentadas, e isso na melhor das hipóteses. Uma mão com unhas feitas, estendendo-se para arrumar a franja de Kasey. Uma voz autoritária, mandando que fosse brincar com o único filho dos Cole, um garoto tão silencioso quanto seu coelho de estimação. Risos altos demais, de Genevie e Ester, quando Kasey se recusava a fazer o que a mãe pedia e procurava esconderijo atrás de Celia.

Do que ela, de fato, se lembrava: do clima — 25 °C, umidade a 38% — naquele dia em que David Mizuhara levou as garotas para se despedirem de Genevie e dos Cole antes de uma viagem de apoio a um desastre em território externo. Em um gesto de solidariedade, eles optaram por viajar presencialmente — uma escolha que se provou fatal quando o piloto automático falhou e lançou o robô helicóptero contra uma montanha.

Depois do funeral — quatro urnas de sal do mar: três para os Cole e seu filho, uma para Genevie —, David havia desaparecido no quarto, onde Kasey presumiu que ele ficaria por alguns dias, como costumava fazer quando trabalhava em suas plantas. Para sua surpresa, na manhã seguinte ele saiu, de barba feita e terno, rumo ao quartel-general da ecocidade, como Genevie teria feito. Só que David não era Genevie, e Celia não era David. A situação ficou ainda mais confusa para Kasey quando sua *irmã* ficou dentro do quarto. Por horas. Soluços atravessavam a parede entre elas, e Kasey ouvia, impotente e incapaz de entender por que sua irmã e seu pai estavam agindo de forma tão atípica.

Finalmente, ao meio-dia, ela hackeou a Intraface de Celia. Encontrou arquivos de suas lições de casa incompletas. Ela as terminou para a irmã. Viu uma recomendação do biomonitor para recuperar os níveis de neurotransmissores em queda.

Aquilo tinha que ser a resposta ao comportamento estranho da irmã, pensou Kasey, selecionando SIM.

A porta dela se abriu com força logo depois.

— Por que você fez isso, Kay?

— Você está sofrendo. — E sofrimento era, de um jeito ou de outro, uma emoção indesejável.

Mas Celia havia olhado para Kasey como se fosse *Kasey* quem estava com os olhos vermelhos de tanto chorar.

— O que tem de errado com você?

A irmã se arrependeria das palavras dois dias mais tarde. Dois anos depois, elas curariam aquela ferida.

Contudo, logo após a morte da mãe, a Kasey de nove anos fazia aquela mesma pergunta a seu biomonitor, e ficava desapontada ao descobrir que não havia nada biológica ou psicologicamente de errado consigo. Nada para curar, nada para consertar. Kasey achava difícil de acreditar. Alguma coisa dentro dela devia ter sido mal instalada. Por que outra razão ela não havia reagido como a irmã à morte da mulher que lhes deu a vida, ou como o público diante do desaparecimento de Celia?

Por que outro motivo, quando recusou a opção de cognicizar suas memórias de Celia, ela se deparou com a seguinte informação?

REQUISIÇÃO INVÁLIDA
mais detalhes

mais detalhes [x]

Todos os cidadãos devem manter um nível mínimo de humor acima de DEBILITAÇÃO_SEVERA [valor ≥ -50]

Entretanto, sua configuração mínima de humor requer ação corretiva quando estiver em DEBILITAÇÃO_LEVE [≥ -10] devido a decisão do tribunal[†].

[†]Registros da corte do CP2: ver infração anterior.

Na ausência de ação corretiva, o cidadão será desalojado.

Enquanto retornava ao campo anterior e selecionava *ajuste de neurotransmissor*, ela pensava que não era tão boa quanto Celia. Se Kasey tivesse desaparecido, Celia teria ido até os confins da terra para encontrá-la. Se *Kasey* tivesse morrido, Celia teria ficado mais do que *levemente* debilitada. Ela teria encarado as câmeras dos repórteres com lágrimas nos olhos e dito o que pensava, em vez de mentir como Kasey fizera.

Será que sua irmã não quer ser encontrada?

Para ser sincera, Kasey não sabia. Ela não merecia dissecar Celia. Se lhe fosse dado qualquer outro problema, ela não descansaria até que o tivesse resolvido. Sua irmã era a exceção. Quando Celia insistiu em ver o mar pessoalmente, como se aquilo fosse de alguma forma diferente de se projetar holograficamente até ele, Kasey havia seguido a irmã, tentando entender. Quando Celia saiu escondida à noite para ir até sabe Joules lá onde, Kasey deixou que fosse e resistiu ao desespero de rastrear sua geolocalização. Se tivesse rastreado, teria evitado aquela situação. Celia não estaria morta. Mas havia respeitado a santidade do que se passava na cabeça da irmã, e isso tinha que valer de alguma coisa.

Mesmo assim, ali estava Kasey.

Incapaz de dormir à noite, como se pudesse impedir sua irmã de sair escondida uma última vez.

Tentando encontrar a Intraface de Celia, muito tempo depois das autoridades a terem declarado fora de alcance.

Encarando o mar do estrato mais alto, como se pudesse ser a primeira a visualizar o retorno do barco.

Três meses e doze dias.

Suas ações não faziam sentido. Não podiam ser explicadas pela lógica. Apenas pela esperança que, apesar de seus esforços, havia vazado para dentro de seu sistema. E quando acordou na manhã seguinte com um alerta piscando em sua visão, teve o primeiro gosto da onda viciante que a esperança causava.

INTRAFACE DE [CELIA MIZUHARA] ENCONTRADA

||||

ONDE ESTOU?

Quem sou eu?

Qual é o meu nome?

Cee. Sorrio aliviada quando lembro e fecho os olhos contra o sol que emite um brilho branco.

Então viro de barriga para baixo e vomito na areia.

Meu alívio se transforma em pânico. *Não. Não, não, não.* Não posso comer meu taro e o jogá-lo para fora também. Preciso segurá-lo. Mas a única coisa que sai de mim é um coquetel de água do mar e bile. Não há taro. Não dentro de mim. Ficou tudo no oceano, dissolvido até virar uma gosma. Taro cultivado por meses, transformado em comida de peixe.

E Hubert...

Eu me levanto, cambaleando. Minhas pernas já estão enfraquecendo. Minha visão foca e desfoca até finalmente se estabilizar em um objeto mais à frente na costa.

Um casco.

Ou metade de um, repousando sobre a praia curva coberta de areia molhada.

Hubert.

Caio de joelhos e me arrasto até seus restos.

— Bom dia, Bert — consigo dizer.

Então desabo.

Choro copiosamente até a maré subir; então, enquanto agarro Hubert para que o mar não o carregue para longe, formo meu primeiro pensamento verdadeiramente coerente: *preciso enterrá-lo. Dar a ele uma despedida digna.*

Arrasto-o até a areia seca e segura e olho ao redor para encarar o que quer que esteja atrás de mim.

E quem diria.

Há uma casa sobre as rochas estranhamente parecida com a de M. M.

Então aqui estou eu. De pé. Em uma praia. *A* praia. Depois de navegar com Hubert por sete dias no mar, isso sem falar do tempo que deve ter passado sem que eu tenha percebido, estou de volta. Encharcada, mas viva.

O que me leva a perguntar: *como isso é possível?*

Será que nadei? Será que me agarrei a Hubert e flutuei em algumas ondas de sorte? E, mesmo assim, eu não deveria ter morrido de sede?

Vasculho meu cérebro, tentando me lembrar de alguma coisa, qualquer coisa, mas tudo que encontro são memórias abafadas de estar me afogando.

Perseguir respostas a respeito de *como* estou aqui me esgota, então foco o que eu *deveria* sentir. *Deveria* estar extasiada. *Deveria* estar grata por não ser um corpo inchado no mar. *Deveria* reconstruir Hubert. Tentar encontrar Kay outra vez.

Só que não sinto nada.

Estou de volta.

Estou de volta para esta *merda* de lugar.

Falhei na maior missão da minha vida, o único objetivo que me mantinha determinada dia após dia, e nem sequer pude morrer em paz.

Estou de volta exatamente para onde comecei: abandonada, daltônica e desmemoriada. Estaria furiosa se não estivesse tão cansada.

— Tudo bem, Cee — murmuro enquanto as nuvens se movem, não o suficiente para escurecer visivelmente a praia, mas o bastante para me deixar com frio. — E daí que você voltou? Você é uma profissional. Sabe o que fazer. Subir o morro. Encontrar as peças. Construir. Vai ser mais fácil do que antes, vai por mim.

O discurso motivacional falha. Solto um riso sôfrego e derramo lágrimas de autopiedade. A quem estou tentando enganar? Passei *meses* vasculhando pilhas enferrujadas de lixo, procurando por um único hélice. Não sobrou mais nenhum metal utilizável. Não o suficiente para um barco inteiro.

Esfregando as lágrimas, olho para cima, na direção da casa.

Sem metal?

Sem problemas.

— Discordo plenamente — entoa U-me quando me encontra agachada na varanda, esquadrinhando os degraus de madeira com minhas mãos nuas. — Discordo plenamente. Discordo plenamente.

— Pelo amor de Joules, *cala a boca*.

U-me fica em silêncio.

Cubro meu rosto e suspiro nas palmas.

— Desculpa. — É um pedido para U-me e para a varanda. Depois de tudo que M. M. me deu, não posso retribuir desse jeito. — Me desculpa.

U-me não diz nada, só desliza para perto.

Descobrindo o rosto, me levanto.

— Fica — ordeno, me dirigindo até a praia. U-me vai atrás de mim. — Sério, fica! Vou voltar dessa vez.

Mas, quando chego ao fim do píer afundado no lado oeste da costa, não tenho tanta certeza de que quero voltar. Tudo ainda é cinza, incluindo a água que engole as tábuas do píer. Já pulei da borda antes para nadar. Não quero mais nadar. Quero afundar. A memória da dor retorna aos meus pulmões, e quase posso senti-los se enchendo outra vez. Vai ser horrível. Para caramba. Mas depois as coisas vão ficar calmas. Tranquilas. Mais fáceis do que são agora.

Megajoules. No que estou pensando?

Eu me ajoelho e mergulho a cabeça na água. O sal faz meus lábios arderem. Eu os abro para gritar.

Nada sai.

Não há sentido em gritar se não há ninguém aqui para ouvir.

Digo o nome dela em vez disso. *Kay*. Pergunto se ela está por aí. Se ela sabe que tentei — tentei de verdade — encontrá-la.

E se ela me perdoaria se eu não tentasse outra vez.

● ● ●

No fim das contas, não enterro Hubert. Parece errado prender uma parte dele nesta ilha quando ao menos um de nós pode ser livre.

— Adeus, Bert — digo, libertando-o.

As ondas o carregam. Por um segundo, o arrependimento me preenche como vento em uma vela. Ele me sopra para mais fundo na água, atrás de Hubert. Mudei de ideia. Quero enterrá-lo. Mantê-lo por perto, para o caso de suas outras peças aparecerem.

O oceano o reclama antes que eu consiga fazê-lo.

Paro, aos tropeços. A espuma se ergue ao redor dos meus joelhos e vai embora. Areia se solta dos meus pés. Mantenho-os firmes. Fico até as gaivotas que me rodeiam perderem o interesse. Elas vão para casa e eu também.

Os cinquenta passos da costa até a casa se parecem mais com cem. Minhas panturrilhas ardem enquanto subo os degraus cheios de areia até a varanda de M. M. Quando agarro o beiral para me apoiar, meus olhos encontram os entalhes que fiz, todos os 1.112 deles.

Agora 1.113. Faço o entalhe com o pedaço de metal e o solto. Ele bate contra o chão da varanda.

1.113 dias.

Três anos e alguns dias nesta ilha.

Agora voltamos à estaca zero.

— Isso pede um novo nome de era — digo quando U-me se junta a mim. Mas vida-após-morte-após-Hubert não soa muito inspirador e, francamente, pouca coisa mudou. A cozinha está do jeito que a deixei: o pote vazio no balcão, biscoitos de taro quebrados no chão gasto. Recolho os pedaços, tiro as partes mofadas e começo a encher o pote outra vez. Não sei por que, tenho certeza de que posso ficar doente e morrer por comer mofo tão facilmente quanto posso morrer por *não* comer, mas é uma coisa que posso fazer e, quando termino de encher o pote, tiro a poeira que cobre o topo das bancadas e checo a caixa-d'água. Os canos correm debaixo da casa e tiram água salgada do mar, que depois passa por uma caldeira movida à energia solar que prende o vapor e o condensa em água fresca. Uma falha no sistema atrapalharia seriamente toda essa coisa de sobreviver, então fico aliviada, como sempre, ao descobrir que ele ainda está funcionando. Ligo as válvulas e me dirijo até o banheiro para tomar um banho; tiro o suéter todo sujo de areia e as calças enquanto espero a banheira de porcelana se encher.

A água não é quente, mas é melhor do que a água gelada do mar. Suspirando, entro na banheira e mergulho. Flutuando, meu cabelo se ergue até a superfície. Meus pensamentos viram gelatina e, no silêncio claro e semissólido, encontro uma memória.

— *É melhor não* — *sussurra Kay. Estamos paradas em um elevador de vidro, olhando para a frente, espremidas entre seis outras pessoas. Luz, escuridão, luz. Nossos rostos são iluminados em lampejos enquanto afundamos pelo solo de uma vizinhança até o céu de outra. A cada nível, paramos, as portas curvadas se abrem com um sibilo e as pessoas saem.*

Depois de um certo ponto, ninguém entra.

As pessoas não sabem o que estão perdendo. Quanto àquelas ainda no elevador, aposto que estão presas em suas cabeças, lendo as notícias no visor da mente ou mandando mensagens a colegas. Qual é o sentido de viajar em pessoa se seu cérebro está em outro lugar?

Eu não deveria julgar tanto. Sei que Kay ficaria devastada sem a Intraface. Eu me viro na direção dela agora que o elevador está mais vazio.

— Você tem que ver aquilo, amor.

Ela ainda está usando o uniforme escolar e com o cabelo curto, sem nenhum penteado especial. Sardas enfeitam suas bochechas. Sua mente é como um diamante — inquebrável e deslumbrante de todos os ângulos. Diferentemente de mim, ela não precisa de paetês para brilhar. Não precisa de pessoas ou lugares para se entreter.

E agora consigo notar, por seu leve franzir de nariz, que ela também não precisa desta aventura.

— Eu já vi o estrato — diz ela.

— Não, o oceano — corrijo rapidamente, depois acrescento: — De perto. É totalmente diferente.

Tenho medo de que Kay ache a ideia um saco.

O elevador para.

Kay suspira.

— Tá bom, só dessa vez.

• • •

Volto à superfície arquejando.

A água escorre por minhas têmporas. Fecho os olhos com força e me agarro à imagem do rosto de Kay, seus lábios retos como a franja, seus olhos pretos como café. Havia me esquecido disso.

Havia me esquecido de que ela tinha olhos castanhos quase pretos.

E do oceano. Na memória, parecia que estava a um passo de distância. Talvez estivesse logo além da nossa porta. Ou cidade; flutuando sobre o mar como nos meus sonhos.

Talvez eu esteja mais perto de Kay do que imagino.

Enrijeço a mandíbula com determinação renovada. Hoje à noite, vou descansar. Vou me reagrupar. Mas amanhã, ao nascer do sol, vamos recomeçar. Não importa como — outro barco, mais um ano —, vou encontrar minha irmã. Não posso falhar até desistir.

A água escorre pelo meu corpo quando me levanto da banheira. Eu me seco com uma das toalhas surradas de M. M. cheia de monogramas como vários outros objetos na casa, e visto um suéter largo com apenas *dois* buracos de traça na manga direita. Meu estômago resmunga e começo a andar até a cozinha quando me lembro de que provavelmente não deveria arriscar minha segunda chance de viver com um biscoito mofado.

— Desculpa, U-me. — Ela me segue até a sala de estar. Eu me deito no sofá de algodão desgastado ao lado da janela, reaproveitando o tapete que ficava debaixo dele como cobertor. — Vamos ter que aguentar essa noite sem jantar — digo, me enrolando no tecido áspero. — Sei que é a sua refeição preferida de assistir.

— Concordo.

Talvez ainda haja alguns taros lá fora. Vou ter que checá-los amanhã, quando tiver energia para me preocupar com a fome.

Eu me acomodo ao cair da noite, repousando a cabeça contra o braço do sofá e usando a janela como cabeceira. O cobertor tem cheiro de pé. É nojento, mas me faz lembrar de pessoas e, embalada pelo sono, sonho com elas. Suas vozes enchem a casa, seus risos ressoam, e, sobre todo o barulho, ouço uma batida. Abro a porta da frente.

Kay está parada na varanda.

O sonho é mais vívido que o normal. É como se meu cérebro soubesse que preciso do estímulo, e solto um palavrão quando sou arrastada de volta à realidade — pelo que, não sei ao certo, até que um raio ilumina o cômodo. Ele é seguido por um trovão, que chacoalha a casa. Sombras, como se soltas pelo tremor, se desdobram sobre as paredes.

Eu me sento na escuridão e limpo a baba do queixo. Não posso mais dormir — não posso arriscar um episódio de sonambulismo durante uma tempestade. A chuva torrencial esmurra o telhado. O mar se agita, inchado, tentando chegar até nós. Mas não seremos tocadas. Envio minha gratidão para quem quer que tenha projetado a casa de M. M. enquanto os trovões retumbam e minha mão treme, plantada sobre a janela. Eu a ergo, sentindo a palma gelada, e esfrego a marca que deixei com a manga do suéter.

Congelo.

Encostando meu nariz no vidro, estreito os olhos pela mancha e me encolho com a luz do relâmpago seguinte — não por causa dele, mas por causa do que vi. Ainda está lá, mesmo quando a praia retorna à escuridão.

Um corpo na areia.

6

ÀS VEZES KASEY SE SENTIA como uma estranha no próprio corpo. Projetar-se holograficamente podia fazer isso com as pessoas. Todo o espectro de desconfortos físicos estava disponível para todos os hologramas. Kasey simplesmente os desativara. Ela não sentia nenhum prazer em ter os pés pinicados ou os olhos ressecados sob a luz de salas de conferências, um efeito do qual não podia escapar mesmo depois de ajustar as configurações de produção de lágrimas em seu biomonitor.

Pelo menos, sua mente estava livre para viajar para fora de sua prisão carnal. Exceto pelo fato de que hoje ela havia se enclausurado em um ciclo interminável de pensamentos que consistia em duas palavras:

INTRAFACE LOCALIZADA

O sinal havia durado apenas um segundo antes de se perder. A euforia induzida pela esperança fora igualmente efêmera. As coordenadas de geolocalização apontaram para uma unidade residencial. Um domínio particular. Invadir — virtual ou fisicamente — era crime, e uma infração já era o bastante para Kasey. Além disso, quais eram as chances de Celia ter voltado bem debaixo do nariz de todos os robôs de monitoramento das ecocidades? Minúsculas. Era possível, sim, mas improvável que o sinal tivesse vindo da Intraface de Celia. Era mais provável — e, portanto, possível — que um hacker ou robô de spam estivesse tentando passar um trote em Kasey. Ou seu programa de buscas havia enviado um falso resultado positivo. Aquilo também era possível. Mas será que era provável?

Não se fosse o próprio programa de Kasey, programado por suas próprias mãos.

Mas não era. Ela não tinha permissão para programar — ou tocar qualquer coisa relacionada a ciência.

Essas eram as restrições do CP2 para ela, monitoradas tão estritamente quanto seus níveis de humor.

— Acabamos por aqui. — Aplausos ensurdecedores fizeram Kasey retornar a seu corpo, parcialmente adormecido na cadeira. Ela piscou e ergueu os olhos para a mulher na ponta da mesa oval.

Ekaterina Trukhin. Seu holograma, na verdade, semitransparente para Kasey; era como sua Intraface delineava aqueles que estavam presentes em holograma quando ela própria estava no modo físico.

Mesmo com 50% de opacidade, Ekaterina não deixava de ser uma presença intimidadora. Seus saltos soavam pelo chão enquanto ela caminhava, uma vez que a sala fora configurada para reagir a estímulos virtuais.

— São seis da tarde — disse ela ao grupo misto de pessoas sólidas e transparentes com rostos iluminados pelas telas que flutuavam diante delas. — Vocês sabem o que isso significa. — Ela parou ao lado de Kasey e colocou as mãos sem peso sobre a mesa. — Sumam daqui.

Os hologramas evaporaram — telas seguidas por pessoas. O resto delas arrumou as cadeiras e pegou suas bolsas. Todos voltariam no dia seguinte. O Comitê de Proteção Planetária desprezava ineficiência, e os oficiais do CP2 tinham responsabilidades demais para tirar folgas aos fins de semana. Eles comandavam o governo das ecocidades e serviam como seus representantes fora delas. Eles eram os administradores do planeta acima de tudo e, em resposta ao número crescente de crises ambientais — assim como à pressão da União Internacional, que supervisionava os governos tanto dos territórios como das ecocidades —, os oficiais do CP2 haviam recentemente assumido mais uma responsabilidade: a de comitê julgador de soluções apocalípticas. Milhares de submissões haviam chegado de todo o mundo e agora aguardavam uma revisão. Era exatamente o tipo de trabalho enfadonho que Kasey não se importava em fazer, pois exigia pouco esforço e dedicação. Política não era sua paixão. Ela não era como o oficial sênior Barry Tran, que ficava pessoalmente ofendido por cada solução inviável que cruzava seu caminho.

— Por acaso não se ensina mais interpretação de texto nas escolas? — vociferava ele, e Kasey se lembrava de um tempo em que Barry considerava *ela*, uma garota de 16 anos que passava os fins de semana na sede do CP2, a especialista em tudo que envolvia adolescentes.

Felizmente, Barry havia melhorado e compartilhava suas queixas com qualquer um que estivesse disposto a ouvir, o que, quase sempre, ainda fazia de Kasey sua única ouvinte.

— O que está escrito aqui? — Ele arrastou as regras da competição para a frente de sua tela. — Uma solução para *todos*! Cinquenta por cento da população é a mesma coisa que todos? E olha este aqui! — Ele repetiu o gesto, abrindo dessa vez o resumo de uma submissão. Parecia imigração extraterrestre. A própria Kasey havia rejeitado várias daquele tipo. Independentemente de o público aceitá-las ou não, todas as missões para colonizar planetas como a Terra haviam falhado. — Será que eles não têm nenhuma consideração pelo orçamento? — *Não*, pensou Kasey, lembrando-se da proposta de que todos viajassem no tempo para voltar a uma Terra mais habitável. — Os robôs nem sequer *filtraram* as submissões? — Sim, mas não eram os robôs que dependiam da solução.

— Achou alguma coisa boa nas suas, Kasey? — perguntou Ekaterina, ignorando Barry.

Sim, ela poderia responder. Dizer a verdade era uma tarefa ingrata, cansativa e muito típica de Kasey, que não conseguia reconfigurar o cérebro para dar às pessoas o que elas queriam.

— Não.

— Por que não? — Meridian reclamara mais cedo durante a ligação, quando Kasey também disse não a submeter a solução delas. Delas no sentido de que Kasey havia a concebido enquanto ainda estava no time de ciências da escola com Meridian. — Por favor, Kasey. As inscrições para a faculdade fecham semana que vem e seria ótimo se eu pudesse incluir isso. Imagina só: coautora de uma proposta sob avaliação do CP2. Incrível, né?

Sentindo sono, coceira e nem um pouco incrível em seu blazer da escola — a outra opção era seu pijama —, Kasey deixou que Meridian determinasse aquilo.

— Não está pronta.

— Foi a ideia vencedora!

— Em um concurso da oitava série. Não está pronta para o mundo. — Jamais estaria. Faltava a última peça, que Kasey não conseguiria sem quebrar justamente a lei que havia tirado a ciência dela.

Ainda assim, odiava negar aquilo a Meridian. Se ela pedisse que Kasey desse outra festa ou pintasse o cabelo de vermelho, ela o faria. Havia poucas coisas no mundo que ela fazia questão de proteger. O que fazer? SILVERTONGUE sugeriu que mudasse de assunto. Para o quê? *Intraface localizada*, propôs sua mente. Não. Fora de questão. De novo: domínio particular. Já foram os dias em que estranhos podiam visitar você por tarefas tão mundanas quanto entregar comida. Todos os trabalhos abaixo de três na Escala Cole de Humanidade eram automatizados, eliminando o desperdício de recursos e qualquer outra coisa que Kasey pudesse facilmente personificar.

Ela não podia ir. Ela não podia. Ela...

— Como você faria pra acessar a unidade de alguém?

— O quê? — perguntou Meridian.

— A unidade de alguém — repetiu Kasey.

— Tá, isso eu já entendi, mas, hum... por quê?

Para mudar de assunto. Para fazer Meridian esquecer a ideia de submeter a solução delas.

Definitivamente não porque Kasey precisava de sugestões.

— Hipoteticamente — disse. Se Kasey não havia percebido a irritação de Meridian antes, agora ela, quer dizer, SILVERTONGUE, havia.

— Não sei — disse Meridian. — Você não tem, sei lá, privilégios de oficial ou coisa do tipo?

E então, Meridian havia terminado a ligação, deixando Kasey perdida em pensamentos. Privilégios. Era um jeito de ver seu emprego como oficial do CP2. Certo, o trabalho era indolor, e os adultos eram gentis o bastante, mas até eles eram humanos e, enquanto dois deles conversavam sobre os primeiros dentes de seus bebês no fim do expediente, Kasey mais uma vez se viu às margens de uma configuração selecionada para ela por outra pessoa. Ela preferia mil vezes esperar pela faculdade, uma graduação em bioquímica ou física, uma carreira em uma empresa de inovação tecnológica.

Mas o arrependimento, assim como a culpa, era uma emoção improdutiva.

— Até amanhã, Kasey — disse Ekaterina. — Vai pra casa, Barry.

Um resmungo.

— Até amanhã — disse Kasey para Ekaterina. Depois, talvez sentindo levemente culpada por não submeter a solução que elaborara com Meridian, estivesse ela completa ou não, continuou: — Você acha que vamos precisar de uma decisão logo?

Tremores haviam sido detectados no litoral do Território 4, mas especialistas também vinham prevendo "o maior megaterremoto até então" havia três anos.

— Talvez aconteça durante nossas vidas, talvez não — disse Ekaterina. — Melhor estarmos preparados. Certo, David?

O pai de Kasey foi cumprimentado com falas de *"senhor"* quando saiu de seu escritório particular. Ele acenou com a cabeça, apático, e encheu uma caneca no bebedouro antes de voltar para dentro.

Kasey o seguiu e parou debaixo do batente de vidro enquanto David voltava a sentar à sua escrivaninha.

Quando a mãe dela ainda era viva, ele costumava se sentar exatamente da mesma forma, com o ombro direito mais alto que o esquerdo e óculos caídos, mas aos pés da cama, usando pijama em vez de terno, e ficava curvado sobre as plantas de seus projetos em vez da legislação que, se Kasey tivesse que adivinhar, tinha a ver com CASA. Como última iniciativa de Genevie, a Lei de Conforto Abrangente e Segurança de Acesso teria permitido que grupos de cidadãos dos territórios imigrassem para as cidades ecológicas mesmo que não fossem qualificados por nível. Ironicamente, dedicar-se a CASA frequentemente mantinha David *longe* de casa, algo que chateava Celia. Kasey era mais neutra. Depois da morte de Genevie, ela aceitou que a dor da perda fazia as pessoas mudarem. A tragédia havia tirado algo de seu pai, mas será que isso era algo tão ruim assim? Ser normal? Pior seria continuar na mesma. Não ser afetada. Pior seria ter plena consciência, como Kasey tinha, de que *deveria* se sentir mais afetada pela ausência do pai, quando tudo o que conseguia reunir era uma vaga irritação por ter que erguer a voz para ser notada.

— Como se consegue um mandado de busca?

A caneta touch de David não parou de se movimentar pela escrivaninha.

— Você vai ter que falar com o Barry.

— Já falei. — Tecnicamente. O pai era o caminho mais rápido, e Kasey sabia que precisava ser rápida, antes que seu cérebro cancelasse toda aquela operação.

Segundos depois, um aplicativo de mandado de busca apareceu na Intraface de Kasey. Ela o selecionou. Uma renderização digital do distintivo dos oficiais do CP2 se materializou diante de seu peito.

Outros pais iam aos campeonatos de natação dos filhos e se lembravam de seus aniversários, mas Kasey não ligava para campeonatos de natação e aniversários e gostava do pai como ele era, ainda mais naquele momento.

— Confio em você para usá-lo com responsabilidade — disse David. A caneta parou e, finalmente, ele ergueu os olhos.

Era assim que se comunicavam: sem palavras. Um olhar silencioso era o reconhecimento mútuo do incidente que corrompeu a vida de Kasey e quase fez com que ela fosse expulsa da ecocidade. Ela só estava ali devido à intervenção de David. Ele agiu quando fora mais importante. Kasey respeitava aquilo. Ela até se identificava com o pai. David não era mais um arquiteto. Kasey não era mais uma cientista. A vida seguira seu curso, ainda que de uma forma decepcionante.

— Vou tentar — disse Kasey, o que era o suficiente para satisfazer David.

Ele voltou a olhar para o trabalho.

— Vá em holograma.

— Não posso.

Um outro pai talvez tivesse perguntado por quê. Não era como se o limite semanal, estabelecido pelos Cole para preservar o "espírito ameaçado da humanidade" naquele mundo dependente da tecnologia, fosse baixo.

— Então pegue o REM — disse David. Kasey era grata ao pai por ser tão pragmático.

Minutos depois, ela estava no duto até o estrato-22, com o imobilizador REM preso na cintura.

Ela já havia visitado os estratos inferiores. Fora até abaixo do E-22 com Celia, que insistia que os estratos inferiores eram mais *reais*, quando, tecnicamente, todos os estratos eram igualmente reais, construídos com os mesmos materiais puros, empilhados para formar uma única cidade erguida por antigravidade e protegida por um escudo de filtragem. Quaisquer diferenças visíveis vinham da forma como os estratos administravam seus residentes. Moradores dos estratos superiores eram incentivados a maximizar sua cota de projeção holográfica para reduzir o impacto na infraestrutura, enquanto os estratos inferiores adotavam... um estilo de vida diferente, um que engoliu Kasey no segundo em que ela saiu do duto.

Calor. Mau cheiro. Tumulto. Canos que gemiam, geradores barulhentos e robôs de lixo e de ônibus trabalhando fora de hora para atender os humanos que perambulavam pela cidade, tossindo, espirrando e secretando outros sons humanoides enquanto atravessavam os corredores entre os complexos de suas unidades. Seus níveis, exibidos acima da cabeça de acordo com as leis de responsabilidade do CP2, eram a única coisa virtual para eles. Todo o resto era real, carne e osso, como a própria Kasey. Com exceção de seu número 2, um só dígito, flutuando sobre sua cabeça em meio a um mar de 1.000s, 10.000s e 50.000s, ela se encaixava perfeitamente. Ela preferia que não fosse assim. Sem Celia, aquele lugar era pior do que se lembrava. Ela respirava pela boca para anular o odor e configurou sua visão no modo monocromático. Um mundo em preto e branco parecia menos real e, consequentemente, menos opressivo.

O calor era a única coisa que ela não podia ajustar. Kasey já estava ensopada quando chegou a seu destino: GRAPHYC, uma clínica estética que realizava alterações físicas consideradas não essenciais por estabelecimentos médicos. Incapaz de imaginar muita demanda quando aparências podiam ser modificadas na forma holográfica, Kasey relaxou ao descer os degraus embutidos entre dois pilares ao nível do chão. Seu nível sumiu com um *blip* enquanto ela atravessava a porta, entrando em domínio privado. Finalmente, um respiro de sua espécie.

Aquele foi seu primeiro erro: presumir que entendia outras pessoas.

Comparada ao lado de fora, a GRAPHYC era positivamente ártica. Kasey sentiu arrepios pelo corpo. Seus dentes batiam. Ou talvez fossem as máquinas que zumbiam em seus ouvidos. As luzes acima eram severas. Industriais. O espaço — tão pouco ventilado quanto um porão, mas grande — era dividido em cubos. Em um deles, um funcionário arrancava dentes em uma fila de clientes inconscientes. Kasey o encarou e abaixou a cabeça quando o Extrator de Dentes a olhou. Ela se apressou, testemunhando um número de outras coisas questionáveis antes de encontrar o que estava procurando.

Um funcionário desocupado mais ou menos do seu tamanho.

Fora do modo holográfico, todo cuidado era pouco. Então, Kasey levou a mão ao REM enquanto se aproximava do tatuador com cabelo laranja espetado e brincos dourados.

— Oficial do CP2. Estou aqui para conduzir uma busca autorizada na Unidade Cinco.

— Só um nano — disse o tatuador, no meio da limpeza de sua máquina, que escorregou quando Kasey mostrou seu distintivo eletrônico. Ela se encolheu com o som, depois com o grito do rapaz. — *Jinx!* — chamou ele.

— Que foi? — Momentos depois, uma pessoa entrou no cubículo. Ela usava um macacão operacional fúcsia, tinha tatuagens igualmente coloridas nos braços, e luvas pretas que pingaram um líquido vermelho sobre o piso de cimento quando as tirou para jogar no lixo. — Quem morreu dessa vez?

— *Jinx* — gemeu o funcionário.

— Pelo amor de Joules, cara, relaxa aí. — Foi quando ela viu Kasey. Seus olhos se estreitaram. Os do funcionário continuavam arregalados. Ambos olhavam para Kasey como se ela fosse alguém importante.

Era melhor começar a agir como se fosse. Ela mostrou seu distintivo eletrônico outra vez, sentindo o suor se formar.

— Tenho um mandado de busca autorizado para a Unidade Cinco.

Ocorreu a ela, com um certo atraso, que eles não tinham como saber por que ela estava ali. Talvez eles a temessem porque a GRAPHYC estava violando algumas normas sanitárias, ou porque a Unidade Cinco estava cheia de contrabando. Kasey não se importava — não hoje, não com a mensagem INTRAFACE LOCALIZADA estampada em seu cérebro —, mas, antes que pudesse dizer aquilo, Jinx se virou para seu funcionário.

— Viu só? — Ela soava mais relaxada. — É por causa do Act.

— Aquele cara me assusta.

— Não esquenta. Ele tá limpo.

— Como *você* sabe?

— Eu *sei* porque ele é meu inquilino *e* meu funcionário.

— Tô sabend... *ai!* — resmungou o funcionário quando Jinx puxou sua orelha.

— Subindo a escadaria dos fundos, primeira à direita — disse ela, presumidamente para Kasey, que teria seguido o trajeto de qualquer forma só para sair dali. Ela subiu as escadas até o andar de cima; era como um labirinto de engenhocas obsoletas. Areia de gato enchia um aparato na forma de caixa que plausivelmente poderia ter sido uma máquina de lavar, de tempos anteriores à fibra-perene, quando a indústria da moda respondia por 20% do desperdício de água global e termos como *sustentável* e *reciclado* ainda alimentavam o consumismo. *Que desperdício de espaço*, pensou Kasey, se espremendo ao redor do obstáculo e tropeçando, como se tivesse sido empurrada, diante da porta, que pairava sobre ela. A Unidade Cinco.

A geolocalização da Intraface de Celia.

Com mais nada para solucionar, sua mente apagou. A escadaria ficou silenciosa. Já estava silenciosa.

As batidas de seu coração eram o som mais alto no recinto.

O que uma pessoa normal sentiria a possíveis poucos momentos de reencontrar a irmã? Entusiasmo, provavelmente. Nervosismo também seria aceitável. Não medo, a resposta fisiológica escolhida por Kasey.

Seu biomonitor exibia um pico de epinefrina. Ela queria sair correndo. Reprimindo o desejo, bateu à porta e, quando não teve resposta, passou o distintivo no scanner de retina.

Possibilidade. Probabilidade. As chances eram próximas a zero.

Ela empurrou a porta.

E exalou.

Nada de Celia.

Kasey fez uma varredura de calor corporal. Resultado negativo. Ela entrou, procurando evidências de como essa pessoa chamada "Act" poderia assustar alguém. Talvez ela não fosse a mais indicada para fazer aquilo; ela mesma mal conseguia tranquilizar os outros. Mas, sem mentira, aquela unidade era a coisa mais mundana que Kasey havia encontrado até então: parecia uma caixa, com paredes pintadas de cinza. Bar de combustível? Afirmativo. Nenhuma cama, o que não era incomum. A cabine de estase, presa na vertical à parede dos fundos, poderia servir como uma.

Uma inspeção mais minuciosa levou Kasey ao bar de combustível. Os armários continham latas de blocos de proteína, cubos de vitamina e fibras em pó. Ela examinou a cabine de estase. Um modelo antigo, desgastado e com pedaços de material faltando no lado direito.

Vários pedaços, na verdade, arrancados em intervalos bem regulares.

Intervalos como os degraus de uma escada.

Era uma suposição generosa — de uma mente tendenciosa, familiarizada com escadas e treinada para detectar seus padrões. Além disso, que tipo de escada ia até o teto vazio? Boa pergunta. Kasey olhou para cima. O teto era pintado do mesmo tom de cinza que as paredes. Nada nele se destacava.

Exceto por um ponto. Uma bolha de tinta. Um objeto parecido com uma conta, ou preso por um adesivo...

... ou repousando ali, assim como Kasey repousava sobre o chão graças à gravidade.

Presumir que havia antigravidade em uma unidade alugada de um estrato inferior era ser ainda mais generosa do que ver escadas nas laterais de cabines de estase. A probabilidade era absurdamente pequena.

Mas Kasey só estava ali para descartar o quase impossível.

Ela se posicionou embaixo do ponto, abriu o aplicativo de mandado de busca em sua Intraface e digitou CANCELAR TODAS AS FORÇAS ATIVAS no sistema da unidade.

Por um segundo, nada aconteceu.

A conta caiu.

Ela a pegou em suas mãos em concha, como uma gota de chuva dos céus. Não era nada tão natural. O objeto branco, do tamanho de um dente, possuía uma superfície lisa e artificial e, quando Kasey tocou seu lado mais estreito, encontrou uma fileira de dígitos microscópicos feitos a laser.

Ela poderia ter aumentado os números através de sua Intraface e os combinado à sequência de catorze números que havia memorizado, dado às autoridades e digitado em seu próprio rastreador de geolocalização. Ela poderia, mas não o fez. Ela sabia, intuitivamente, o que aquela coisa era. A quem pertencera. Onde uma vez residira: debaixo da pele, na base do crânio.

Será que sua irmã não quer ser encontrada?

O objeto escorreu pelos dedos de Kasey. Ela não conseguiu sentir sua queda.

Teria sido planejado?

Não conseguiu ouvi-lo quicar no chão.

Beep-beep-beep. Som, dentro de sua cabeça. Texto, piscando em sua visão.

CALOR CORPORAL DETECTADO

Atrás dela.

Como um robô, ela se virou e mirou.

Ele estava parado na porta. Um garoto. Seu rosto era um borrão para Kasey; ela só conseguia ver manchas. O branco de sua camisa com as mangas arregaçadas. O cinza de seu avental de cintura, os bolsos cheios...

— Mãos para cima. — Voz ríspida demais, sintaxe básica demais. Entretanto, para o alívio de Kasey, o garoto obedeceu e ergueu uma mão, depois outra. Ele não fez nenhum gesto estranho. Seus movimentos eram calculados. Precisos.

Lentamente, ela abaixou o REM.

E atirou quando alguma coisa peluda roçou seu tornozelo.

Fosse o que fosse, a coisa havia desaparecido quando Kasey se virou. O gato, provavelmente, fugiu. O garoto, ao contrário, permaneceu bem onde estava. Será que estava paralisado de medo? Kasey não sabia dizer; o que sabia era que os olhos dele eram pretos, assim como o cabelo penteado para a direita, mas não podia decifrar seu olhar em meio à fumaça que se erguia da marca do tiro no chão.

Diga alguma coisa. Peça desculpas. "**Não vou te machucar**", sugeriu SILVERTONGUE. Kasey não havia percebido que o aplicativo estava ligado. Ela o desligou. Não gostava de dizer o óbvio e, por mais insensível que fosse, não se importava com o estado emocional daquele garoto quando o dela não estava muito melhor. Apontou com a cabeça para o objeto branco no chão.

— Me diz como você conseguiu isso.

— Por que eu diria?

Uma voz baixa, mas autoritária. Ele não se sentia nem um pouco intimidado. *Por que eu diria?*, um desafio, frio e lógico. Quando deu por si, Kasey estava concordando. De fato, por que ele diria? O que dava a ela o direito?

— Porque sou uma oficial do CP2. — Já bastava de não dizer o óbvio. Kasey respirou fundo. — E aquilo — ela apontou com a cabeça para o chão — pertence a uma pessoa desaparecida.

Dizer tornava tudo real. Aquela *coisa* no chão era a Intraface de Celia. As pernas de Kasey fraquejaram. O que aquilo estava fazendo ali, com *ele*? Kasey ergueu o REM outra vez; ela mirou o garoto através dele.

— Posso? — perguntou ele, despreocupado. Diante do silêncio de Kasey, ele se agachou, pegou o objeto e ajeitou a postura graciosamente. Ele estendeu o punho fechado, e Kasey relutantemente tirou uma mão do REM. A Intraface caiu sobre sua palma. Ela a aproximou, aumentando os números gravados a laser.

1930-123193-2315. O de sua irmã. Para verificar, Kasey ergueu o objeto na frente de seu olho direito. Um círculo verde apareceu em seu campo de visão.

CARREGANDO IDENTIFICAÇÃO DO OBJETO
CARREGANDO...
RESULTADOS: 18,2 / Intraface de 23 gramas, ger. 4.5

18,2 de 23 gramas. Kasey voltou a encarar o garoto.

— Cadê o resto?

Sem pedir permissão dessa vez, o garoto foi até o bar de combustível e voltou com uma lata.

Ele a entregou para Kasey.

— Ela pediu que eu a destruísse, logo depois de extraí-la.

Pediu. Kasey focou a palavra — *pediu*, o que implicava consentimento — para resistir à vertigem. *Extraí-la*. Sangue e pele, aberta. Por esse garoto. O que Jinx havia dito sobre ele? *Meu inquilino. Meu funcionário.* Kasey reexaminou o sujeito. Devia ter 16 anos como ela ou talvez fosse mais velho — o formato esguio de seu rosto fazia com que fosse difícil determinar a idade dele. Mas ela tinha certeza de duas coisas: ele era mais novo do que a maioria dos funcionários da GRAPHYC que vira lá embaixo, e a prontidão de sua pessoa na verdade parecia apropriada aos negócios.

Mas quem ele era não mudava o que ele havia feito e, com ácido na garganta, Kasey olhou para a lata em sua mão. Ela continha um punhado de pó branco.

RESULTADOS: 4,8 / 23 gramas Intraface

— Quando? — perguntou ela, curvando os dedos do pé como se pudesse agarrar o chão.

— Uma semana antes de ela partir.

Na mesma época do "detox" de tecnologia de Celia. Semirregularmente, ela desligava sua Intraface, o que não dava outra escolha às pessoas a não ser se conectar com ela pessoalmente. Kasey não havia achado nada de extraordinário na época.

— E você acatou o pedido dela? — A voz de Kasey soava muito aguda e acusatória, como se o garoto tivesse assassinado sua irmã, embora a cada segundo ficasse mais claro que Celia havia ido até ali voluntariamente, em seus últimos dias, e pedido aquilo. Para ele.

Segundo erro: achar que sua irmã confiaria nela em vez de em um estranho.

Se é que ele era um estranho.

— Acatei. Era uma cliente — explicou o garoto, calmo. — Mas, pra mim, ela era mais do que isso, então eu a guardei. — Havia uma intensidade em sua expressão, emoções que Kasey não conseguia nomear, mas havia visto antes, em algum lugar. Ele pegou a Intraface das mãos de Kasey; ela deixou, incapaz de pará-lo. — Mesmo antes de ouvir a notícia, já planejava reconstruí-la. Eu queria entender o que havia acontecido pra fazer ela pensar que não tinha outra escolha. Afinal, pessoas que removem suas Intrafaces tendem a se encaixar em um de dois grupos.

— Que são...? — Kasey se ouviu perguntar.

— Criminosos. Ou vítimas.

Criminosos. A palavra fez Kasey sair de seu transe.

— Qual você acha que era ela?

— A Celia? Cometer um crime? — O garoto estreitou os olhos. — Se ela tinha algum defeito, era amar demais.

Definitivamente não era um estranho. Ele obviamente conhecera Celia. Conhecera bem. O brilho em seus olhos — a intoxicação, a determinação incontrolável — era igual ao que Kasey havia visto nos olhos de pessoas como Tristan/Dmitri. Eles amavam tanto Celia que não conseguiam seguir em frente. Eles reagiam com uma força oposta e equivalente àquela que a perda havia exercido.

Eram humanos normais.

E Kasey não era. Engolindo em seco, ela olhou outra vez para o pó na lata. Um grão no lugar errado e a Intraface jamais ligaria. O garoto devia ter levado meses para chegar até onde chegara e, durante esse tempo, o que Kasey havia feito? Evitado repórteres. Aceitado a tragédia. Dado uma festa.

Aos olhos do mundo, ela era mais uma palhaça do que um fantasma.

Ela guardou o REM em seu coldre e encarou o garoto, que havia respondido tudo que lhe fora perguntado. No mínimo, ela lhe devia uma explicação.

— Meu nome é Kasey. — Como se isso fosse significar alguma coisa para ele. — Mizuhara. — Ela não se lembrava da última vez que se apresentara pelo nome completo. Não teria sido capaz sem ativar um robô e revelar sua localização para repórteres. Mas ali, em um domínio particular, ela estava segura. Fisicamente.

Mentalmente, ela se sentia mais fora de sua zona de conforto do que na festa.

— A irmã mais nova da Celia — acrescentou, por via das dúvidas, ao mesmo tempo em que o garoto disse:

— Sei quem você é.

Aquilo desconcertou Kasey. Então ela se recuperou. Sua resposta aos repórteres *havia* viralizado.

Se o garoto a julgava por friamente proclamar que a irmã estava morta, não deixou transparecer.

— Volte quando eu tiver terminado.

A Intraface de Kasey recebeu uma notificação para adicionar um novo contato.

ACTINIUM
Nível: 0

Uma pessoa normal teria ficado grata. Ele conhecera sua irmã. Ele era alguém que entendia.

Mas aquele teria sido o terceiro erro de Kasey: presumir que alguém realmente seria capaz de entendê-la.

Ela saiu do cômodo sem dizer mais nada. Se afastou do garoto e da Intraface da irmã, deixou a porta aberta atrás de si, e levou apenas o peso em seu peito.

ꟼꟼꟼ ||

A PORTA SE FECHA ATRÁS de mim e encaro a tempestade além da varanda.

Já tive um bocado de ideias péssimas, mas esta merece o biscoito de taro. A cada passo em direção à chuva de granizo, me pergunto se não seria melhor esperar. Amanhã, o céu estará limpo.

Então um raio brilha outra vez, ilumina o corpo e me faz lembrar de que aquilo é uma *pessoa*. Talvez já esteja morta, mas, caso não esteja, não posso deixá-la à mercê da natureza. Então continuo debaixo do aguaceiro em direção à costa, até que, depois de um ano-luz e mais um pouco, chego lá.

Quando o raio e o trovão estouram mais uma vez, vejo que se trata de um garoto — nada feio, diga-se de passagem, se você ignorar, ou considerar, o fato de que ele está descaradamente nu.

Admire depois. Estou tentando descobrir como transportá-lo quando uma onda me atinge e quase me derruba. Merda, que gelada. Mais ondas se erguem — posso ouvi-las rugindo cada vez mais perto. Já estava ensopada, mas agora estou inalando água da chuva.

Hora de dar o fora daqui.

Pelas axilas, agarro a carga e começo a arrastá-la. A superfície escorregadia deixa tudo mais difícil. A areia se transformou num brejo, e quase caio duas vezes.

Na terceira vez, desabo.

Caio de costas com força e o garoto nu cai sobre *mim*. Isso talvez fosse cômico se ele não pesasse quase o mesmo que Hubert. Com um urro gutural, empurro metade dele. O esforço me deixa sem ar, e fico deitada ali, tentando recuperar o fôlego, enquanto o céu me bombardeia.

É então que sua outra metade se ergue.

Ele está acordado.

Quer dizer, ele deve estar. Luz do raio — o cabelo cobre seus olhos e não consigo enxergar se estão abertos ou não. Escuridão — ele se inclina sobre mim e não mais me esmaga, o que é um avanço mesmo que eu ainda esteja presa. Debaixo dele.

É um humano.

A chuva emite um brilho suave onde cai, criando a ilusão de que está evaporando de seu corpo. Na realidade, está escorrendo por seu cabelo e seu rosto, caindo no meu. Pisco para tirar a água dos olhos. Meu cérebro parece encharcado. O que eu faço? O que digo?

— Oi. — Lá no fundo da mente, me dou conta de que essa é a primeira vez que falo com outra pessoa em três anos. Um momento monumental, não que a tempestade se importe com isso. — Será que dava pra...

O pedido morre na minha garganta.

Minha garganta, estrangulada nas mãos dele.

O quê... *Por quê?* Meus olhos ardem. Meu crânio infla. *É só um pesadelo. Um pesadelo.* Mas se há uma coisa que aprendi desde que cheguei a esta ilha é que nada é um pesadelo e acreditar nisso é o que pode me fazer morrer de fome, desidratação ou, neste caso, por causa de um garoto na praia.

Arranho as mãos dele, pesadas como ferro. Dou uma joelhada em suas bolas. Ele não vacila. Talvez não seja um garoto, no fim das contas.

Minha língua é como carne na minha boca. Meu peito é como chumbo. Um raio... um zumbido fantasma... escuridão... um vazio.

O trovão emudece.

Então há uma luz azul. Um quarto, mal iluminado, nebuloso como um sonho. Um homem em um terno branco. Um caixão. Minha voz — *não vou deixar ela me seguir* — como um pensamento na minha cabeça, e vejo a mim mesma, de frente para mim mesma, e estendo a mão para tocar a outro-eu, mas não consigo senti-la e estou... morta?

Me encontre, Cee.

Não, não estou morta. Se estivesse, não seria capaz de ouvir a voz de Kay. O som faz os sentidos retornarem aos meus braços, pernas e pele — bem a tempo de sentir os dedos do garoto se afrouxarem. Suas mãos soltam minha garganta. Seu corpo cai para o lado com um baque. Ouço a voz de U-me, monótona como sempre.

— Discordo plenamente.

Então a chuva abafa todo o resto como aplausos. É quando a constatação de que o garoto se foi me atinge com tudo. Meus arquejos se transformam em gorgolejos e engasgo outra vez — em cuspe e *ar*. Engulo tudo e finalmente me viro. De lado. Apoiada nos cotovelos. Ergo minha cabeça e, em meio à chuva, vejo o brilho do corpo de metal de U-me.

Ela está ao lado do garoto, que agora está deitado com o rosto virado para a areia. Não sei o que ela fez — deu uma cabeçada de robô nele? —, mas foi efetivo. Ele apagou e não fui estrangulada.

— Obrigada, amor — murmuro, com a voz de uma estranha. — Te devo uma.

— Concordo.

Juntas, analisamos o garoto.

— E agora, o que a gente faz com ele?

8

— E AÍ, COMO FOI?

Por onde começar? Pela Intraface da irmã ou pelo garoto que a extraiu?

— A festa — insistiu Meridian, e Kasey esvaziou a mente. Certo.

Ela fechou a porta de seu armário no vestiário. Agora, como era o único da fileira que tinha sido recém-pintado, ele se destacava ainda mais do que quando tinha a palavra VADIA pichada. Incrível, pensara Kasey, que algumas pessoas ainda tivessem aerossóis. Meridian não ficara tão impressionada assim.

— Quem de vocês fez isso? — Ela havia questionado, fazendo um escândalo que Kasey achava mais irritante do que o vandalismo.

Kasey não contara nada do que estava acontecendo a Meridian, é claro. Ela não contava muita coisa a Meridian para evitar que tudo virasse um evento — vide a festa de Kasey, planejada por Meridian para provocar os detratores de Kasey.

— Foi legal — disse Kasey. — Tinha bastante gente — acrescentou ela conforme outras garotas enchiam o vestiário e entupiam o ar de cloro e falatório, envolvendo Kasey em um déjà-vu. Se não fosse pela aula de natação, o jeito mais fácil de completar o requisito de atividade física do biomonitor, ela teria ido à escola holograficamente hoje. A viagem para o estrato-22 no dia anterior a esgotara. Havia dormido mal e, logo depois de acordar, já checara sua Intraface. Nenhuma mensagem de Actinium, para seu alívio. Queria respostas, mas só de pensar em vasculhar as memórias de Celia já ficava enjoada.

E, naquele momento, a umidade do vestiário não estava ajudando.

— Só isso? É sério? — reclamou Meridian, seguindo Kasey enquanto ela se dirigia até a saída, o que a fez dar de cara com um rosto familiar.

Déjà-vu, segunda rodada.

— Opa, oi! — O cabelo de Yvone era loiro pessoalmente, não azul. Kasey, infelizmente, tinha exatamente a mesma aparência que sua forma holográfica. Seu nome e nível estavam visíveis sobre a cabeça conforme as regras da escola, e, por azar, ela estava ao lado de ninguém menos que a verdadeira LAN, MERIDIAN, nível 18.154. A cena simplesmente implorava para ser notada; Kasey prendeu a respiração ao ver Yvone abrindo um sorriso.

— Sabe de uma coisa? Dá quase pra perceber a semelhança. — Em seguida, ela ergueu uma mão e disse: — A gente se vê.

Quando a garota se foi, Kasey relaxou, grata pelo fato de Yvone não ter dito mais nada.

Meridian estava compreensivelmente mais perplexa.

— Que racista!

Justiça seja feita, a diferença entre os perfis geogenéticos de Meridian e Kasey era de meros 7%. Embora identidades culturais fossem preservadas dentro das famílias, o derretimento do ártico havia irrevogavelmente reformulado a sociedade. O aumento do nível do mar havia feito os continentes se encolherem em territórios, e pessoas de diferentes países se agregaram na cidade ecológica que levitava sobre sua região geral.

Mesmo assim, Kasey não podia defender Yvone. Tudo o que podia fazer era entrar no jogo.

— Olha só pra ela — resmungou Meridian, e Kasey o fez, se virando enquanto as duas saíam do vestiário para olhar o ID projetado de Yvone, que haviam perdido antes. — Mal chegou e já sai desfilando por aí.

YORKWELL, YVONE
Nível: 67.007

O nível, embora baixo, não era o foco de Kasey. Era o sobrenome, familiar.

Onde será que o vira antes?

— Ouvi dizer que eles se inscreveram na ecocidade 7, mas foram rejeitados — disse Meridian ao soar do sinal do quarto período. Portas se abriram, despejando alunos nos corredores. Elas se juntaram à corrente de jovens em carne e osso que se dirigia até o refeitório. — Fico pensando... Como será que foram aceitos aqui — resmungou Meridian enquanto elas se serviam de cubos de proteína. Ao pegarem seus suportes para nutrição intravenosa, ela continuou:

— Aposto que são plantas. Que foi? — perguntou ela enquanto Kasey gesticulava para que abaixasse a voz.

— Sintetizadores. — Era o termo adequado para pessoas que passaram por modificações genéticas para sintetizar sua própria glicose a partir de carbono e água, um processo duas vezes mais eficiente do que transferência de nutrientes intravenosa.

— A questão não é essa — resmungou Meridian enquanto robôs-enfermeiros inseriam as agulhas nos braços delas. — Só não é justo. Ontem minhas mães ficaram a noite toda acordadas tentando acalmar a tia Ling. Antes que você pergunte, a inscrição dela foi indeferida outra vez. Dá pra acreditar?

Dava. Os parentes de Meridian no Território 4 tentavam imigrar para as ecocidades havia quase um ano, mas não conseguiam escapar do legado de um tataravô que trabalhara na indústria de pesticida. Não importava o quão limpo fosse seu estilo de vida no presente, o dano causado ao nível da família era irreversível. Bom, quase. Tornar-se fotossintético era um jeito de melhorar seu nível em dez vezes em uma única geração. Kasey teria aconselhado aquilo — teria se modificado geneticamente, se estivesse no lugar de Meridian —, não fosse pelo fato de que, como a maioria dos pensamentos de Kasey, provavelmente seria interpretado como insensível e ofensivo, então ela guardou a ideia para si e não falou nada.

— Sinto muito. — Foi o que disse. Palavras inúteis.

— Quer dizer, não é como se você pudesse ajudar, né? — disse Meridian enquanto elas deslizavam seus suportes até o pátio do refeitório, ao ar livre, onde tinham uma vista do estrato localizado diretamente acima. O lado de baixo, cheio de nuvens hoje, lançava uma luz cinza simulada sobre as mesas. Enquanto Kasey procurava por assentos livres, ergueu-se um grito.

— Lan! Aqui! — Um garoto acenava para elas de uma mesa com cinco pessoas.

— É sério? — disse Meridian, caminhando até o grupo. — Não me diz que você vai matar aula.

— Dra. Mirasol deixou a gente ir se terminássemos cedo — disse Sid, o garoto que havia gritado.

— Hum — disse Meridian, cética. — Um *período de almoço* inteiro mais cedo? Você pelo menos conferiu sua tarefa?

Uma das garotas soltou um riso debochado.

— O que você acha?

— Não é culpa minha eu ser um gênio — disse Sid.

Meridian revirou os olhos, então se virou para Kasey.

— Tudo bem por você?

Kasey balançou a cabeça rapidamente, a única resposta socialmente aceitável, e tentou inventar uma desculpa para se retirar, mas Sid já estava apontando para o espaço ao lado dele, sem lhe dar outra escolha.

— Ô, Mizuhara — disse ele enquanto ela se sentava. — Como você tá? Tem feito alguma coisa suspeita ultimamente? Tô zoando! — brincou ele quando Meridian o encarou.

— Tudo bem, obrigada — disse Kasey, acenando com a cabeça para os outros rostos ao redor da mesa. Dois familiares, dois novos, todos do time de ciência do qual Kasey costumava fazer parte. Fora do laboratório, haviam perdido contato. Só Meridian continuara a se sentar na mesa de Kasey no almoço depois de ela ter sido proibida de praticar a ciência, e ela sempre fazia barulho ao apoiar a bandeja na mesa, como se estivesse protestando contra uma questão polêmica. Ela realmente não precisava fazer aquilo. Kasey ficava feliz sozinha. Mas a história de alguma forma chegou até Celia, *me fala dessa sua nova amiga*, e Kasey lembrou a si mesma que ter uma amiga de almoço era uma vantagem, não um problema. O tamanho de seu círculo social estava ligado ao seu tempo de vida. Ela era o ponto fora da curva, por se sentir mais feliz quando a conversa na mesa continuava como se não ela estivesse ali, quando os assuntos pulavam de reclamações sobre professores aos preparativos para uma competição.

Meridian compartilhou a notícia sobre o indeferimento de seus parentes distantes e todos vaiaram.

— Quem eu tenho que matar? — perguntou Sid, que ganhou um tapa de Meridian e depois um sorriso relutante como resposta.

As pessoas, notou Kasey, exageravam para demonstrar que se importavam. Elas choravam, riam e juravam vingança contra aqueles que as machucavam. Satisfaziam-se com a autodestruição, com a procura pelo inexistente, desejavam e temiam na mesma medida...

Ding.

Caixa de entrada: (1) nova mensagem

... tudo aquilo fazia parte da patética e miserável experiência humana que Kasey, particularmente, não desejava vivenciar, mas para a qual foi sugada mesmo assim quando abriu a mensagem.

De Actinium. Uma palavra, sem pontuação.

pronta

Não, Kasey quis dizer. *Pronta coisa nenhuma.* Só que não era uma pergunta.

Pronta. A Intraface de Celia estava pronta.

— ... uma demonstração mais tarde. Ai, merda — disse Sid quando Kasey ergueu o rosto, com olhos turvos como se tivesse acabado de emergir de uma série de 200 metros nado peito. — Esqueci que temos uma oficial do CP2 aqui.

— Se comporta — disse Meridian para Sid, depois para Kasey: — Linscott Horn vai discursar no estrato-25 hoje.

— Depois da escola — acrescentou uma das garotas. — Vamos fazer um prosto.

— De que *século* você é? — perguntou Sid, mastigando seu cubo de proteína. — Vamos *hackear* — resmungou ele, de boca cheia. — Vamos desativar os níveis de todo mundo. Isso vai mostrar pro Horn que o preconceito dele não é bem-vindo aqui. — Ele piscou para Kasey. — A ajuda de uma profissional cairia bem.

— Sid — disse Meridian, com um tom de alerta em sua voz. — Para com isso.

— Só tô brincando.

— E cadê a graça? — retrucou Meridian, antes que Kasey pudesse dizer que não tinha problema.

Um silêncio desconfortável caiu sobre a mesa. Ninguém disse nada, mas era óbvio que todos estavam pensando nas restrições científicas de Kasey. Hackear era estritamente proibido. Proibido para todos, mas especialmente para Kasey. As configurações em sua Intraface monitoravam sua obediência assim como as configurações em seu biomonitor. Um dedo fora da linha e o CP2 saberia.

— Desculpa, não posso — disse Kasey, quebrando o silêncio. Ela removeu a agulha do braço e arrumou a manga do blazer. — Tenho planos.

— Viu só? — disse Sid, cutucando Meridian. — Ela tá requisitada.

A tensão se dissipou. A conversa continuou. Meridian atraiu o olhar de Kasey e murmurou: *obrigada*. Até onde ela sabia, Kasey havia mentido para melhorar o clima.

Antes fosse.

• • •

Essa era a mentira de Kasey: ela não tinha nenhum plano para depois da escola.

Ela saiu durante o horário de estudos. Pegou o duto mais próximo para baixo. Seus colegas de classe não notariam sua ausência. Talvez os professores notassem, mas seria sua primeira falta. Kasey sobreviveria à detenção, pensou ela enquanto atravessava a multidão do estrato-22, se conseguisse sobreviver àquilo.

— De novo não! — gritou o tatuador quando Kasey entrou com tudo na GRAPHYC e seguiu diretamente até a escada dos fundos. A porta no topo estava aberta. Ela entrou sem bater.

A unidade, vazia. Ela olhou para cima e encontrou Actinium no teto, sentado diante de uma mesa baixa com dois objetos. Um projetor de hologramas e um aparelho menor que emitia uma rede de raios laser, em cujo centro, suspenso como um mosquito, estava o pequeno objeto branco.

Era a Intraface de Celia, exposta para o mundo. Kasey sentiu um formigamento na cabeça. Ela ficou consciente de seu estado físico: suada e meio indisposta, fora de compostura.

Diferentemente dele.

— Chegou cedo. — Sua voz impregnava o espaço como um elemento radioativo. Ele se levantou; a mesa se retraiu. Ele caminhou até o topo da cápsula de estase, ou base, pela perspectiva dele, e começou a subir os degraus improvisados. A força gravitacional se reverteu na metade do caminho entre o teto e o chão, e ele se balançou em um braço, soltou a escada e aterrissou com os dois pés.

O movimento havia claramente sido aperfeiçoado pela prática. A aterrissagem fora silenciosa. Mesmo assim, o impacto percorreu as solas dos sapatos de Kasey. Ela deu um passo para trás.

— Você mandou uma mensagem.

— Você tem aula — disse Actinium, com uma voz monótona.

Kasey cruzou os braços. Ela podia até ter cara de estudiosa, mas seu interesse pela escola não era muito diferente de seu interesse pelas pessoas, e sua vida escolar não era da conta dele.

— Quanto tempo vai demorar? — perguntou ela, irritada.

— Mais dez minutos.

Seriam dez minutos demorados demais, então. De repente, a unidade não parecia grande o bastante para os dois.

— Eu espero... — começou Kasey, parando quando Actinium foi até o bar de combustível, abriu um armário e pegou uma lata com uma etiqueta onde se lia CHÁ e duas xícaras de vidro.

... lá fora.

Enquanto ele despejava água fervente nas xícaras, Kasey o analisou, procurando pelos traços que Celia apreciava. Alto? Confere. Cabelos e olhos escuros? Confere. Proporção entre ombro e cintura? Naquele ponto, Kasey parou. Ele parecera ter um corpo melhor ontem, na mira de seu REM, mas agora ela via que era por causa de sua postura. Na verdade, ele parecia menor em termos de estatura, concluiu Kasey quando Actinium se virou e lhe entregou uma xícara, recostando-se no bar de combustível com a dele.

O silêncio se transformou em uma respiração inacabada. Um nome não dito. Por mais contraditório que fosse, Kasey se convenceu de que o espaço, pequeno demais para os dois, havia sido feito para três. Ele precisava de Celia. *Ela* precisava de Celia. Precisava de conselhos sobre o que dizer para o garoto à sua frente. O que tinham em comum era, teoricamente, forte o bastante para resistir a qualquer gafe de Kasey e, ainda assim... ela estava com medo. Com medo de revelar que lamentava menos. Entendia menos. Se importava menos, em comparação a Actinium.

Ela soprou o chá. O gesto não fez a bebida esfriar nem um pouco mais rápido. A lei da termodinâmica não se alterava para ela. O mundo, como sempre, girava perfeitamente bem sem ela. Lembrar-se daquilo lhe deu coragem para finalmente falar.

— Há quanto tempo você conhecia ela?

Ao mesmo tempo, Actinium perguntou:

— Você tem alguma pergunta?

Constrangedor.

— Essa é a minha pergunta.

Actinium não respondeu. Normalmente era Kasey quem desconcertava as pessoas com seus silêncios, mas agora ela se via em território desconhecido.

— Fiz uma pesquisa sobre você — disse ela, e a vontade foi de dar um tapa em si mesma.

— E?

E não encontrara nada. Sem hackear, ela era tão limitada quanto qualquer outra pessoa.

— Você é uma pessoa reservada. — Ela tinha que parar de dizer o óbvio perto dele. — Então não vou me intrometer. — Mesmo que já tivesse se intrometido. — Eu só queria saber...

Por quanto tempo eu não soube.

Actinium baixou os olhos para sua xícara, ocultando o olhar.

— Anos.

Ela nunca havia nem imaginado. Kasey levou a borda da xícara aos lábios. O chá queimava como sua vergonha. Era intromissão demais perguntar como eles haviam se conhecido. Intromissão demais perguntar qualquer coisa sobre o relacionamento deles. *O que mais, o que mais?* Ela puxou o colarinho de seu blazer da escola — e teve uma ideia.

— Você não está na escola — sugeriu SILVERTONGUE. — Também... você também não está na escola — disse Kasey, tentando amenizar a afirmação.

— Não mais — disse Actinium.

— Quando se formou?

— Não me formei. — Aquilo não estava indo bem. — Larguei a escola sete anos atrás — acrescentou Actinium, salvando Kasey de si mesma —, logo antes do fundamental II.

Informação: adquirida. A idade dele ficava entre a dela, dezesseis, e a de Celia, dezoito. Kasey tomou um longo gole de chá — e engasgou quando Actinium disse:

— Não precisa se forçar.

Então ele apontou para a xícara dela com a cabeça.

— Fui presunçoso — disse ele. Por um momento, Kasey pensou ter ouvido uma nota de hesitação.

— Imagina. Até que dá pra beber. — Era para ser um elogio, mas saiu errado, como tudo que ela dizia. Ela checou o horário no canto de sua visão. Mais dois minutos. Kasey olhou para o teto, onde a Intraface ainda estava suspensa na rede de raios laser. — Você pode trazer ela aqui pra baixo?

— Da última vez você não precisou da minha ajuda — disse Actinium, incisivo.

— Eu não sabia quem você era — retrucou Kasey. Ainda não sabia, além do que tinha conseguido arrancar dele. Ele trabalhava na GRAPHYC, tinha um gato e amava Celia, o que, francamente, já lhe dizia o suficiente.

No fundo, ele era alguém em quem ela podia confiar. Alguém um pouco imprudente.

Alguém que seguia o coração.

Actinium colocou a xícara na bancada do bar de combustível. Ele caminhou até a cápsula de estase e subiu da forma como havia descido, virando-se na metade do caminho e aterrissando no teto antes de olhar para Kasey lá embaixo, com um olhar cheio de expectativa.

É, era definitivamente um cara que fazia o tipo de Celia. Suspirando, Kasey colocou sua xícara ao lado da de Actinium e enxugou as mãos no blazer ao se aproximar da cápsula de estase. Os "degraus" mal eram profundos o suficiente para seus pés. Ela estava tão determinada a não escorregar que não se preparou para o ponto de reversão da força. Seu estômago pareceu virar de cabeça para baixo, porque ela *estava* de cabeça para baixo, e se agarrou à lateral da cápsula por uma fração de segundo antes de cair...

... e aterrissar. De pé. Foi um milagre.

O que não foi assim tão milagroso foi quando Kasey se deu conta de que Actinium estava parado à sua frente, segurando-a pelos antebraços. Seus olhares se encontraram; ela ficou surpresa ao ver que os dele estavam tão cautelosos quanto os dela pareciam estar. Então ele a soltou, deu um passo para trás, e Kasey focou a coisa mais importante: estava no teto. Com os pés firmes e sangue ainda fluindo para suas solas, presa pela mesma força de $9,8 \text{ m/s}^2$ que mantinha toda a vida na Terra no chão... só que em outro lugar.

Impressionada, ela se sentou no que agora era o chão. Actinium se juntou a ela. A mesa automaticamente se ergueu. A Intraface continuava a reiniciar e o progresso era exibido na tela. O espaço parecera pequeno demais antes, mas ali, naquele momento, Kasey estava feliz por ter

Actinium ao seu lado para que não tivesse que assistir à porcentagem de progresso subir sozinha.

98%

99%

100%

Os feixes de luz se retraíram. A Intraface flutuou para baixo. Kasey não a tocou. Ela esperou que Actinium a inserisse no projetor holográfico.

Em vez disso, Actinium se levantou.

— Vou indo.

Foram palavras, baixinho, mas Kasey ouviu mais do que isso.

Vou indo para dar espaço a vocês.

— Não — disse, subitamente. Então pigarreou. — Não precisa. — Ela desviou o olhar. — Ela ia querer que você estivesse aqui.

Actinium permaneceu parado.

— Senta — ordenou ela. Ele se sentou; ela inseriu a Intraface no projetor antes que pudesse mudar de ideia. Um feixe vertical emergiu do topo da máquina, abrindo-se para formar uma tela cinza.

BEM-VINDA, CELIA

Era *errado* estar dentro do cérebro de Celia, e esse sentimento se enrolou como uma cobra ao redor da mente de Kasey. Então Actinium abriu um relatório da atividade da Intraface de Celia e Kasey libertou sua mente.

Dados. Fatos. Aquelas eram coisas que ela merecia ver.

Os dados: Celia se projetava 20,5 horas semanais a menos que a média. Os únicos aplicativos eram os padrões. A maior parte do armazenamento de sua Intraface era dedicada a memórias capturadas, dezenas de milhares delas, agrupadas por assunto e data. Centenas de milhares de horas de vídeos. Os dois ficariam lá por anos se revisassem todos eles, de modo que, quando Actinium sugeriu seis meses, Kasey assentiu. Seis meses antes do desaparecimento de Celia.

Ela abriu a pasta apropriada, respirou fundo e clicou em "reproduzir".

Tudo veio de uma vez. Memória após memória após memória, as boas, as ruins, as terríveis. A primeira vez que elas visitaram o mar juntas pessoalmente, e então — conforme descobriu Kasey enquanto revisava o resto dos vídeos classificados como MAR — todas as outras vezes em que Celia havia retornado sozinha, à noite, sem que Kasey soubesse. Outras noites secretas que ela passara em boates. Noites que dormira fora. Ioga e *brunches* com amigas, tantas amigas; risos e rostos sem fim, pessoas e lugares ganhavam vida sob os raios da atenção de Celia.

Duas semanas de memórias revisadas; faltavam cinco meses e meio.

Quando faltavam quatro meses, Actinium se levantou, desceu e subiu novamente. Ele pressionou um cubo de proteína na mão dela. Mais tarde, ela mesma desceu para usar o banheiro do térreo e ficou assustada ao ver que a GRAPHYC já havia fechado. O tempo não passava na unidade sem janelas de Actinium, apenas a vida de Celia — lá fora, por outro lado, o dia tornou-se noite e depois dia outra vez. O alerta das notícias matinais apareceu na Intraface de Kasey. Tremores detectados na costa do Território 4. Discurso do especialista Linscott Horn adiado. Uma mensagem de Meridian, perguntando onde Kasey estava. Nenhuma mensagem de David; era seguro afirmar que ele havia passado a noite na sede do CP2.

Faltavam dois meses. Kasey ergueu os olhos e encontrou os de Actinium. Eles estavam vermelhos; ela imaginava que os dela também estavam. Mas nenhum dos dois se ofereceu para assumir a tarefa no lugar do outro. Havia um acordo entre eles, feito em algum momento durante a noite silenciosa.

Estavam os dois naquilo até o fim.

Um mês. Uma semana. Um dia.

Então escuridão. A última memória. O tsunami da vida de Celia recuou, carregando consigo o de Kasey. Ela se sentia como um cadáver, depositada na areia. Orelhas inundadas, olhos salgados. Se os sentidos fossem um recurso não renovável, ela teria acabado de desperdiçar toda a sua cota em uma fração da vida da irmã. Era tão mais intensa que a dela. Tão mais *vívida*. O mundo teria perdido bem menos sem Kasey, cujo cérebro já estava reiniciando, compilando conclusões. Eles não haviam encontrado nenhum alerta. Nada espantoso além de passeios secretos à noite — teria sido mais espantoso se não tivessem encontrado esse tipo de coisa. Nada, como Actinium havia dito antes, que teria feito com que Celia se sentisse encurralada. As únicas vítimas eram aquelas que ela havia deixado para trás.

Como Tristan/Dmitri.

Preciso saber se foi culpa minha.

Espera.

Onde estavam as memórias específicas sobre garotos?

Armazenadas em um lugar separado, descobriu Kasey. Uma pasta nomeada xxx. Ela abriu uma prévia. Um erro. Ela a fechou; aquele era o limite.

— Veja você — disse ela para Actinium.

— Tem outro jeito. — Actinium abriu os dados do biomonitor de Celia, e Kasey repreendeu a si mesma. Claro. Emoções podiam ser elucidadas através de números. Ela extraiu um relatório mensal de saúde.

Sabia o que estava procurando: evidências empíricas de trauma ou de um coração partido. Irregularidades nos níveis de neurotransmissores. Desequilíbrios emocionais. Dados e gráficos, que ela encontrou.

Mas nenhum deles ilustrava a imagem que ela pensava estar procurando.

Em vez disso, pela primeira vez em sua vida, Kasey precisou ler números duas vezes. Ela olhou para Actinium, viu seus olhos percorrendo a tela enquanto digeria as informações.

Como não se sentia pronta para fazer o mesmo, Kasey se levantou e foi para longe. O sangue correu até seu cérebro, como se a gravidade tivesse sido restaurada e ela pudesse cair e quebrar. Por um momento assustador, foi bem isso que quis. Quebrar e se juntar a Celia em seu mundo sem sentido. Porque Celia ainda estava morta. O mar a havia matado.

Vinha a matando há um longo tempo.

⊪ IIII

O MAR É SEMPRE MAIS bonito depois de uma tempestade. Nesta manhã, ele cintila para além do píer afundado, iluminado pelo sol. O céu, imagino, deve ser de um azul sem nuvens. Se ao menos eu pudesse vê-lo em cores.

Bom, se ao menos eu não tivesse um barco para construir e um estrangulador para neutralizar.

Levo uma mão ao pescoço. Minha traqueia está machucada e é horrível para engolir. No fim das contas, há mais formas de morrer nesta ilha do que eu pensava, como literalmente pelas mãos de um garoto.

Eu poderia tê-lo deixado na praia. Talvez a tempestade o tivesse afogado. Talvez o oceano o tivesse carregado e devolvido para sabe-se Joules onde. Eu poderia ter me livrado dele sem erguer um dedo, e seria bem feito para ele.

Em vez disso, fiquei com ele. Preso à cama de M. M., ainda nu — me recuso a vestir meu quase-assassino —, mas vivo.

Porque ele é exatamente igual a mim. Nós dois viemos parar em uma praia, nus como recém-nascidos. Se ele se lembrar de qualquer coisa, qualquer coisa mesmo, do que há lá fora — em outras ilhas ou nas cidades dos meus sonhos — não me importo se ele for o diabo em pessoa. Ele pode ser a resposta para o meu passado e o meu futuro. Ele pode aumentar minhas chances de encontrar Kay.

Veremos quando ele acordar.

Sob meus pés, a maré sobe e engole as tábuas do píer. A brisa do mar está divina, especialmente depois dos eventos da noite passada.

Dou um último suspiro e saio do píer. Sinto um arrepio na nuca ao atravessar a praia. É estranho saber que há outra alma nesta ilha. A casa, quando retorno, parece diferente de alguma forma. Uma tábua do assoalho range; dou um pulo, mas é apenas U-me.

Os calafrios passam assim que entro no quarto de M. M. O cômodo fica claro nesse horário, quando entra luz pela janela ao leste. O papel de parede tem desenhos de pequenas flores. O ar é iridescente, repleto de poeira, e também doce; o aroma de lã atravessa as portas ripadas do closet, onde os suéteres de M. M. ficam pendurados em uma fileira. Eu dormiria aqui com mais frequência se isso não fizesse a casa parecer tão vazia. No sofá, posso me convencer de que sou uma entre muitos convidados, apenas de passagem.

O garoto, no entanto, já se sente em casa debaixo do cobertor do qual abri mão para cobri-lo. Eu me afundo na cadeira de balanço ao lado da cama, aquecida pelo sol, e o observo dormir — um sono bem pesado para alguém preso à cabeceira da cama, penso, com inveja. Aposto que é um sono sem sonhos. Aposto — na verdade, eu *sei* — que ele não acordou nem uma vez sequer na noite passada. Ele estava apagado como uma luz enquanto tive que lutar para manter os olhos abertos após minha experiência de quase-morte, tudo para evitar morte por sonambulismo em uma tempestade.

Se estou acordada, ele com certeza também pode estar.

Sinto minha paciência se esgotar e o cutuco. Uma, duas vezes. Verifico se ele ainda está respirando e, com meu dedo debaixo de seu nariz, a constatação me atinge outra vez.

Um humano. Vivo. Respirando.

O primeiro em três anos.

Será que ele é engraçado? Sarcástico? Charmoso? Ou vai acordar ainda como um assassino?

Como se pudesse encontrar as respostas estampadas em seu rosto, eu me aproximo e o analiso. Ele parece ter mais ou menos a minha idade, qualquer que seja ela. Quanto à aparência, ele é bonito, mas sem graça. Nada se destaca. Nada é *avassalador*. Suas maçãs do rosto, embora altas, poderiam ser mais definidas, e seu maxilar, refinado, poderia ser mais esculpido. Seu cabelo é ondulado, mas sem definição, e curto demais para ser comprido, mas comprido o bastante para escorrer pelo travesseiro e se curvar ao redor de suas orelhas e pescoço. Mechas em um tom cinza-escuro caem sobre sua testa e seus olhos são interrompidos apenas pelo declive do nariz — um nariz razoável, mas ainda infantil. *Infantil* — essa é a palavra. Sem ângulos e com sombras suaves, como a meia-lua sobre seus lábios.

O que me leva aos lábios.

Nem cheios nem finos demais. Na média, mas, aqui, funciona. Os lábios são provavelmente seu melhor traço; passo um dedo pelo inferior antes que consiga me conter, surpreendida por sua maciez. Será que assassinos têm lábios macios? Toco os meus, ressecados, subitamente insegura. Então rio. Eu? Superada por um garoto? Impossível.

Espera um pouco.

De onde veio *esse* pensamento?

Não me lembro de nenhum garoto. Na verdade, quando tento me lembrar deles, acabo com imagens de picolés que derretem rápido demais e cidades celestes que pairam sobre os oceanos. E Kay. Olhos pretos como café. Cabelo na altura dos ombros. Um raro e sutil sorriso.

Então, como se alguma represa tivesse se rompido, todas as lembranças voltam em uma torrente. Garotos, garotos e mais garotos. Garotos que falam mais do que ouvem, que não são tão engraçados quanto pensam que são, mas que precisam de mim como precisam de ar, cujos sorrisos são facilmente conquistados.

Apenas um garoto não sorri. Seu cabelo é preto, penteado para um lado. Olhos negros como carvão. Quando nossos olhares se cruzam, é como se ele me enxergasse, não a versão que tento ser para fazer com que os outros gostem de mim, mas as partes que escondo, os segredos que não conto para Kay, por medo de que a machuquem. Jamais quero machucá-la, ou ele, ou qualquer pessoa.

Um garoto cujo nome não consigo lembrar.

Quando volto à superfície, estou sem ar. Volto a olhar para *o* garoto e encontro meu dedo ainda sobre seus lábios e seus olhos bem abertos, íris cinzentas fixas nas minhas.

Tiro a mão.

— Finalmente — digo, fingindo frieza e cruzando os braços sobre as costelas. Atrás delas, meu coração pulsa com força. — Perdi a manhã inteira por sua causa.

Dois segundos. Esse é todo o tempo que tenho para me preparar antes da torrente.

— Onde eu tô? Como cheguei aqui? — Ele olha para todo lado, esquerda, direita, esquerda de novo e, por fim, para cima, para a cabeceira. — O quê...? — Ele puxa os braços; a corda de nylon os segura. — *Mas que porra? Por que eu tô amarrado?*

Tantas perguntas. Será que, pelo menos, me lembro de como responder a perguntas?

Onde eu tô?

— Na minha cama.

Como cheguei aqui?

— Eu te carreguei.

Por que eu tô amarrado?

— Tenho meus fetiches.

Talvez não.

— *Tô brincando* — digo quando o rosto do garoto empalidece ao menos três tons de cinza.

Primeiras impressões, segunda versão: ele não parece um assassino, nem está agindo como um. Mas a voz dele é o que me deixa mais balançada. Mesmo em pânico, é como... música. O som do mar ao suspirar pela areia. Quase não condiz com seu rosto, mas, enquanto penso nisso, noto que seu rosto, combinado com sua voz, fica mais belo diante dos meus olhos.

Minha conclusão? Abstinência de vozes é real e pode ser mortal se eu não tomar cuidado.

— Me solta — diz o garoto. A cama range quando ele puxa as amarras. Resisto ao impulso de ir a seu socorro. A forma como vivia antes não é como vivo agora. As coisas brilhantes nos meus sonhos, os elevadores de vidro e os garotos com sorrisos brancos não existem aqui. Somos apenas eu e as habilidades de cura naturais do meu corpo. Um coração pulsante é melhor do que um coração mole.

Basta apenas uma decisão errada.

— Não até você provar que é confiável — digo, voltando a me sentar na cadeira de balanço.

— *Confiável?* — Continua a se debater e a se contorcer.

— Para de lutar e me escuta. — Espero por ele. Por vários minutos, sua respiração apenas acelera. Seu sofrimento me contamina e seguro os braços da cadeira de balanço. Quando ele finalmente se acalma, a madeira está escorregadia sob minhas palmas.

— Vamos começar com a pergunta de por que você está amarrado. — Começo a balançar a cadeira no ritmo de uma avó, torcendo para que isso o tranquilize. — Ontem à noite, você tentou me estrangular.

— Não tentei.

— Tentou.

— Não t...

Abaixo com força a gola do suéter de M. M. Isso faz o garoto calar a boca.

— Você tentou, mesmo que não lembre. Também estava caindo uma tempestade. Você tem sorte de eu ter me dado ao trabalho de te trazer pra dentro. — Volto a cobrir as marcas com a gola. — De nada.

Observo enquanto ele processa a informação. Ele está tentando encaixá-la em seu cérebro — o que vê *versus* o que acredita. Minha verdade contra a dele. Não acho que ele esteja *fingindo* ter se esquecido, e não descarto a possibilidade de que seu comportamento na praia tenha sido algo isolado, motivado por o que quer que ele tenha vivido no mar.

Também vale notar que ele parece mais magricelo sob a luz do sol, nem de perto forte o bastante para me asfixiar, e... Não, não vou criar justificativas para ele. Ele pode se explicar.

— Onde isso aconteceu? — o garoto finalmente pergunta.

— Lá fora. — Aponto na direção da janela com a cabeça. — Estamos em uma ilha abandonada. Você está atualmente hospedado na humilde morada de M. M. Não, ela não está por aqui. Não, não sei onde ela está. Mas já se passaram três anos, então tire suas próprias conclusões. Por enquanto, somos só nós dois. Eu e você.

— Discordo — diz U-me na porta do quarto.

— E U-me, a robô.

Espero por uma reação. Não recebo nenhuma. O garoto não diz nada por um longo tempo. Então:

— *Como*, exatamente, eu cheguei aqui?

— Eu ia te perguntar a mesma coisa. — Paro de me balançar e me inclino para a frente. — *Como* você chegou aqui?

— Não sei.

— Faz uma força.

— Já falei, não sei! — Tão rápido quanto se levanta, a voz dele também se abaixa. — Por favor, me solta.

Meu coração enrijece diante da súplica. *Lembre-se do seu objetivo*.

— Você realmente não lembra de nada? — Nu *e* sem memórias, da noite de ontem e do passado. O garoto e eu talvez sejamos mais parecidos do que eu pensava, o que seria reconfortante, *eu não seria a única*, se eu não dependesse dele para encontrar respostas que possam me ajudar a encontrar Kay. — Tenta — ordeno. — Tenta lembrar de alguma coisa. Uma imagem. Uma pessoa. Um lugar.

A reação do garoto é puxar as amarras com tanta força que um líquido cinza-escuro se empoça na corda.

Merda. Eu me levanto da cadeira de balanço em um pulo enquanto o líquido escorre até seus cotovelos.

— Para com isso. *Para*.

Eu o agarro pelos antebraços, apenas para me assustar com o calor de sua pele nua. *Um humano como eu*. Que agora está sangrando por minha causa. Eu achava que acordar sozinha em uma ilha era ruim, mas como eu me sentiria se acordasse e desse de cara com um estranho me interrogando sob custódia?

Me afasto, sentindo as mãos formigando onde nos tocamos. Ele tentou me matar. Isso ainda é verdade. Mas estou viva, assim como ele. Somos as únicas duas pessoas nesta ilha. Coexistir em paz seria melhor do que nossa situação atual. Talvez seja um erro, mas...

— Vou te soltar — digo, pronunciando cada sílaba, tentando ganhar tempo para pensar. *Definir as regras básicas*. — Desde que você não tente me matar de novo.

Que Joules me salve. *Isso* é o melhor que posso fazer? Não tenho como garantir isso e *certamente* não terei como puni-lo se ele quebrar a promessa, já que estarei morta.

Felizmente, o garoto não me ridiculariza. Pelo contrário, ele está levando isso a sério demais.

— De novo? — contesta ele. — Como pode ser "de novo" se eu não me lembro da primeira?

Não sei. Não pensei na semântica da coisa.

— Você quer que eu te solte ou não?

Ele faz que sim com a cabeça. Eu espero. Ele entende.

— Tá bom. Prometo.

— Sinceridade, por favor.

— Não é sincero se eu não me lembro — protesta ele.

— Imagina isso: eu, você, na praia. Suas mãos no meu pescoço.

O garoto fecha os olhos e franze as sobrancelhas. Ele é diligente, devo admitir, e sinto pena dele quando reabre os olhos e diz:

— Nunca quis te matar, e *acho* que nunca vou querer te matar, mas juro que não vou ceder à tentação se ela aparecer — uma pausa — de novo.

— Jure pela sua vida.

— Juro pela minha vida.

É melhor a eu do futuro não se arrepender disso.

Eu o solto — então percebo que provavelmente deveria tê-lo avisado de que ele está nu debaixo das cobertas.

— Mas que porra...?

— Porra — repete U-me. — Substantivo feminino. Líquido liberado na ejaculação; esperma; sêmen. Substantivo.

— Os palavrões são por sua própria conta e risco — digo enquanto o garoto volta atrapalhado para a cama e se enrola com a coberta.

— O que você fez com as minhas roupas?

Arranquei tudo. As palavras vêm como um reflexo. Talvez eu as tenha dito para os garotos do meu passado, mas sei que é melhor não as repetir para o garoto à minha frente agora, de olhos arregalados.

— Você acordou desse jeito, amor — digo, tão gentilmente quanto consigo.

Ele balança a cabeça, incrédulo.

— Você fez alguma coisa com elas! — Ele aponta um dedo trêmulo para mim; suas bochechas escurecem. Coram, presumo. — Você mesma disse! Que vo-você tem seus...

— Joules, foi uma *piada*.

— Meu nome não é Jules! — As emoções explodem em seu rosto. Não consigo decifrá-las tão bem quanto costumava, mas acho que vejo medo. Incredulidade. Raiva.

— Não era isso que eu estava tentando dizer. — Minha cabeça está começando a flutuar. E bem quando achei que o tinha acalmado. — Olha, amor. Sinto muito pelas suas roupas. Sei que você não confia em mim, e não tem que confiar, mas você realmente acordou desse jeito. Mas tá tudo bem. — Vou até o closet, abro as portas e pego o máximo de suéteres que consigo carregar. — Podemos te vestir agora mesmo. — Empilho os suéteres em seu colo, depois me sento na ponta da cama. — Vá em frente.

O garoto não diz nada. Não faz nada. Não se move.

Seu silêncio me assusta. Estendo a mão na direção dele; ele recua.

Já faz um tempo que não lido com qualquer tipo de rejeição.

— Por que você não me diz seu nome? — pergunto, escondendo a dor da questão. — O meu é Cee — digo, tentando abrir caminho.

— Não sei meu nome. — O horror toma conta de seus olhos. — Não sei... — Ele olha para as mãos, viradas para cima em seu colo. Sua voz se reduz a um sussurro. — ... meu nome.

Ele encara as mãos vazias como se estivesse segurando o nome há um segundo. Eu, por outro lado, encaro seus punhos. O cruzamento de linhas cinzas-escuras. O zigue-zague marcado em seu braço. *Eu* fiz isso com ele. Meus próprios punhos doem. Eu os esfrego e me ouço dizer:

— Eu também não lembrava o meu.

Lentamente, o garoto ergue os olhos.

— Sério?

— Uhum. — Não gosto de revisitar aquela época, mas, para o garoto, eu o faço. Minha primeira semana aqui: eu tinha um teto para me abrigar, e roupas, mas não sabia quem era ou por quem estava vivendo. Ninguém, parecia, sentiria minha falta se eu me afogasse, então quase me afoguei. Na banheira. Caí no sono e acordei com água no nariz e na boca, mas também com um nome pulsando na minha cabeça como um coração. — Levou um tempo — digo, para não dar ao garoto uma data definitiva com a qual ele poderia comparar seu progresso —, mas eu me lembrei.

— Cee... é isso mesmo? — *Cee*. Meu nome é Cee. Quando o garoto o entoa, alguma coisa se agita dentro de mim. É a primeira vez que ouvi meu nome nos lábios de outra pessoa desde que acordei nesta ilha.

— É — respiro. — C-E-E.

Quero que ele fale meu nome outra vez.

Ele não fala. Ele me olha, como se aceitasse que essa é a realidade, e eu olho para ele também. Ele é real. Preciso conter minhas próprias mãos para me impedir de tocá-lo, porque, pelo que estou descobrindo, é assim que me conecto às pessoas. Quero sentir as emoções delas. Quero compartilhá-las e protegê-las. *Queria que você estivesse aqui*, penso subitamente para Kay. Eu a abraçaria e jamais a soltaria. Mas, por enquanto, por mais incompleta que eu seja, não estou sozinha.

Não estou sozinha.

— ... vermelha no seu rosto. — A voz do garoto me arranca dos meus pensamentos. Perdi parte do que ele disse, mas já estou entendendo.

Quando ele aponta para o canto dos lábios, esfrego os meus. Há uma mancha cinza nos meus dedos. Eu a lambo, só para ter certeza. Sinto o gosto de ferro na língua.

Sangue.

Dele ou meu, não sei. Não importa. *Vermelha*, o garoto disse.

Ele enxerga cores.

Meu estômago afunda. Em alguns aspectos, ainda estou sozinha. Ele tem algo que eu não tenho. Devo dizer a ele? Decido que não. Ele tem as próprias lacunas com as quais se preocupar, o que é evidente quando ele me pergunta:

— E se eu nunca lembrar meu nome? — Sua garganta se move quando ele engole. Sinto um nó na minha. Sei o que ele está procurando: o conforto que só se pode encontrar fora de si. Um afagar de mãos. Ou uma promessa.

— Você vai — digo, dando-lhe as duas coisas.

Dessa vez, ele não recua.

10

A MEMÓRIA RETORNOU COMO A maré.

Sábado, seis meses atrás. A temperatura estava ajustada em agradáveis 26ºC quando Kasey saiu da sede do CP2 no estrato-50 e encontrou Celia a esperando lá fora. Ela vestia um conjunto de ioga azul-bebê. Kasey ainda estava com o blazer da escola.

— Minhas roupas... — ela começou a falar quando Celia pegou sua mão.

— Não vai precisar delas.

Um lugar onde ela não precisaria de roupas, mesmo que emprestadas de Celia?

— Aonde a gente vai? — perguntou Kasey, preocupada, e com razão, enquanto caminhavam até o duto mais próximo. Passar os fins de semana juntas não era algo que sempre haviam feito. Elas mal se falaram por quase dois anos depois da morte de Genevie. Então o incidente aconteceu e arrancou a ciência da vida de Kasey. Celia havia tentado preencher o vazio ao reduzir o tempo que Kasey passava sozinha, na companhia de seus pensamentos, como se eles pudessem ser perigosos. Talvez fossem.

Kasey certamente não infringia leis quando assistia a novelas, ia às compras ou fazia qualquer outra coisa que Celia planejava, o que, a julgar pela resposta "um lugar especial" da irmã, podia ser qualquer coisa, de um spa de lama a escalada. Na semana anterior, Kasey havia sido assada viva em uma coisa chamada "sauna".

Para deixar tudo inconveniente, além de desconfortável, as experiências, raramente virtuais, aconteciam predominantemente nos estratos inferiores. Mas hoje, Celia não desceu no estrato-50 ou -40. O estrato-30 chegou e passou, depois o estrato-25. Restavam seis passageiros conforme o duto continuava descendo. Estratos apareciam borrados atrás do cilindro de vidro, até que Kasey deduziu qual era o destino.

— A gente não devia. — O estrato-0 era proibido; o próprio David Mizuhara havia dito aquilo em uma de suas mensagens mensais.

— Você precisa ver, amor — disse Celia quando três pessoas saíram na parada seguinte.

— Já vi o estrato. — Kasey o havia visitado holograficamente em uma excursão escolar.

— Não, o oceano. De perto — insistiu Celia antes que Kasey pudesse argumentar que elas já haviam visto o oceano da unidade dos Cole enquanto observavam o pôr do sol, outro dos passatempos preferidos de Celia. — É totalmente diferente.

— Tá bom — concedeu Kasey, como se elas já não tivessem chegado. — Só dessa vez.

Como a camada mais inferior da ecocidade, o estrato-0 funcionava parcialmente como um atracadouro e parcialmente como plataforma de observação. O ponto mais baixo de sua estrutura em forma de tigela era feito completamente de vidro, criando a ilusão de que o mar estava debaixo dos pés do visitante, e um lamentável efeito estufa. Suando, Kasey observava enquanto Celia encarava o oceano.

— Por que você gosta tanto dele? — perguntou ela. Por mais que tentasse, não conseguia entender o que havia de tão especial em água, sal e metais pesados.

— Porque está vivo.

— Nós estamos vivas.

— Estamos mesmo? — questionou Celia, pensativa. Kasey indicou que elas estavam respirando, ao que Celia retrucou "ar reprocessado". Kasey teria dito *limpo*. — Nossas veias estão cheias de substâncias químicas. — Todos os nutrientes são substâncias químicas. — Nossas mentes, aprisionadas. — Libertas do mundo material.

— Quando olho para o mar — continuou Celia —, quase posso ouvi-lo dizendo meu nome. É reconfortante. — *Perturbador* era a palavra que veio à mente de Kasey, e Celia riu de sua expressão. — Você vai ver do que eu tô falando.

— Acho que não — disse Kasey lentamente. — Isso não vai virar uma atividade rotineira.

Celia apenas sorriu.

No dia seguinte, para combater o calor, Celia comprou picolés do quiosque da concessão da plataforma de observação. Os picolés fizeram Kasey ficar pegajosa *e* suada; o concentrado de sacarose escorria por suas mãos e tingia a boca de Celia em um tom desnecessário de vermelho allura. Aquilo não impediu a irmã de tomar três deles ou de voltar no dia seguinte e no outro, até que o inevitável aconteceu:

Celia sugeriu que fossem ao mar de verdade.

O dia estava nublado, mas as nuvens não dissuadiram Celia. Via duto, ela levou a irmã até uma locadora de embarcações localizada nas águas abaixo da ecocidade. A existência de tal estabelecimento impressionava Kasey. Quem se daria ao trabalho de ir até lá quando era possível aproveitar cruzeiros ao redor do mundo no conforto de uma cápsula de estase? Pelo visto, gente como Kasey. Adolescentes de rostos inchados, drogados com produtos orgânicos, que não piscaram um olho quando Celia furou a fila para alugar um barco com o nome HUBERT pintado na lateral.

Hubert vinha com sobrepeles, óculos protetores e toxímetros aprovados pelo CP2, de uso obrigatório para todas as atividades realizadas fora da cidade — equipamentos que poderiam ter dispensado se tivessem feito o passeio na forma holográfica, pensou Kasey enquanto fechava o zíper de sua sobrepele, tentando não pensar no número de corpos que já a haviam usado antes. Ela firmou os óculos protetores no rosto. Eram enormes, quase do mesmo tamanho que os que usava quando ainda participava das aulas de química. Com seus próprios óculos protetores pendurados ao redor do pescoço, Celia riu.

A dona da locadora de barcos parecia querer estar lá tanto quanto Kasey.

— O mapa fica debaixo da popa — disse ela quando Celia pediu recomendações de passeio. — Ei! Só dois por barco — gritou ela para cinco adolescentes que tentavam se apertar em um.

— Todos a bordo — disse Celia, pulando para dentro de *Hubert* enquanto Kasey vasculhava uma bagunça de boias biodegradáveis no compartimento abaixo da popa para pegar o mapa. Ele era laminado com algum material de plástico de contrabando e, quando desdobrado, exibia um espaço imenso de azul quadriculado. O único pedaço de terra, nomeado 660, era um ponto a cerca de vinte quilômetros a noroeste. — Para onde vamos?

— Lugar nenhum — disse Kasey, segurando o mapa aberto.

— Lugar nenhum, aí vamos nós — disse Celia. Kasey suspirou. Entretanto, ela revisou sua opinião mais tarde: navegar não era de todo ruim. Era silencioso. Tranquilo. Celia desligou o motor quando chegaram a uma porção calma de mar, e Kasey estava apenas começando a relaxar quando a irmã começou a tirar a sobrepele.

— O que você tá fazendo? — Alarmada, Kasey observava enquanto Celia se despia, até ficar apenas de maiô.

— Vou nadar, boba.

— A gente ainda precisa voltar. — Sair era fácil; retornar às ecocidades era mais difícil. Elas teriam que jogar suas sobrepeles nas rampas de material tóxico apropriadas e passar por um processo de descontaminação; se, por qualquer razão, elas não conseguissem liberação... — A gente pode ser despejada — completou Kasey, sentindo o gosto acre da palavra na boca.

Celia olhou fundo nos olhos da irmã.

— Você está segura comigo, Kay.

— Nós *duas* podemos ser despejadas — disse Kasey. Ela usou o argumento errado. Celia nunca temia pela própria vida e, quase imediatamente, a seriedade evaporou de seus olhos. Ela se inclinou e apertou o nariz de Kasey.

— Com o nosso nível? Somos invencíveis.

Kasey ficou em silêncio. Meridian teria repreendido Celia por sua arrogância. Mas não era para isso que serviam os níveis? Para medir o que as pessoas tinham o direito de resgatar depois de acumularem uma boa administração de recursos planetários? Elas já eram taxadas pelos erros de outras pessoas, forçadas a viver em "cidades virtuais", como Celia as chamava, porque os outros haviam feito com que os territórios externos se tornassem inseguros. Qual era o problema de aproveitar uma ou duas vantagens?

Kasey não tinha certeza. Os conceitos de certo ou errado — ao contrário do que as pessoas queriam acreditar — eram frequentemente subjetivos. Dependiam de interesses. Apenas os números não mentiam, e foi para eles que Kasey se voltou ao mergulhar um toxímetro do CP2 na água do mar.

As leituras de contaminação apareceram: as águas eram seguras para contato com a pele dentro de um raio de 1km.

— Viu? — disse Celia, pulando logo em seguida antes que Kasey pudesse argumentar. — A água tá ótima! Vem!

Kasey, bastante satisfeita onde estava, jogou uma boia para Celia pela lateral.

— Fica por perto. — Ela não acreditava que as ondas fossem tão gentis quanto pareciam.

— Tá bom, mãe — disse Celia, jogando água em Kasey. Ela enxugou as gotas em seus óculos protetores. — Vem aqui. Assim vai ser mais fácil pra você me salvar dos monstros marinhos.

— Monstros marinhos não existem. — Assim como força de vontade perto de Celia. Depois de um tempo, Kasey juntou-se à irmã no oceano. Ela mal conseguia sentir a água através de sua sobrepele.

— É assim que a vida deveria ser — disse Celia, vendo o sol brilhar por trás das nuvens.

Os raios pareciam cinzentos pelos óculos de Kasey; as lentes estavam tão arranhadas que haviam ficado nubladas.

— Assim como?

— Como era antes. Ninguém vivendo em um caixão ou à sombra do estrato de cima. Apenas sol e céu. — *Exposição exagerada ao sol e ao céu é letal*, Kasey queria dizer, mas Celia continuou. — É como a Ester falava pra mamãe. Precisamos lembrar do que faz de nós *humanos*.

Emoções. Espontaneidade. Consciência. Empatia. Kasey recitou todos os traços de Humanidade dos Cole, e Celia balançou a cabeça.

— É uma coisa mais imensurável. — Ela flutuava de costas enquanto estreitava os olhos na direção do sol. — Já ouviu falar de uma coisa chamada FPS? As pessoas costumavam se cobrir disso, pra proteção, e, claro, não era bom se você se esquecesse, mas ninguém deixava isso te impedir de sair. Queria que a gente vivesse naquela época. Odeio saber que o nosso lar está tentando nos matar.

Nosso lar nos protege. Mas Kasey sabia que Celia estava se referindo ao mundo fora das ecocidades, mesmo que tivesse dificuldade de entender por quê. Celia era uma estrela na sociedade estratificada em que viviam. Ela não tinha nenhum motivo para olhar para o exterior envenenado. Era Kasey que não se encaixava — ali ou em qualquer lugar.

— É assim que as coisas são — disse para Celia.

— Mas não precisa ser assim. Você podia mudá-las para melhor.

— Não sei.

— Seja confiante, Kay. Você vai salvar o mundo algum dia.

— O mundo não precisa ser salvo. — Não por Kasey, que mal entendia as pessoas que o habitavam.

— Vai por mim — disse Celia. — Vai precisar.

• • •

Elas acabaram visitando a ilha. E até voltaram lá. O que não repetiram foi o mergulho — não quando Kasey estava lá para impedir. O mar era um território não regulamentado, uma variável flutuante. O toxímetro havia classificado uma parte dele como segura naquele dia, mas quem podia garantir que continuaria daquele jeito?

E não havia continuado. Cada vez que Celia nadara em segredo, tinha se envenenado. Era o que dizia o relatório de seu biomonitor.

Os exames de sangue: níveis elevados de microcinógenos mais comumente encontrados em canos de esgoto nas profundezas do mar.

O diagnóstico: falência de órgãos avançada e tumores malignos nas bainhas dos neurônios.

O prognóstico: um mês de vida sem intervenção.

E, por fim, houve uma intimação para comparecimento obrigatório ao hospital, emitida sempre que uma enfermidade ultrapassava as capacidades do biomonitor. Celia fora até lá em pessoa duas semanas antes de desaparecer no mar. O médico de família dos Mizuhara havia assinado o documento.

Assim como todas as outras coisas, Kasey não ficara sabendo daquilo.

Seu corpo esfriou. Sua pressão sanguínea se estabilizou. Sua mente dominou o coração. Sua razão jamais havia permitido que Kasey caísse e se quebrasse. A homeostase precisava ser mantida. Era racional se libertar do irreversível. O prognóstico era de um mês de vida sem intervenção.

Celia estava no mar há três.

Inteira, Kasey desceu do teto. Actinium também. Ele foi até o bar de combustíveis e pegou uma xícara; o chá havia esfriado. Kasey o encarou. O silêncio entre eles era diferente agora: devastador, vasto, um descampado de crânios.

O *crunch* soou como o quebrar de ossos.

Kasey piscou, incapaz de confiar em seus olhos sonolentos. Actinium não piscou; ele simplesmente observou seu sangue gotejar na bancada. O fluxo acelerou quando ele apertou a xícara — ou o que restara dela, cacos de vidro mergulhados em seu punho.

Ficou louco, foi? Era o que Celia teria gritado. Kasey podia jurar que ouvira a voz da irmã. Ela agarraria o punho de Actinium e tiraria o vidro quebrado de suas mãos. Mas Celia não estava lá. Celia estava morta, e talvez fosse por isso que ele havia quebrado a xícara, pensou Kasey, como se estivesse analisando algum estudo de caso ao redor da mesa de reunião do CP2, até que o cheiro a atingiu. Ferro.

Sangue. Mais do que ela já havia visto.

Ela começou a se aproximar de Actinium como alguém se aproximaria de uma fera selvagem. Ela não fazia a menor ideia do que ele estava pensando; conseguia imaginar sua visão — uma erupção de alertas de seu biomonitor —, mas não conseguia imaginar o que se passava em sua mente. *Você está bem?* Era o que uma pessoa melhor teria perguntado, mas, em vez disso, Kasey queria saber *como?* Como vidro podia sucumbir a pele? Como a dor podia gerar mais dor? Como ele conseguia ficar tão calmo daquele jeito?

Como *ela* conseguia?

Se medissem suas reações, qual deles estaria mais longe da média?

Enquanto ela se esforçava para processar a situação, Actinium soltou a xícara. Os fragmentos caíram sobre a bancada; a poça carmim se parecia horrivelmente com um picolé vermelho derretido. Com a mão boa, ele abriu a porta da unidade.

— Venha. — Sua voz não revelava nada. — Deve estar aqui.

Kasey, sem saber mais o que estava acontecendo, foi.

Eles desceram as escadas. A GRAPHYC estava cheia naquela manhã. Clientes sedados enchiam as salas cirúrgicas. Nenhum deles notou o garoto sangrando ou a garota que o seguia. Eles saíram da clínica e subiram até o nível da rua. A viela apareceu no horizonte — assim como o robocóptero estacionado no meio dela, pintado de branco e verde.

Cores do hospel.

A compreensão atingiu Kasey como um raio. Por que Actinium havia feito o que fizera. Hospeis, diferentemente da GRAPHYC, atendiam pessoas apenas quando necessário. Agora eles tinham um motivo — um motivo validado por um biomonitor, uma oportunidade de confrontar o médico que havia examinado Celia —, e não por causa de Kasey.

Ela sentia uma pressão engraçada na garganta. Engolindo-a, subiu em um robocóptero que deveria ter chamado com o próprio sangue. Actinium se juntou a ela, o que fez o robô emitir um aviso de INVÁLIDO: USUÁRIO SEM NÍVEL. Um lembrete oportuno. Lá fora, em domínio público, era impossível ignorar que [ACTINIUM, nível: 0] era uma conta hackeada. Kasey estava sentada ao lado de um estranho.

Mas assim era Celia. Ela aproximava as pessoas apesar de suas diferenças. E como eram diferentes, pensou Kasey, abalada demais pelas ações de Actinium, calculadas ou não, para apreciar a forma como ele reprogramou o robocóptero para registrar o ID de Kasey mesmo que não fosse emergência dela.

MIZUHARA, KASEY, entoou o robocóptero quando eles deixaram o chão. LOCALIZAÇÃO RESIDENCIAL CONFIRMADA. VOCÊ SERÁ LEVADA PARA O HOSPEL NO ESTRATO-10.

Os complexos de unidades diminuíam abaixo deles, lembrando um labirinto de sebe enquanto subiam até o céu abaixo do estrato acima. Um diafragma se abriu — naquele estrato e em todos os que se seguiram. O robocóptero atravessou a ecocidade como uma bala. Celia teria amado a adrenalina — *amara* antes da colisão que tirou a vida da mãe e dos Cole. Kasey, menos traumatizada, mas também menos propensa a se envolver em um acidente, não achara graça na época e não achava agora. A dor na garganta se espalhou e fisgou seu peito. Ela saiu do robocóptero assim que ele pousou, já caminhando na direção do hospel antes de se lembrar de Actinium.

— Vai — disse ele quando ela se virou para ele, vergonhosamente tarde demais.

— Sua mão...

— Precisa ser examinada na Emergência. — Ele inclinou a cabeça para a entrada lateral com uma placa onde se lia URGÊNCIA. — Podemos nos reencontrar do lado de fora.

Tudo bem para Kasey. Apoio moral não curava feridas. Ele sobreviveria sem ela. Mas será que não seria muito insensível da parte dela aceitar assim sem dizer nada? Ela deveria ao menos fingir que se importava, perguntar...

— Vai ficar tudo bem. — Actinium pigarreou, desviando o olhar quando Kasey o encarou. — Se isso ajuda.

Ajudava, sim. Ela assentiu para Actinium e seguiu seu caminho. As portas de vidro automáticas se abriram para ela. A entrada do hospel, com piso de tacos e samambaias penduradas, se parecia muito com a unidade dos Cole. Afinal, *foram* eles os fundadores, caso alguém não soubesse pelo banner na parede, que lembrava seu aniversário de falecimento, ou pelos robôs de registro espalhados pelo perímetro do salão. Projetados de acordo com a Lei Ester, os robôs eram desajeitados; seus rostos não tinham traços e, portanto, não podiam ser confundidos com nenhum dos enfermeiros humanos, que atraíam os pacientes com seus sorrisos.

Não Kasey. Ela se aproximou dos robôs primeiro, apenas para descobrir que marcar uma consulta exigia comunicação personalizada para além dos níveis autorizados aos robôs, forçando-a a ir até a mesa da recepção, onde havia três enfermeiras humanas. O ar sobre suas cabeças não exibia seus níveis. O de Kasey havia desaparecido também quando ela entrou. Estranho — sua Intraface identificava a recepção como domínio público —, até que Kasey viu a placa de latão acima da mesa.

A CONFIDENCIALIDADE DOS PACIENTES
É UM DIREITO HUMANO
SUA PRIVACIDADE É IMPORTANTE PARA NÓS

A confidencialidade dos pacientes, para todos os efeitos, havia matado Celia. Kasey sentia a fúria ardendo em sua garganta. Deve ter queimado sua voz quando ela pediu para ver o Dr. Goldstein, porque o sorriso no rosto da enfermeira do meio se apagou.

— Razão para visita?

— Minha irmã.

A enfermeira esperou, suspirando quando Kasey não deu mais detalhes.

— Confirme seu ID olhando para o ponto vermelho, por favor — disse ela, arrastando um holograma pela mesa da recepção.

Kasey fez o que foi pedido, e transmitiu seu nível, nome e residência via identificação de retina. O sistema a aprovou. Sua Intraface baixou o horário mais próximo de atendimento do Dr. Goldstein e o número de sua sala. Ela estava pronta para ir.

— Espere — disse a enfermeira, que em seguida também revisou as informações de Kasey. Parecia contrariar o objetivo de uma identificação segura de retina, mas Kasey guardou aquele pensamento para si. Talvez aquela fosse a atenção extra que as pessoas desejavam, então não disse nada. Não fez nada quando a enfermeira pausou no meio da revisão.

E cutucou a enfermeira à esquerda.

Tudo aconteceu em uma questão de segundos. A microconversa (*É ela; Quem? Kasey Mizuhara*) conduzida em sussurros mal poderia ser ouvida por ouvidos humanos, acontece que não era com ouvidos humanos que Kasey estava preocupada.

Imediatamente, o primeiro repórter apareceu em holograma, avisado pelo alerta de geolocalização emitido quando o nome completo de Kasey era falado em voz alta. Outros doze se seguiram; o salão em domínio público tornou-se um prato cheio, e Kasey, presa à sua forma física, não podia se desconectar. O elevador, identificado como domínio privado em sua Intraface, era sua única opção de fuga. Ela correu até lá e atravessou a horda semitransparente.

— Kasey! Kasey! — Felizmente eles não podiam tocá-la. Então, uma questão segurou Kasey pela garganta. — Como você está se sentindo agora que encontraram o barco?

Ela não parou de andar — não mudou de velocidade ou expressão.

A imprensa era excelente em exagerar as coisas.

— KASEY MIZUHARA, A ÚLTIMA A SABER DO DESTINO DA IRMÃ — anunciou um enquanto outros piscavam na direção dela, tirando fotos com suas Intrafaces e continuando, embora à distância, a fotografá-la quando ela alcançou o elevador. Ela apertou o botão SOBE com um soco. O elevador chegou. Na privacidade de sua clausura, ela abriu sua Intraface. 55 novas mensagens, a maioria de Meridian. Nenhuma de David, o que não queria dizer nada.

Kasey abriu o aplicativo de notícias diárias. A manchete brilhava ao redor de múltiplas páginas.

BARCO ENCONTRADO NA MASSA TERRESTRE-660, CORPO SEGUE DESAPARECIDO

Ela esperou para sentir alguma coisa, mas não sentiu nada, e percebeu o seguinte:

O barco não importava.

O barco era inanimado.

O corpo não importava. Encontrado ou não, àquela altura estaria inanimado também, tudo por causa do médico na Sala 412.

— Sinto muito — disse o Dr. Goldstein quando Kasey entrou, meia hora antes da consulta. Ele não estava atendendo ninguém. — Uma pena o que aconteceu com a sua irmã.

— Por que você não a tratou? — questionou Kasey.

— Ah. — O Dr. Goldstein pareceu visivelmente mudar de postura, o que deixou Kasey confusa. Ela havia pensado que os dois estavam de acordo. — Receio que Celia não tenha me autorizado a revelar informações a familiares.

E Kasey receava não se importar.

— Os Cole curaram todos os cânceres — disse ela, indignada enquanto encarava o Dr. Goldstein, desafiando-o a perguntar como ela sabia.

— Não os novos tipos — disse o Dr. Goldstein, por fim. E então, porque Kasey devia parecer estar prestes a hackear ela mesma os registros médicos, ele foi além. — Deixe-me mostrar uma coisa.

Eles pegaram o elevador até o terceiro piso; o andar estava completamente escuro até que luzes com sensores de movimento se acenderam e iluminaram uma sala cheia de cápsulas de estase.

— Todos da linha médica — disse o Dr. Goldstein enquanto Kasey caminhava pelo cômodo.

Ela sabia daquilo sem que ele dissesse. Ela as havia usado em sua última competição de ciência em equipes, também devido a isso sabia o que o Dr. Goldstein diria em seguida.

— O que a Celia tinha... é raro. Mas que doença já não dominamos? Em cinquenta anos, talvez sejamos capazes de transplantar cérebros. Em um século, talvez possamos reverter o envelhecimento. Só precisamos de tempo. E isso — o Dr. Goldstein deu tapinhas em uma cápsula de estase — nos dá justamente isso. Tempo.

Um pressentimento se instalou no estômago de Kasey.

— Quantos anos você disse a ela?

— Veja bem, você tem que entender, não há como...

— Quantos?

— Uma previsão de oitenta, caso a taxa de inovação continue como está.

Oitenta. O número passou por Kasey como uma onda de choque e a deixou imóvel.

O Dr. Goldstein se encarregou de preencher o silêncio.

— Ela veio em fase terminal. — Ele deduziu que Kasey estava em negação quanto à gravidade da doença da irmã. — Ela escondeu bem o declínio, isso eu posso dizer. — Ele deduziu que ela se sentia culpada por não ter detectado ela mesma a doença.

Errado. A única coisa que Kasey sentia era um nó gigantesco no estômago.

— Ela concordou?

— Mas é claro. — Ele tocou o ar com um dedo e um holograma apareceu.

O termo de consentimento livre e esclarecido.

A selagem da cápsula de estase estava agendada para meros dias antes de Celia partir rumo ao mar.

A linha no fim do documento, assinada.

— Como eu disse, uma pena. — Kasey ergueu os olhos da assinatura de Celia e se viu debaixo do olhar compassivo do Dr. Goldstein. — Estávamos completamente preparados para ela antes do acidente — disse ele, e Kasey quis sacudi-lo, dizer que não fora um acidente. Não o barco. Não a viagem ao mar. Celia havia mentido. Ela não havia entregado sua vida a uma cápsula sem garantia de data final. O Dr. Goldstein podia argumentar o quanto quisesse, dizer que ela não havia entregado a própria vida, que não havia outra escolha além da morte naquele momento, e Kasey concordaria com ele. Ela mesma teria se encapsulado se fosse preciso para convencer Celia a fazer o mesmo, para estar com a irmã quando ela reemergisse, oitenta ou mil anos depois.

Mas o mundo de Celia era muito mais que apenas Kasey. Ela vivia em cores. Vivia para o amor e para as amizades. Ela não aceitaria nada menos.

Então ela escolhera aquilo.

— Ela escolheu morrer — relatou Kasey mais tarde para Actinium. Estavam sentados no terraço de um complexo de unidades no estrato-25 com o robocóptero estacionado atrás deles. Estava programado para deixá-los em casa depois do hospel, mas Actinium o havia hackeado e o programado para levá-los a qualquer lugar que desejassem. Aquilo, para Kasey, não era nem a unidade dos Mizuhara nem a de Actinium, ambas repletas das memórias de Celia. As aulas já haviam acabado, mas ela também não podia voltar para lá. Havia a ilha, mas qual era o sentido de ver o barco? Ela não sabia. Ela não sabia qual era o sentido de mais nada.

— Ela removeu a Intraface para não ser encontrada — continuou ela. — Ela escolheu morrer no mar.

Ela escolhera aquilo em vez de viver, independentemente de quais poderiam ter sido as chances de cura.

— Ela não escolheu nada — disse Actinium, e Kasey balançou a cabeça. A princípio, depois de saírem do hospel, havia um vazio em seu peito. Mas agora a dor havia voltado, e aquilo a irritava quase tanto como Actinium confundindo os fatos.

— Ela escolheu nadar no mar.

— O mar não vem envenenado — disse Actinium, com a voz apertada, atraindo o olhar de Kasey para si. Ele não havia soado tão machucado com vidro em sua mão, que agora estava enfaixada, sob o olhar de Kasey. Ela presumira que o hospel apagaria a ferida, mas o que ela realmente sabia sobre coisas como corações, pele e ossos feridos?

— Tá doendo? — perguntou ela.

— Não — disse Actinium. Kasey balançou a cabeça, aceitando a resposta, e piscou quando ele acrescentou: — Me desculpe.

— Pelo quê?

— Por te assustar.

— Não me assustou — disse Kasey secamente.

Àquilo Actinium não disse nada.

Ele nem sequer balançou a cabeça.

Kasey desviou o olhar.

Ela cerrou as mãos inteiras e intactas sobre as coxas.

Lá embaixo, pessoas se moviam pelo empório do estrato-25, um dos poucos lugares onde se podia comprar produtos materiais — como a atual camisa de Actinium, já que a outra estava muito manchada de sangue para ser usada em público. Tendas rodeavam a praça; um holograma de Linscott Horn brilhava no centro.

— *Este é o problema, Pete* — dizia ele para o especialista na poltrona diante dele. — *Quando vivemos todos no mesmo planeta, não há como ser limpo se seu vizinho é sujo. E, desde a idade dos macacos, a sujeira da humanidade sempre foram os Territórios Um, Dois e Quatro. Quando o resto do mundo passou a usar energia nuclear, eles continuaram a usar carvão. Quando ficaram sem, cavaram mais fundo e desestabilizaram a crosta inteira, o que causou os megaterremotos que vão nos atormentar até o fim dos nossos dias. Agora, enquanto os outros territórios começam a descontinuar a energia nuclear, adivinha o que eles fazem, Pete. Adivinha o que eles fazem. Eles começam a implantar...*

— Podemos ir?

Para o alívio de Kasey, Actinium se levantou sem nenhuma pergunta. Ela não sabia bem *por que* havia pedido aquilo até que a porta do robocóptero se fechou, calando Linscott Horn, e ela percebeu que não queria ter nada a ver com suas palavras, com ele, ou com Meridian, Sid e os outros membros do time de ciência, que também estavam ali, talvez na praça ou em um terraço como o deles, tão preocupados em exercer sua liberdade de expressão enquanto Celia não podia nem sequer *respirar*, assim como Kasey. O robocóptero se ergueu e a removeu do mesmo plano que seus colegas, mas as ações deles ainda a afetavam. Seu nível desapareceu com um *blip*, sugerindo que haviam conseguido hackear. Que bom para eles. *Que bom para todos neste mundo*, pensou Kasey enquanto Linscott Horn também desaparecia, ostensivamente como parte do hackeamento que haviam feito.

Então o emblema do CP2 — duas Terras conectadas em um infinito — sobrepôs o holograma.

Simultaneamente, uma mensagem apareceu na Intraface de Kasey.

ALERTA DE MEGATERREMOTO
A TRANSMISSÃO A SEGUIR É UMA ORDEM DA
UNIÃO INTERNACIONAL
O CP2 GOSTARIA DE LEMBRAR AOS ECOCIDADÃOS
QUE PERMANEÇAM CALMOS

O lembrete era desnecessário. Enquanto a transmissão da União Internacional corria — torres de territórios externos desmoronavam como blocos, pontes se quebravam sobre rodovias, condomínios residenciais desapareciam sob deslizamentos de terra, tudo isso em tempo real, na *vida* real —, as pessoas continuavam comprando roupas íntimas, cubos de proteína e os poucos itens essenciais ainda necessários fora da forma holográfica. Nada podia chegar até o céu. Não as ondas dos megaterremotos ou os tsunamis que eles causavam. O ar era a única coisa que compartilhavam com o resto do mundo, e até aquilo era filtrado. As ecocidades haviam sido construídas para proteger o planeta — e as pessoas dele.

Mas a diferença entre *asilo* e *prisão* era tênue como uma membrana. Podia ser rompida pela morte de uma irmã, por uma mentira traiçoeira.

Ou por um simples problema de funcionamento.

De cima, Kasey observou aquilo acontecer. Começou com uma pessoa que entrou no duto. O duto não se moveu, pela mesma razão que o robocóptero não havia respondido a Actinium. Os níveis eram necessários para ativar a maioria dos serviços da ecocidade, simples assim, mas hoje, juntamente com a tempestade das notícias, as pessoas presumiram o pior. O que se seguiu foi um espetáculo tão asinino e sem lógica que Kasey nem conseguiu se dispor a assistir. Não conseguiu observar as pessoas pisoteando umas às outras em direção aos dutos, então ficou na transmissão da União Internacional. Viu repórteres anunciando que radioáxons já estavam se movendo, emitidos pelas usinas nucleares comprometidas. Ela encarou os gráficos: círculos concêntricos representavam as áreas atingidas, manchas azuis representavam as trajetórias dos radioáxons no ar e números representavam os já mortos e os que morreriam em breve.

Kasey deveria ter sido um deles. Teria sido, se Celia tivesse usado sua sobrepele na água e Kasey não.

Outro alerta do CP2 piscou em sua Intraface — requisitando apoio de oficiais do CP2 no estrato-25 e ajuda para recuperar os níveis, uma atividade com a qual Kasey poderia ter ajudado, mas estava fora de alcance, desconectada. Nem mesmo os gritos das pessoas lá embaixo, que superavam o ruído do motor do robocóptero, podiam chegar até ela. Momentos atrás, todos estavam tão certos de seu lugar no mundo. Antes de *eles* se tornarem *eu*, ninguém se importava quando *eles* morriam.

Eles não merecem estar seguros. Eu não mereço estar segura.

— O barco foi encontrado — ela se ouviu dizer.

— Onde? — perguntou Actinium, como ela sabia que ele faria. Aquele garoto que havia sangrado por Celia, que não se importava com o próprio bem-estar, assim como Kasey não mais se importava com o dela.

— Massa de terra-660 — disse ela, dando a ele as coordenadas para a ilha.

ҢҢ ҢҢ І

— *E ESTA É A* cordilheira — digo, concluindo o tour pela ilha.

Estamos parados sob sua sombra alongada. Tenho uma regra de nunca escalar a cordilheira depois do pôr do sol, então a procura por novas partes do barco vai ter que esperar. Minha conquista do dia? Aplacar o garoto ao meu lado.

Ele está vestido agora, em um suéter de sua escolha e calças cargo que revelam os tornozelos um pouco demais. O cabelo escorre atrás do pescoço quando ele levanta a cabeça.

— Você escala mesmo essa coisa?

— Às vezes a cada dois dias.

— *Por quê?*

Ele pergunta como se eu fosse louca. Eu entendo. A parede de rochas parece impossivelmente íngreme na escuridão crescente. Só de vê-la meus ombros espasmam com a lembrança dos tendões puxados e articulações estaladas. Uma vez, caí mais ou menos na metade do caminho e vi minha vida toda diante dos meus olhos. Não estou exagerando — antes de apagar, ouvi meu crânio quebrar e pensei: *é isso. Morri*. Ainda não sei bem como acordei algum tempo depois com uma dor de cabeça de matar, mas sem pedaços de cérebro no chão. Meu cérebro de fato *morre* um pouco agora, diante da ideia de fazer tudo aquilo de novo.

Mas a alternativa — continuar nesta ilha, eternamente separada de Kay — é um destino pior do que a morte.

Dou as costas para a cordilheira e sua altura imponente e começo a voltar para o lado da costa.

— Estou procurando minha irmã — digo, e sinto uma brisa fria e salgada soprar. Ela balança os arbustos mirrados presos às rochas. Ondas atravessam as poças de água da chuva.

— Mas você não disse que essa ilha era abandonada? — pergunta o garoto.

— E é.

— Então cadê a sua irmã?

Essa lesma está ficando para trás. *Espere* — mas não vou deixar que ele me atrase.

— Em algum lugar lá fora. — Balanço a cabeça enquanto caminho, apontando o queixo na direção da terra diante de nós, com o xisto que eventualmente se transformará em cascalho, que depois se tornará areia. A ilha é tão pequena que, se me concentrar, consigo ouvir as ondas quebrando na praia. — Em algum lugar além do mar.

— E como você sabe? — pergunta o garoto.

No fim das contas, ele não é engraçado *nem* sarcástico e, agora que já não está mais ridiculamente assustado, está começando a me irritar.

— Onde mais ela pode estar, se não está aqui? — digo, pisando em uma poça rasa de água da chuva.

— Ela pode ter morrido.

Paro de repente. A brisa morre. A ilha fica silenciosa. Mortalmente silenciosa. Não consigo nem sequer ouvir o oceano.

— Ela não morreu.

— Como você sabe? — retruca o garoto, finalmente me alcançando. Sua voz é ainda mais atraente quando ele está sem fôlego. Seus olhos, de um tom límpido de cinza para mim, brilham com alguma emoção. Acho que é preocupação.

Me sinto igualmente indignada e tocada. Ele pergunta porque se importa. Suas questões são legítimas e importantes.

Só não tenho condições de parar para pensar nelas.

Como você sabe? Não tenho nem a evidência, nem os fatos que Kay exigiria. Apenas uma convicção no meu coração, uma esperança que triunfa mais em alguns dias do que em outros, uma coisa viva que preciso proteger a todo custo.

Afasto meu olhar do garoto, encaro a trilha à minha frente, e caminho.

— Eu só sei.

— E essa cordilheira. — Ele bufa, tentando manter o ritmo. *Vai mais devagar.* Mas vou mais rápido. O crepúsculo se assoma sobre a ilha, escurecendo a rocha sob nossos pés como a chuva. — O que tem do outro lado? — pergunta ele quando chegamos a um monte de xisto, pequeno o bastante para darmos a volta, diferente da cordilheira.

Eu o escalo.

— Peças para barcos.

— Você... — O garoto se atrapalha atrás de mim. — Você constrói barcos?

— Não. Eu os alugo em uma loja na praia.

— Você já chegou em algum pedaço de terra quando sai pra navegar? — pergunta o garoto, ignorando meu sarcasmo. Ou talvez ele não tenha entendido. *Qual das duas coisas?* Quero perguntar. *Joules, será que estou mesmo tão fora de forma?*

— E se não houver nada lá fora? — insiste o garoto quando não respondo.

Sua pergunta me atravessa como o vento.

— Por que você diria isso? — questiono, e em seguida suspiro profundamente. — Você se lembra de alguma coisa?

Como já avançamos, as rochas diminuem de tamanho, mas agora se avultam; as sombras sangram de suas bases e a terra, sempre tão plana, parece marcada como a superfície de algum planeta alienígena.

— Não — admite o garoto, soando sincero.

— Olha, amor — digo quando finalmente chegamos ao terreno de cascalho e posso ver os fundos da casa de M. M., uma silhueta contra a linha d'água à luz que morre —, não sei quem você é ou de onde você veio, mas aguentei muito bem esses anos sozinha. Eu *vou* sair dessa ilha e não espero que você me ajude. Só não me venha acabar com o meu charme. É só isso que te peço.

— Seu charme...

— Nem vem.

— ... pode acabar te matando — completa o garoto.

— Não seria a primeira coisa a tentar — digo sem quebrar o ritmo.

Não falamos pelo resto da caminhada.

• • •

Para o jantar, comemos dentes-de-leão e folhas de oito pontas. Não é exatamente a melhor das refeições de boas-vindas à culinária da ilha, e o garoto fica arrastando a comida pelo prato, parecendo enjoado.

— Você sobreviveu com isso?

— Não.

— Então o que você come normalmente? — pergunta o garoto.

— Taro.

— E o que aconteceu?

— Eu os perdi no mar.

— Como?

Abaixo o garfo de M. M. Será que conversar sempre foi cansativo assim?

— Levei todos os taros que tinha cultivado quando saí de barco para encontrar minha irmã. Mas demos de cara com uma tempestade.

— Nós — ecoa o garoto.

— Hubert e eu.

— Hubert.

— Ele não está mais aqui.

Silêncio.

Ergo o garfo outra vez, mas não como. Meu estômago ronca — sem dúvidas devido à indigestão — enquanto espero. Espero o garoto começar a soltar mais perguntas. Espero seu ceticismo e incredulidade.

— Os taros — diz ele por fim. — Sobrou algum?

Finalmente. Uma questão cuja resposta está literalmente no quintal dos fundos de M. M.

Afasto a cadeira da mesa.

— Vamos ver.

Emergimos na varanda. É meu tipo favorito de noite. Sem vento. Calma. A lua está tão branca quanto o sol e o céu tem um tom mais escuro de cinza do que teria durante o dia. Eu amo o dia também, mas, à noite, quando a praia fica prateada e o oceano negro como obsidiana, sinto que não estou perdendo tanto por não ser capaz de enxergar em cores.

Entretanto, as noites na ilha também são frias, então esfrego os braços enquanto descemos a varanda e damos a volta até os fundos da casa, onde os taros crescem em um pequeno pedaço de terra. Eu me agacho ao lado de uma fileira deles. A julgar pelo tamanho das folhas, nenhum está com os tubérculos amiláceos prontos para a colheita.

O garoto se agacha também. Seu corpo irradia calor e aquece meu lado direito mesmo que estejamos à distância de um corpo um do outro.

— O solo parece esgotado — diz, e eu olho para ele. A luz do luar contorna seu rosto e dá destaque a ângulos que eu não havia percebido antes. — Você devia fertilizá-lo.

Esvazio minha mente. *Foco nas plantas.*

— Com o quê? — Não é como se eu tivesse sacos de composto de nitrogênio por aí.

— Com o que você acha? — diz o garoto.

Ah.

— Eca. — Estremeço. Pelo amor de Joules.

— Eca?

— Sim, eca. Que nojo.

Ele tosse. De um jeito suspeito.

— O quê? — pergunto.

— Nada.

— *O quê?*

— É só que você parecia tão determinada com essa coisa de sobrevivência — responde ele, esfregando os pulsos distraidamente. — Imaginei que você não ligaria de fazer seu próprio fertilizante.

— Não. Definitivamente não.

— Nada de merda?

— Nada de merda.

Não olhe para ele. Não faça contato visual. Porque, no momento em que nos olharmos, acabou.

U-me aparece para ver o que está acontecendo. O que está acontecendo é que regredi a ponto de cair no riso com piadas sobre cocô. Mas não consigo me controlar. O riso continua vindo, onda após onda.

— Você se lembra de alguma coisa? — pergunto, finalmente arfando, sentindo as bochechas doendo e o peito queimando. Meu corpo está vivo com a adrenalina que geralmente só sinto quando escalo a cordilheira. — Alguma coisa do seu passado?

O garoto fica em silêncio. Imediatamente, sinto falta do som de sua risada.

— Eu deveria?

— Às vezes encontro uma memória quando redescubro coisas que sei. — Aponto com a cabeça para os taros. — Você parece entender de jardinagem.

— Não me lembro de mexer com jardins.

— Então de onde veio aquela história sobre o solo? — Para mim, parece tudo cinza, e tento disfarçar minha inveja quando o garoto age como se não fosse grande coisa.

— Eu só sei — diz ele, dando de ombros. Mas alguma coisa no gesto parece estranha, como se houvesse mais peso em seus ombros do que ele deixasse transparecer. Segundos depois, ele se levanta e vai até a casa.

Espera, quase grito antes de me recompor. São os garotos que vêm até *mim*. Mas está frio sem ele aqui. Esfrego os braços, sentindo o calor residual no meu lado direito indo embora, então volto para a casa também.

• • •

Preciso cruzar a cordilheira hoje, sem desculpas.

Eu me levanto antes do sol e vou até a cozinha para tomar café. De alguma forma, as folhas têm um gosto pior depois de observar o garoto comê-las com dificuldade. Mastigo uma o máximo que consigo, então cuspo o maço de fibras pela janela da pia.

O garoto está dormindo na cama. Tomei a decisão certa ao insistir que ele ficasse com ela. Ele parece morto, com o cabelo espalhado pelo travesseiro e olhos ainda por baixo das pálpebras. O único movimento é o de seu peito. O ritmo me hipnotiza e, como uma maníaca, observo-o dormir. Depois fecho a porta do quarto com cuidado. Caminho suavemente pela casa e pego uma faca na cozinha a caminho da varanda, onde U-me me espera. Ela conhece a rotina. Pego a pochete de M. M. e vou.

Hoje, porém, paro na varanda.

Será que posso confiar no garoto o suficiente para deixá-lo sem supervisão?

Ele não tentou me matar de novo — o que não é lá grandes coisas, eu sei —, mas minha garganta ainda está dolorida. E, embora tenhamos compartilhado um momento no jardim dos taros ontem à noite, este lado da ilha é meu território. Meu lar. Lá fora, depois da cordilheira, na campina cinza com todos os pequenos templos, até eu me sinto como uma intrusa. Não preciso de um convidado indesejado por aqui também.

— Fica aqui — digo para U-me. — Não deixa ele sair da casa.

— Discordo plenamente.

— Então o que você quer que eu faça? Amarre ele de novo?

U-me chia.

Reformulo minha questão, transformando-a em uma afirmativa.

— Eu deveria amarrá-lo de novo.

— Concordo plenamente.

— Não, não posso amarrar ele — murmuro, meio que para mim mesma. Ainda posso ver o pânico em seu rosto, os brancos de seus olhos expostos de medo. Ele não é um animal, é uma pessoa. Uma pessoa como eu. — Não posso — repito, dessa vez para U-me.

— Neutra.

— Já escalei sem você antes.

— Concordo.

— Vai ficar tudo bem.

— Discordo.

— Paranoica.

— Paranoico: adjetivo. Irracionalmente ansioso ou desconfiado.

Pois é, essa não sou eu.

— Seja boazinha e fique aqui — digo para U-me.

Então guardo a faca na pochete e salto os degraus da varanda.

Não estou mentindo quando digo que já escalei a cordilheira sem U-me antes. É só que essas foram as vezes em que quase morri. Mas tenho dois anos de prática e consigo chegar ao topo quase intacta, deixando para trás apenas a pele das minhas palmas. Prendo a corda ao topo; a descida é mais fácil. Salto para o chão, saindo do meu cinturão de segurança improvisado e deixando a corda no lugar para quando eu voltar.

Atravesso o campo rapidamente, passo pelos templos e chego ao início da floresta. Os pinheiros estão muito cheios, então encontro uma boa árvore de folhas de oito pontas e começo a golpear a base do tronco com minha faca.

Duas horas e uma dúzia de bolhas depois, a árvore desaba. Uma já foi. Aparo os galhos e começo a cortar a segunda. O céu escurece enquanto trabalho. O ar fica úmido.

Esfregando o suor do rosto, ergo os olhos para as árvores diante de mim. São densas, mas é quase como se não estivessem lá. O Estaleiro mais além se assoma na minha visão, chamando meu nome.

Cee.

Cee.

Cee.

Certo. Ainda estou na ilha. Ainda estou enlouquecendo.

Como algumas folhas, depois derrubo uma última árvore. Junto os troncos e os amarro com o barbante da minha pochete, tiro a roupa até ficar apenas com a camisola esburacada de M. M. e encho o suéter com folhas apodrecendo e agulhas de pinheiro. Isso deve servir de fertilizante. O garoto não vai estar esperando por isso. Sorrio um pouco diante da ideia de surpreendê-lo.

O caminho de volta pelo campo leva mais tempo do que de costume, provavelmente porque estou arrastando troncos de árvores e um suéter cheio de adubo. Quando consigo transportar tudo até o topo da cordilheira e depois descer pelo outro lado, as nuvens já engrossaram. Começa a garoar enquanto arrasto tudo pela rocha e até a casa. Descarrego os troncos na varanda, apoio o saco de adubo ao lado da porta e entro.

Quase não reconheço a cozinha. O piso está polido, sem um grão de areia à vista. As bancadas estão limpas. O jarro velho ao lado da pia está cheio de dentes-de-leão.

— Uau. — U-me ou está dando problema ou se atualizando.

— Uau — diz U-me, vindo da sala. — Interjeição. Expressão de espanto ou admiração.

— Nossa, U-me. Você não precisava... Ah. — Paro entre a cozinha e a sala, e a meia-porta que as separa bate atrás das minhas panturrilhas. — É você.

O garoto está agachado com os pés descalços, segurando uma toalha com monogramas e ao lado de um balde d'água. Suas bochechas escurecem quando ele me vê e seus olhos se voltam para minhas sandálias.

— Você tá toda suja de lama.

Huh. Deduzo que ele esteja corando, mas não consigo imaginar por quê.

— Dormiu bem? — digo enquanto volto à varanda para tirar as sandálias. É apenas o segundo dia dele na ilha. Levando tudo em consideração, até que ele está segurando bem as pontas; na verdade, está se saindo até melhor do que eu em qualquer dia, já que tem energia para fazer uma faxina. — Como você tá se sentindo? — pergunto, voltando para a sala.

— Bem — diz o garoto, conciso.

— Trouxe um pouco de adubo pro jardim.

Ele responde apenas com um grunhido. Pelo jeito, acordou de mau humor.

Agacho-me ao lado dele e percebo que seus olhos estão inchados e seu nariz está mais escuro do que o resto do rosto; o tom de cinza está mais próximo ao das bochechas. Será que ele estava chorando? Sinto um aperto no coração e reprimo a vontade de perguntar se ele se lembrou de alguma coisa. A pergunta acabou com o clima ontem à noite e criou uma tensão desnecessária. Não ter memórias é um assunto delicado para ele, assim como não poder enxergar em cores é para mim.

— Não precisa disso tudo — digo, em vez disso, enquanto ele lida com uma mancha na madeira que parece estar ali desde o começo dos tempos.

— Tá imundo.

— Tá bom assim.

Ele continua esfregando.

Suspiro, pego uma toalha do banheiro e me junto a ele no chão. Nossos cotovelos se tocam; ele se afasta e em seguida fica paralisado.

— Suas mãos.

Estremeço ao mergulhar a toalha no balde cheio do que se revela ser água salgada.

— Não é nada.

Seus dedos se fecham ao redor do meu pulso.

A princípio, deixo ele inspecionar minhas palmas inchadas. Então o calor de seu toque se espalha sob minha pele, me deixando mais consciente dela — e da camisola esburacada que mal a cobre, agora transparente por causa da chuva, revelando partes do meu corpo que não significariam nada para U-me; acontece que o garoto não é U-me. O garoto pode ver — já viu, a julgar por suas bochechas — e agora estou corando também, o que é ridículo. Eu me sinto perfeitamente confortável exibindo meu corpo, pelo menos nas minhas memórias. O que mudou?

Para começo de conversa, a Cee do passado se cuidava muito mais. Digo a mim mesma que meu constrangimento não tem nada a ver com o garoto, que me dá seu solene diagnóstico.

— Isso pode infeccionar — diz ele quando arranco minha mão da dele.

— Vai sarar. — Pego a toalha e ataco a mancha, parando apenas para insistir com um "vai mesmo" quando ele não se junta a mim. Ele não está satisfeito com a minha resposta; dá para ver em sua expressão, a mesma de ontem quando expliquei meu plano para encontrar Kay. Mas tenho provas de que vou me recuperar; já tive feridas muito piores que essa. Só prefiro não lhe dar descrições muito detalhadas. Limpeza parece ser mais a praia do garoto e, depois de um instante, ele volta a faxinar. Trabalhamos em silêncio e ouvimos a chuva sobre o telhado enfraquecer conforme vamos terminando. Ele vai para o jardim e eu saio de casa para aproveitar o que restou da luz do dia nublado para cortar os troncos em toras para Hubert 2.0. Vou ter que dar um nome a ele. Ou elu.

Ou ela. *Leona*. O nome surge na minha mente. Soa forte. Vou precisar de força se quiser sair desta ilha em uma jangada. Porque, sendo bem sincera, é isso que Leona vai ser. Uma jangada. Não tenho nem as habilidades necessárias para montar um barco apropriado, nem mais três anos para perder.

Rápido demais, as luzes se esvaem, o que me força a voltar para dentro de casa. Removo a sujeira do dia na banheira. Enquanto me seco, um aroma de dar água na boca chega até o banheiro. Sigo o cheiro até a cozinha, onde, na mesa, há uma tigela. O vapor que sobe dela tem cheiro de purê de batata...

... misturado com manteiga e salpicado com cebolinha. Os sabores derretem na minha língua, como se fossem reais. Sei que não são, mas o que é real é o sorriso que Kay me lança do outro lado da mesa...

... a borda da mesa aperta meu estômago quando me inclino, babando, até que vejo o conteúdo da tigela.

Taro, não batata.

A porta atrás de mim se abre. Eu me viro em um salto quando o garoto entra na cozinha.

— Você colheu eles?

— Só dois — diz ele, lavando as mãos na pia.

— *Só?* — Pelo amor de Joules, só temos doze plantas no total.

O garoto desliga a torneira. *Plip-plop-plip.* A última gota cai.

— Não vou deixar a gente morrer de fome.

Mesmo antes de ele se virar para mim, consigo imaginar sua expressão. Dá para sentir em sua voz e no tom cauteloso que ele desconfia que estou brava.

Ele não está errado.

— A questão não é *a gente*. — Consumo apenas o que preciso e estoco o resto. Faço biscoitos sem graça porque eles duram. Purê de taro? É um luxo que não posso ter. — Preciso economizar pra viagem — digo e noto o olhar no rosto do garoto, um lampejo tão rápido que eu o teria perdido ontem, mas já consigo ler nas entrelinhas. O jeito como cerra os lábios? É o ceticismo dele.

E se não houver nada lá fora?

A suavidade nos olhos? É pena, que confundi com preocupação.

Ela pode ter morrido.

Ele acha que estou delirando, e isso me enfurece, me assusta. *E se ele estiver certo?* Aqui, presos juntos em uma pequena cozinha e com ele a um metro de distância, estou inspirando as incertezas dele e preciso afastá-las. As palavras saem da minha boca antes que eu consiga pensar melhor nelas.

— Diferente de você, tenho alguém esperando por mim.

Então não consigo ver o rosto dele, ou o estrago que minhas palavras fizeram, porque tudo que vejo é o rosto de Kay, desfocado sobre meus olhos turvados de lágrimas. Os dela estão secos. Ela está inteira; eu estou quebrada, mas não deveria estar — mamãe mal era presente nas nossas vidas — e me pergunto qual é meu problema, mas não é isso que eu digo.

Qual é o seu problema?, pergunto para Kay, e a memória se estilhaça. O garoto se foi e estou sozinha agora, de volta à cozinha de M. M. Minhas mãos seguram a mesa. Gotas pontilham a superfície de madeira. Eu as esfrego. Esfrego meu rosto. Fungo. Na memória, éramos jovens, mas será que a última coisa que disse a Kay foi tão ruim assim? Será que consegui dizer que a amo? Se não, será que algum dia vou conseguir?

Vou. Eu preciso. Ergo a tigela de purê de taro, já sem apetite, mas comida é comida e não pode ser desperdiçada, e experimento. É boa. Salgada como o mar. Um banquete para minha culpa.

Eu como o que consigo e deixo mais da metade para o garoto. Para quando ele voltar.

Se ele voltar.

Fico à sua espera na janela da cozinha até o cair da noite, então me enrolo no sofá, me sentindo deprimida e patética por isso.

— Magoei ele — lamento enquanto U-me desliza até mim e para diante dos meus joelhos.

— Concordo.

— Ele nunca mais vai voltar. — Melodramático, eu sei, mas não consigo evitar.

— Discordo.

— Você soa confiante — murmuro. Repouso a cabeça no braço do sofá abaixo do peitoril da janela e fixo os olhos no teto acima. No fim das contas, *estamos* em uma ilha abandonada com extensão limitada. Ele vai ter que voltar em algum momento. Mesmo assim, não há como garantir que vamos voltar a conversar. *Vou sentir saudade da voz dele*, penso, e solto um grunhido e cubro os olhos com um braço. Queria poder compartilhar minhas emoções com U-me para ela me dizer que estou sendo irracional. É o que Kay faria. Conheço esse garoto há, o quê? Dois dias? Três anos sem interação humana e dois dias depois estou viciada. A eu do passado riria da eu atual, incapaz de dormir e com o coração palpitando quando, finalmente, mais ou menos à meia-noite, um som vem da varanda. Um gemido na porta da frente, então o ranger da meia-porta que separa a cozinha da sala. Passos suaves.

E ele. Seu contorno está difuso pelos meus cílios enquanto finjo dormir. Me mexo apenas quando ouço ele parar ao lado do sofá.

— Cee? — Sua voz é um murmúrio do luar. Eu sou o mar, atraída em sua direção. Não luto contra minha reação nem exagero. Só a deixo crescer e abro as portas para o anseio físico depois de uma seca tão longa.

— Hmm?

— Não queria te acordar — diz o garoto, ainda sussurrando. Abro os olhos por completo. Ele está parado na outra extremidade do sofá, iluminado por uma faixa de luar que vem da janela atrás da minha cabeça. Seu rosto está pálido. Cansado, mas não chateado.

Estou cansada também e aliviada demais para ficar fingindo.

— Eu não estava dormindo de verdade — admito e me sento. — Estava te esperando.

Um segundo levemente esquisito de silêncio. Será que fui honesta demais? Talvez. Bom, é melhor dizer por que passei a noite toda esperando.

— Me...

— Desculpa. — O garoto rouba a palavra da minha boca. — Por te fazer esperar. E pelo que aconteceu mais cedo. Talvez eu não entenda seu jeito de viver, mas posso respeitá-lo. Quanto aos taros... — Ele começa a explicar como os tubérculos se multiplicam enquanto crescem.

Eu o interrompo.

— Confio em você.

As palavras parecem certas, mesmo que me surpreendam. E parecem surpreender mais o garoto. Seus lábios se partem por um segundo. Então se fecham. Ele desvia o olhar.

— Você não sabe nada sobre mim.

Seu silêncio diz o resto. *Eu* não sei nada sobre mim.

Se ao menos houvesse como retirar minhas palavras de antes ou dar a ele algumas das minhas memórias. Mas tudo que consigo dizer é:

— Sei que você é bom de cozinha, faxina e jardinagem, e provavelmente um monte de outras coisas. Me desculpa também. — Sinto espinhos crescendo na minha garganta e olho pela janela, cujo vidro reflete meu rosto. — Às vezes falo coisas sem pensar, quando fico com medo.

— Você tem medo de mim?

— Não. — As perguntas dele regaram as incertezas já semeadas dentro de mim.

— Mesmo que eu tenha tentado te matar? — pergunta o garoto. — Supostamente — acrescenta ele, mais relutante do que nunca.

Isso me faz sorrir.

— Sabe como é. — Desvio o rosto da janela. — Gosto de viver perigosamente. — Volto a me deitar, esticada como estava antes, a diferença é que me sinto mais vulnerável agora, menos como uma parte do sofá e mais como um corpo em carne e osso quando nossos olhares se encontram.

— Fico feliz que você esteja aqui — murmuro. Não que eu fosse desejar essa vida na ilha para meu pior inimigo, mas acho que ele entende o que quero dizer.

Será que ele fica feliz que eu esteja aqui também?

Se fica, não diz. Tudo o que ele fala é:

— Você devia ficar com a cama.

— Prefiro dormir aqui.

Silêncio.

Fica comigo, penso enquanto ele respira fundo.

E diz:

— Boa noite, Cee.

— Boa noite. — Observo-o indo embora e sinto alguma coisa se abrir no meu peito. Dói como uma ferida, mesmo que eu esteja acostumada a ficar sozinha.

Acontece que não estou sozinha. Estar sozinha é como viver em uma ilha. É como um mar intransponível, é estar longe demais de outra alma; já sentir-se solitária é estar perto demais, na mesma casa, e ainda assim estarmos separados por paredes por escolha própria. Quando adormeço, a dor da solidão me segue enquanto sonho com mais paredes — desta vez entre Kay e eu. Posso senti-la na minha mente, mas não posso sentir *ela*, então quebro a parede, a despedaço com minhas próprias mãos, e não encontro nada no outro lado além de uma imensidão branca e brilhante, e o grasnar das gaivotas.

12

O ROBOCÓPTERO ATERRISSOU NAS AREIAS cinzentas da praia.

Era aquilo. A ilha. Lá estava a casa sobre as rochas, que não parecia muito diferente de como estava desde a última visita das irmãs quatro meses antes. A questão é que parecia que isso havia acontecido em outra vida, e Kasey já não era mais a mesma.

Ou pelo menos era o que ela pensava. Sua visão de como tudo se desenrolaria — a começar pela coragem de se expor motivada pelo luto — desapareceu como a fantasia que era quando a porta do robocóptero se abriu no lado de Actinium e seu cérebro voltou ao modo lógico. Ela segurou o braço dele.

— Os radioáxons...

— É seguro.

Seguro. *Você está segura comigo*, Celia havia dito, com uma expressão dolorosamente parecida com a de Actinium quando ele continuou:

— Eu não te colocaria em perigo. — Seu olhar se voltou para a mão de Kasey, ainda segurando o braço dele.

Sabia o que ele devia estar pensando: ela não havia estendido a mão quando ele se cortou. Não havia parecido tão preocupada assim. Mas aquele dano era visível. Reparável. Envenenamento por radioáxons não era nenhuma das duas coisas, e por isso mesmo era mais perigoso.

Ainda assim, ela se forçou a soltá-lo. Observou, impotente, Actinium sair do robocóptero usando nada além de uma camisa preta e um jeans que havia comprado no estrato-25. Ele se virou para ela e ofereceu uma mão. Ela não a pegou. Disse a si mesma que era por causa das ataduras, mas, na verdade, não queria que ele sentisse seus dedos tremendo de medo pela própria vida, muito embora ele tivesse perdido uma vida muito mais vibrante que a dela.

Ela desceu sozinha, desorientada, como sempre, ao entrar em um novo mundo. Era assim que se sentia na Massa de Terra-660. Tecnicamente, a região não pertencia a nenhum território externo, mas era o mais longe que Kasey já havia ido "lá fora", e totalmente diferente da ecocidade. O chão ali estava vivo e a areia mudava sob seus pés. O céu era cinza-mofo e bem maior do que os noventa metros distribuídos para cada estrato, e havia vento, que explodia em rajadas erráticas como espirros. Será que espalhava radioáxons? Reprimindo o pensamento e o pânico que a brisa causava, Kasey olhou para a casa na praia e uma figura emergiu na varanda, acenando para eles. Actinium acenou de volta, o que deixou Kasey sem escolha a não ser erguer um braço também, numa tentativa de aceno, mas sem conseguir direito, porque aquilo não estava certo. Deveria estar ali com Celia.

Acenando para a mulher vestindo o suéter com *patches* de pugs junto de Celia.

Elas haviam conhecido Leona quando atracaram no píer a bordo de Hubert. Ela lhes havia apresentado a ilha, da enseada ao dique, um resquício dos tempos pré-derretimento do ártico, mesmo sem ter nenhuma obrigação de fazê-lo ou de tratar as garotas como se fossem suas filhas. Mesmo assim, ela o fizera e, enquanto corria até eles, a areia sob os pés de Kasey tornou-se líquida e sua mente afundou. Não fosse por Leona, Celia talvez não tivesse voltado para a ilha. Talvez não tivesse saído escondida e se envenenado várias e várias vezes — não que Leona tivesse como saber, e isso só enfurecia mais Kasey, ver o luto nos traços da mulher enquanto a ignorância ainda a protegia. Ela começou a recuar, mas então os braços de Leona estavam ao redor dela, sua voz ao seu ouvido — *Ah, Kasey* — e a visão de Kasey escureceu, como se ela estivesse sendo carregada por uma memória. Meia-noite. Uma batida na porta. Um sussurro — *Ainda acordada?* As batidas do coração da irmã contra sua testa. *Este é o seu lugar.*

— O barco — Kasey conseguiu sussurrar.

Um aceno de cabeça contra seu ombro. Leona a soltou, e Kasey notou alguma coisa preocupante na cena além da ausência de Celia.

— Cadê sua máscara? — Não só a máscara, mas a sobrepele também. Óculos protetores. Leona estava sem nenhum equipamento de proteção.

— O Act não te contou? — perguntou Leona. — A ilha é segura.

Act. A familiaridade do apelido não passou despercebida por Kasey, nem a facilidade com que Leona pegou os dois pelos braços. Enquanto caminhavam pela praia, Kasey se lembrou de todas as vezes em que Leona e Celia conversaram no sofá enquanto Kasey brincava com o robô-educador de Leona — um presente, explicou Leona, da irmã. Será que Kasey não havia escutado sobre o relacionamento de Celia e Actinium naquele dia? Ou será que Celia havia escondido aquilo de Kasey de propósito porque sabia do segredo vergonhoso de Kasey — que ela tinha dificuldade de se lembrar dos namorados de Celia?

Qual das duas coisas?, ela queria perguntar a Leona; depois, *Como a ilha é segura?* Mas quaisquer perguntas que tivesse desapareceram quando chegaram ao abrigo e Kasey o viu.

Nas rochas antes da curva que levava ao abrigo. Arrastado para fora do alcance da maré.

O barco não havia deixado uma impressão marcante antes. Agora, vê-lo foi como se uma lança atravessasse Kasey. Ela parou de repente e sentiu seu mundo interior paralisar enquanto o mundo lá fora continuava a rugir com o vento e o mar. Alguém apertou de leve seu braço — "Leve o tempo que precisar; estarei em casa" —, e Kasey se viu abandonada por Leona. Sozinha com Actinium.

— Posso esperar lá também.

Kasey balançou a cabeça. Da última vez, ela havia dito que Celia teria desejado que ele ficasse ali, mas a verdade era que Kasey também queria; ela precisava de Actinium lá para lembrá-la de que amor era dor, e dor era se aproximar do barco quando tudo que ela realmente queria era se afastar dele. A cada passo sobre as rochas escorregadias, ela percebia que não era melhor que as pessoas em sua festa. Parte dela esperou até o fim, quando já estava praticamente em cima do barco, que Celia saísse do casco e dissesse "Surpresa!"; o barco estava inequívoca e inegavelmente vazio.

Ela se agachou ao lado dele. Ela se recusava a pensar nele pelo nome pintado no casco. Para ela, aquilo era uma *coisa*, o carro fúnebre que levara Celia a seu túmulo aquático. Se fosse um ser senciente, ela desejaria machucá-lo, mas não era, e já estava danificado, com a proa amassada e metade da amurada faltando, evidência da violência que sofrera no mar. Será que Celia havia sofrido? Será que havia passado fome? Sede? Ou será que fora rápido? Kasey esperava que sim. Esperava que houvesse sido a morte que Celia queria, por mais estranho que o conceito parecesse.

Enquanto as ondas se quebravam nas rochas ao redor dela, ela sentiu a presença de Actinium atrás de si. Ele permaneceu de pé. Kasey apreciava aquilo. Se ele se ajoelhasse também e contribuísse com seu luto, ela se afogaria de verdade.

Levantando-se, ela esfregou a maresia do rosto outrora seco.

Como prometido, Leona estava esperando na casa.

— Vamos transportá-lo até a ecocidade — disse ela quando Actinium e Kasey entraram pela porta e se dirigiram até o bar de combustíveis, onde duas chaleiras estavam no fogo.

— Deixa o barco aqui — disse Kasey. A ilha estava classificada como domínio privado, então não residentes eram proibidos de se projetar holograficamente até lá. Aquilo, somado ao fato de que Leona não possuía uma Intraface, lhe ofereceria ampla proteção da imprensa.

— Então vamos mandá-lo para Francis — disse Leona. — Ele pode consertá-lo e deixá-lo novinho em folha.

Por Kasey, Francis podia muito bem destruir aquele barco. Mas mesmo assim, ela assentiu para Leona — então enrijeceu.

Vozes. Dentro da casa.

Espiando a sala de estar, ficou surpresa ao ver os Wang, os Reddy, os Zieliński e os O'Shea com seus gêmeos. Era literalmente toda a população da ilha, tirando os turistas que passavam as férias lá e o velho Francis John Jr., o faz-tudo que vivia na floresta. O sofá estava cheio; o restante havia se sentado no chão sobre as toalhas com monogramas da vovó Maisie Moore. Todos se apertavam ao redor do pequeno projetor holográfico de Leona e nenhum deles, para o desalento crescente de Kasey, usava máscaras.

O ar sobre sua cabeça mudou; ela ergueu os olhos e viu Actinium, inclinando-se ao seu lado. Ele deu uma olhada na sala e suspirou. Um som que não parecia ter muito a ver com ele. Ainda mais estranho foi o que ele murmurou, alguma coisa sobre "ir lá pra fora".

Antes que Kasey pudesse perguntar o que havia de errado em ficar lá dentro, um grito chegou até eles.

— Act! — Roma, um dos gêmeos de 9 anos, entrou correndo na cozinha, foi até Actinium e parou de repente ao ver Kasey. — Quem é essa?

Eles já haviam se conhecido, mas Kasey não culpava Roma por ter se esquecido. Era Celia quem passava horas fazendo bolinhos de lama com os gêmeos, enquanto Kasey ficava sozinha em seu canto, já que não era muito boa com crianças. Ela era pior em se apresentar, então deixou que Actinium o fizesse.

— Uma amiga — disse ele. Não era bem verdade, mas Kasey presumiu que *amiga* era mais fácil para crianças entenderem. Simples, direto.

— Amiga tipo *namorada*?

— Não — disse Kasey quando a voz da senhora O'Shea flutuou até eles, vinda da sala.

— Actinium? É você mesmo?

Quando Kasey deu por si, os moradores da ilha estavam se reunindo no bar de combustível. Ela saiu do caminho enquanto eles se dirigiam até Actinium para trocar apertos de mão e abraços. Actinium retribuía os gestos de um jeito bem mais desajeitado do que Kasey esperava dele.

— Você contou — disse ele para Leona, parecendo incomodado, e Kasey lhe enviou sua solidariedade enquanto a multidão o arrastava até a sala.

— Eles estavam todos com pressa de evacuar! — Leona contou. — Tive que explicar!

— Explicar o quê? — perguntou Kasey a Leona enquanto a cozinha se esvaziava. — Por que ninguém precisa evacuar?

Leona tirou a chaleira do fogão.

— Porque o ar é filtrado. O Act construiu um escudo ao redor da ilha.

Kasey piscou.

Como moradora de uma ecocidade protegida por um, ela sabia perfeitamente bem o que Leona queria dizer com *escudo*. Um sistema de campo de força e filtragem, invisível, mas impenetrável, que retém toxinas e protege a infraestrutura da cidade dos efeitos da erosão dos elementos. Antes de ser impedida de praticar ciências, Kasey passara um verão inteiro decifrando equações e o funcionamento dos escudos. Ela poderia recriar um modelo em miniatura se tentasse. Mas ao redor de toda a ilha?

— Isso é... — As palavras morreram na boca de Kasey à medida que as peças se encaixavam. Leona não usar uma máscara. A recepção calorosa das pessoas. E Actinium. Parando para pensar, ele havia reprogramado o robocóptero do hospel como se não fosse nada, com a frieza que Kasey testemunhara na primeira vez em que se encontraram, mas aquelas impressões haviam sido apagadas, como genes recessivos, pelo episódio com a xícara. Mesmo agora, Kasey podia sentir o cheiro do sangue, mas talvez ela tivesse julgado cedo demais. — ... um grande projeto — terminou ela, sentindo que suas palavras eram inadequadas.

— É culpa minha — disse Leona, sorrindo timidamente enquanto enchia as xícaras sobre a mesa. Kasey arrumou mais algumas. — Obrigada, querida. É como eu disse pra vocês: simplesmente não consigo abandonar a casa da Maisie. — Pois é, Kasey se lembrava de Leona lhes dizendo aquilo depois que Kasey declarou que a casa era estruturalmente insegura. — Mas com toda essa história de tempestades mais fortes, o Act não queria que eu ficasse no lado errado da barragem.

— Então ele construiu um escudo pra você.

— Para todos — disse Leona, e Kasey assentiu. Não era a primeira coisa exagerada que um garoto havia feito para impressionar a irmã. O filho do CEO de uma empresa de tecnologia ilusória havia gravado poemas de amor dedicados a ela no topo de todos os estratos da ecocidade. Na opinião não solicitada de Kasey, o grandioso gesto de Actinium era superior. Impressionante, na verdade. *Incrível*, essa era a palavra que havia escapado a Kasey.

— Mas ele só conseguiu dar uma olhada no escudo do meu lado da barragem este mês — continuou Leona. — Então eu os convidei para ficar mais tranquila. — Ela gesticulou na direção da sala e Kasey olhou para lá uma segunda vez, fixando os olhos em Actinium. Ele estava de costas para ela, conversando com o Sr. Reddy.

As costas de sua camisa estavam completamente encharcadas.

Como... quando... onde? Levou um segundo para Kasey entender. Nas rochas. Ele estava parado atrás dela. A água do mar deve ter respingado nele. Que estranho ele não ter se afastado.

Então Kasey voltou a atenção para onde estava a de todos os outros, aos hologramas de tsunamis e deslizamentos de terra que atingiram dez dos doze territórios externos. Ao restante coube lutar contra as consequências das emissões de microcinógenos e radioáxons, muito mais danosas do que o megaterremoto inicial.

Era o momento para o qual as pessoas não haviam conseguido se preparar, como se qualquer preparação, por mais intensa que fosse, conseguisse que um evento desses se tornasse inevitável. Uma falácia lógica. Assim como a excepcionalidade humana; 99,9% das espécies estavam extintas. O fim de sua trajetória não era uma questão de *se*, mas de *quando*. O mundo acabaria.

Estava acabando diante de seus olhos.

Como deveria, Kasey não podia deixar de pensar, e ficou surpresa quando um dos gêmeos começou a chorar. O som era mais alto do que ela esperava; ela havia inconscientemente se dirigido à sala para ver melhor a transmissão e, quando a senhora O'Shea mudou de canal, Kasey se viu encarando o próprio pai.

— O Comitê de Proteção Planetária deve se reunir hoje às 17h no Horário Internacional. — Ouvia-se a voz do repórter enquanto David Mizuhara subia no palanque do CP2. — Juntamente com os dirigentes da União Internacional e os delegados dos doze territórios, eles vão determinar o próximo passo da humanidade neste momento crítico.

O áudio deu lugar à coletiva de imprensa de seu pai. Sua voz monótona encheu a sala de Leona.

— Aqui nas ecocidades, pensamos em atrasar a crise por meio de mudanças em nosso estilo de vida, mas, apesar dos esforços do CP2 e daqueles sob sua jurisdição, a crise chegou. No entanto, seguimos dedicados à saúde deste planeta e de seus moradores. Assim, temos buscado soluções para o problema há quase dezoito meses. E posso assegurar... — A pausa faria com que as pessoas pensassem que ele havia se perdido no texto exibido por sua Intraface, mas Kasey sabia, pela forma como o pai ajustara os óculos, que ele pausara porque havia visto um erro factual. — Posso assegurar que estamos considerando as melhores opções para seguir em frente.

Ali estava. O erro factual. A mentira descarada, a menos que Barry houvesse encontrado uma sugestão promissora nas últimas — Kasey checou o horário em sua Intraface — 84 horas.

David Mizuhara passou a falar sobre Controle Ambiental e Tecnologias de Alteração. Mas mesmo que todos os territórios externos seguissem os protocolos CATA de limpeza, os agentes balanceadores lançados na atmosfera não seriam capazes de neutralizar os compostos mortais antes que suas ligações químicas fossem quebradas e reformuladas em outras substâncias ainda mais mortais; todo o processo fora acelerado pelas crescentes temperaturas globais. Era como Linscott Horn havia dito, pensou Kasey sombriamente. Os dominós haviam sido arrumados séculos atrás. Bastava um tremor para que todos caíssem.

As pessoas haviam causado aquilo.

— Para atualizações em tempo real, acesse os fóruns da União Internacional — disse o repórter. — O mundo estará assistindo, e vamos comentar os avanços conforme eles forem acontecendo.

— Viu? — disse a senhora O'Shea para os gêmeos. — Os especialistas vão resolver tudo.

Ela disse mais. O repórter falou mais. Ambas as vozes desapareceram enquanto Kasey recuava até a parede, onde havia uma porta que se fechou atrás dela, trancando-a no banheiro, o lugar favorito de Celia na casa inteira. Os chuveiros da ecocidade funcionavam com UV e ar pressurizado, e as fibras perenes, como aquelas dos suéteres que Celia havia dado para Leona, eram autolimpantes. Usar água para qualquer outra coisa além de hidratação era desperdício. Mas ali havia uma banheira e uma pia que não era de um bar de combustível. Kasey abriu a torneira para abafar as notícias e, enquanto a água jorrava, seu nível apareceu em sua visão.

Nível: 2,19431621
Nível: 2,19431622
Nível: 2,19431623

Seus batimentos cardíacos aumentavam junto com seu nível: 105bpm. 110bpm. 115bpm. Ela olhou para o espelho sobre a pia. Imaginou-se quebrando-o com as próprias mãos, como Actinium havia feito.

No fim das contas, não conseguiu.

• • •

O mundo estará assistindo.

Todos vão saber que você não ajudou.

Ninguém viu Kasey sair da casa ou correr até o píer. Ela parou quando seus dedos encontraram a borda.

Também não conseguiu pular.

A dor em seu peito retornou aos pulmões como uma metástase. Ela respirou fundo.

E deixou a dor sair.

̶I̶I̶I̶I̶ ̶I̶I̶I̶I̶ III

O GRITO ATRAVESSA O AMANHECER quando estou na metade do caminho até a casa. Começo a correr, subo os degraus da varanda e entro na cozinha, olhando por todo lado para ver quem se machucou, quem morreu, mas é só a chaleira, fervendo sobre o fogão.

Pois é. Pessoas podem fazer outras coisas além de morrer.

Como preparar café da manhã na minha ausência.

— Bom dia — diz o garoto, correndo pela cozinha com uma toalha amarrada ao redor dos quadris como um avental. — Onde você...

Ele esquece as palavras quando vê meu estado lamentável.

Só para dar uma ideia: estou encharcada até a cintura, pingando por todo o chão. Meus pés estão cheios de areia e há algum tipo de alga enrolado no meu tornozelo. Não tenho ideia do que posso dizer para evitar os questionamentos do garoto, então nem tento, digo "ioga na praia" como explicação antes de subir na bancada da cozinha e jogar a chave da casa na prateleira mais alta.

Pronto. Agora, talvez eu caia e quebre um braço no meio da noite, mas pelo menos não vou acordar como hoje de manhã, parada no meio do mar, com água até a cintura, enquanto as ondas vêm na minha direção.

Desço, atrapalhada, e passo pelo garoto. Vou responder às perguntas dele depois. Acontece que, diante do closet de M. M., enquanto procuro por roupas secas, suas palavras do outro dia ressoam no meu crânio.

Seu charme ainda pode acabar te matando.

Seguro a borda da porta do closet. Normalmente, consigo me convencer de como é hilário caminhar sonâmbula até a praia. Mas hoje, minha mente se recusa a dar uma roupagem nova para as merdas que não consigo controlar. Graças ao garoto, ela está presa à possibilidade de que eu *posso* mesmo morrer da próxima vez. Já é ruim o bastante para mim presumir que *haverá* uma próxima vez.

— Ei.

Respiro fundo, espero meus nervos se acalmarem, então solto as portas do closet.

— Sim?

O garoto está parado na entrada do quarto. Ele tirou o avental, revelando a roupa que está usando hoje: um suéter de pompom de M. M. Seu cabelo recém-lavado escorre sobre os ombros. Está bonito. Seria melhor se seus lábios não estivessem se abrindo para soltar uma enxurrada de perguntas em três, dois, um...

— Queria participar.

Pisco, confusa.

— Participar do quê?

— Da ioga na praia — diz o garoto. Oh, Joules. Ele acredita em mim. Por que não acreditaria? A verdade, de que caminhei até a praia em um episódio de sonambulismo, é bizarra demais para ele descobrir sozinho.

Vou deixá-lo acreditar, então. Meus problemas não são dele, e o que ele não sabe não pode machucá-lo.

— É uma aula avançada — digo, desamarrando minha calça molhada e quase a tirando antes de me lembrar que existe uma coisa chamada decência. Olho para o garoto; ele já se virou de costas. — Não sei se você aguenta. — Visto calças secas, ajusto a cintura, e digo-lhe que já pode se virar.

— Aprendo rápido.

Eu me viro na direção de sua voz — e recuo para dentro do closet.

Ele está parado na minha frente, com os olhos de pálpebras levemente caídas e longos cílios. Acho que nunca ficamos tão perto assim — isto é, ao menos não conscientemente. Não posso me esquecer da vez em que ele quase me estrangulou.

— Algum outro dia — digo, atrapalhada por ter sido pega de surpresa. — Preciso ir.

Espero ele se mover e me deixar passar.

Em vez disso, ele se inclina, abaixa a cabeça ao lado da minha e seus cabelos caem sobre meu ombro.

— Não vá.

Sua voz carrega uma ordem, uma súplica e um convite ao mesmo tempo; meu estômago responde com um aperto voraz. Minhas veias pulsam com sangue e eu sei o que quero fazer — pressioná-lo contra o closet e devorá-lo, como faria com qualquer outro garoto que falasse comigo desse jeito.

Só que isso não é típico dele. Esse não é o garoto que venho conhecendo. Nem é o garoto incapaz de ver e escutar que tentou me estrangular na praia, mas — *cuidado, Cee*, diz uma voz na minha cabeça, enquanto toco sua bochecha e viro minha cabeça de leve, roçando sua orelha com meus lábios.

— A menos que queira levar uma joelhada no saco de novo, você vai sair da minha frente — sussurro.

Por um longo momento, nada acontece.

Então ele recua, cambaleante. Leva uma mão ao rosto como se eu tivesse lhe dado um tapa. Balança a cabeça, abre a boca, depois a fecha e, antes de fazer uma careta, olha para *mim*, como se *eu* pudesse explicar seu comportamento estranho.

— De novo? Você... já fez isso antes?

Sua voz voltou ao normal. Meus batimentos cardíacos, definitivamente não; meu cérebro está confuso e surrado e preciso me esforçar para pensar em uma resposta.

— Claramente, não foi forte o suficiente pra ficar na memória — digo, olhando deliberadamente para sua virilha.

Então saio.

— Fica — ordeno a U-me enquanto desço a varanda apressada e pego minha pochete no caminho.

Confio em você, eu disse para o garoto.

Você não sabe nada sobre mim, o garoto me disse.

O placar até a manhã de hoje:

Garoto: 1

Cee: 0

• • •

Não vá.

Não consigo esquecer sua voz, não importa o quanto eu tente. E, vai por mim, eu tento. Corto árvores com tanta determinação que as horas passam correndo. O sol já está se pondo quando finalmente arrasto os cinco troncos até a cordilheira; solto um palavrão quando percebo que minha carga máxima de dois troncos por escalada significa três viagens.

Melhor começar agora.

O sol já está mais baixo quando completo minha primeira descida. Rapidamente, descarrego os dois troncos no topo da cordilheira. Enquanto me preparo para descer em busca de mais dois, um som vem do lado costeiro da cordilheira. Congelo. Outra vez — o mesmo som.

Uma voz.

— Cee!

Espio pela borda.

Ai meu Joules.

O garoto está *escalando. Sem. Uma. Corda.*

Jogo a minha para ele — e bem na hora. Ele a segura assim que perde o apoio de um dos pés. Meu estômago despenca junto com ele, e meu coração se retesa quando a corda impede sua queda.

— Você tá querendo morrer? — grito. Alguma coisa brilha na base da cordilheira. É U-me, flanando por aí. Ela falhou na tarefa de supervisão e nem se dá ao trabalho de ser útil agora. — Porra, U-me, *ajuda ele.*

Lentamente, ela desliza até o garoto enquanto ele reposiciona os pés.

— Discordo plenamente. Discordo. Neutra. Concordo.

Éons se passam até que o garoto chega ao topo. Seguro sua mão e o puxo.

— *Pode* — ele cai em cima de mim — *ir se explicando* — digo, ofegante.

— Me deixa... ajudar.

— Não. De jeito nenhum. — Que se dane o comportamento estranho dele hoje de manhã; não vou deixar minha primeira visita cair até a morte diante dos meus próprios olhos.

O garoto termina de recuperar o fôlego.

— O sol tá se pondo.

— E?

— A gente devia voltar. — Ele pega uma tora e se move na direção da beira, como se a descida fosse tão fácil como dar um passo.

Eu o seguro pela parte de trás do suéter.

— Tá bom, primeiro, você não *desce* com as toras. Já é difícil carregá-las até o topo. Deixa a corda fazer o resto do trabalho.

— Alguma outra instrução?

Não. Nenhuma instrução. Não era pra você estar aqui. Mas o sol não vai se pôr mais devagar enquanto discutimos e, em algum momento, o garoto vai ter que descer sozinho de qualquer forma, já que eu não posso prendê-lo nas costas como uma tora.

Dou um longo suspiro.

— Presta atenção aqui.

Mostro a ele como amarrar a corda ao redor do corpo como um cinturão de segurança, então o faço treinar na lateral da cordilheira.

Ele não mentiu — *realmente* aprende rápido. E, com ele aqui, nem preciso subir as toras até o topo da cordilheira. Ele pode ficar na base para amarrá-las à ponta da corda e eu posso ficar no topo para puxá-las. O sol afunda além do horizonte enquanto descemos todas as cinco toras no lado costeiro da cordilheira. Completamos nossas próprias descidas na luz que resta.

— Obrigada — digo mais tarde enquanto arrastamos as toras pelo xisto. — Mas nunca mais faça isso.

— Não vou te atrapalhar.

— Não tô nem aí.

— Não tem mais nada pra fazer.

— Me lembra de sujar a casa pra você — digo, e ele solta um ruído de deboche. O som combina com ele; encaixa-se perfeitamente no repertório que reuni para o garoto-que-acho-que-conheço, um garoto cujos mistérios começam e terminam em sua falta de memórias e que, na maior parte do tempo, é o oposto de perigoso. O oposto de charmoso. É meio que uma pena, penso, olhando de soslaio para o garoto enquanto ele limpa o suor da testa, porque acho que *existem* algumas perversões humanas das quais sinto falta e o garoto, embora seja um ajudante decente, está longe de ser um parceiro de crime (in)decente.

De noite ainda nos separamos — ele vai para o quarto, eu para o sofá —, mas ele se levanta de manhã, pronto quando fico pronta, e, depois de trocarmos algumas farpas, deixo ele ir comigo naquele dia.

E no seguinte.

Construímos uma rotina. Eu corto árvores. Ele as arrasta até a base da cordilheira. Transportá-las para o outro lado leva a metade do tempo com nosso sistema de polias humanas, e o tempo passa mais rápido quando dividido com alguém. Antes que eu me desse conta, preciso de apenas mais três toras para terminar Leona, e o garoto e eu até chegamos a divagar em muitas conversas.

— Como você pensa em mim? — pergunta ele enquanto arrastamos toras pela campina em nossa quarta e provavelmente penúltima saída. Por um segundo, não sei o que dizer. *Você é bom/me ajuda* soa tépido e *Você é incrível* seria forte demais. Felizmente, o garoto esclarece: — Você usa um nome provisório na sua cabeça?

Ah. Não, só *o garoto*.

— Você *quer* ter um nome provisório? — pergunto, erguendo uma sobrancelha.

— Depende.

— Ah, vai. — Eu o cutuco com o cotovelo. — Eu escolheria um bom.

— Vai ser estranho se for aleatório.

— Não vai ser aleatório — prometo.

Segundos depois, sugiro:

— Dmitri?

— Parece bem aleatório pra mim — diz o garoto.

A grama balança ao nosso redor enquanto a atravessamos. Suas folhas fazem cócegas. Coço a orelha.

— Qual é o problema de Dmitri?

— Sei lá.

— Então não tem nenhum problema.

— É muito... — O garoto para, procurando as palavras. Eu espero e suspiro quando ele continua de lábios cerrados.

— Tudo bem. — Tenho outras opções. — Que tal Tristan?

— Mesmo problema que Dmitri — diz o garoto, atravessando a última porção de grama. A campina ficou para trás e a cordilheira, imponente, ergue-se sobre nós. — Os dois são... — Rugas se formam em sua testa enquanto ele pensa.

— O quê? — insisto. Eu me recuso a deixá-lo se livrar dessa vez.

— Promete que não vai rir.

— Prometo.

O garoto solta as toras na base da cordilheira.

— Sexy.

Dou um grito.

— Você prometeu!

— Eu sei. Sou horrível. Desculpa. — *Te acho bem gostoso*, mas o garoto já parece horrorizado o bastante. — É que... *sexy*.

O garoto não está achando nada engraçado.

— Que termo *você* usaria?

— "Ardente", talvez. "Sombrio".

— E eu tenho cara de sombrio pra você? — questiona o garoto.

— Você tem algum passado trágico?

— Não. Trágico, né?

Meu abdômen dói quando finalmente solto o riso. Estamos parados na sombra da cordilheira. Não estamos trabalhando. Não estamos nos movendo. Só conversando. E não quero que isso acabe.

— Heath?

— Não.

— Para de rejeitar meus nomes.

— Para de tirar todos eles do mesmo saco. — Então o garoto faz uma careta e me olha firmemente. — Esses são os primeiros que te vêm à mente?

— São.

— Talvez os nomes sejam como rostos nos sonhos — diz o garoto. — Talvez a gente só saiba os nomes das pessoas que já conhecemos.

— Você precisa anotar essa teoria. Publicar ela em uma revista acadêmica quando a gente sair da ilha — *ser recrutado por uma empresa de inovação tecnológica.*

De onde veio isso?

— Será que vou? — pergunta o garoto, me distraindo.

— Vai o quê?

— Sair da ilha — fala ele, sem amargura ou culpa. Suas palavras soam tão suaves quanto a chuva que começa a cair. Ele encara a cordilheira. — Não precisa responder isso — diz ele, e começa a subir enquanto fico parada, sem palavras, na base.

Ótimo. Que beleza. Ele não pode *dizer* uma coisa dessas e me deixar agonizando tentando entender o que realmente quis dizer, porque não é possível que ele seja assim tão indiferente à ideia de ser deixado para trás...

Ou será que é?

Fico o encarando no jantar. Enquanto lavamos a louça. Ele não me dá nenhuma pista. Nos separamos para dormir, e fico me revirando no sofá, perturbada com a pergunta.

Será que vou sair da ilha?

A jangada *pode* ser grande o suficiente para nós dois se eu continuar construindo. O verdadeiro problema é a comida. Não estocamos o bastante para duas pessoas em uma jornada de duração indeterminada. Eu poderia zarpar primeiro, decido, e poupar o garoto de uma morte aquosa se eu falhar. E, se desse certo e eu encontrasse Kay, tenho certeza de que ela me ajudaria a resgatar o garoto também. Mas por que presumo que ele precisa ser resgatado? E se *ele* também tiver alguém que precisa encontrar, alguém de quem não se lembra? E mesmo se não tiver — se ele estiver realmente sozinho —, isso por acaso invalida seu desejo de voltar para casa? A vida dele vale menos que a minha só porque ninguém o ama ou sente falta dele?

— Ainda acordada?

O redemoinho na minha cabeça para com o sussurro. Balanço a cabeça e digo "sim" caso esteja escuro demais para ele enxergar. Ele vem até a frente do sofá. Eu me sento e encolho as pernas para lhe dar espaço. O acolchoado sob meus pés se agita quando ele se senta, e alguma coisa em mim se agita também, ajustando-se à sua presença diante de mim.

Espero ele mencionar o que disse na cordilheira.

Não estou esperando que ele pergunte:

— Você já sonhou com coisas que não consegue entender?

— Às vezes. — Às vezes, as cenas dos meus sonhos parecem boas demais para serem verdade. Como o azul do mar, o céu cristalino e a escada branca que há entre eles. — Mas, na maioria das vezes, sonho com a minha irmã. — Ou que estou nadando no oceano, o que geralmente termina comigo acordando *no* oceano. — E você?

Por um minuto, ouço apenas o som da minha respiração constante e da chuva que cai gentilmente lá fora.

— Branco — fala o garoto em um sussurro. — Nos meus sonhos, só vejo branco.

— Que tipo de branco?

— Só... branco. — Uma respiração calculada. — Uma brancura pior do que nada. Do tipo que deixa cego.

Sua voz está abafada; mal consigo escutar seu medo, mas ele está lá.

É doloroso de ouvir.

Eu me aproximo enquanto ele diz:

— Não sei como você conseguiu viver tanto tempo aqui sozi... O quê... O que você tá fazendo?

— Afastando os sonhos — digo, com uma mão em seu ombro enquanto passo a outra por seu cabelo.

O garoto fica rígido, mas não se afasta. Não se move quando tiro a mão de seu ombro e coloco minha cabeça no lugar.

— E isso? — pergunta ele, com a voz sem ar, como se tivesse parado de respirar.

— Ouvindo os seus medos. Coloca a sua cabeça na minha.

Depois de um segundo, ele obedece — com muito, muito cuidado, como se nossos crânios pudessem quebrar. À medida que o peso de sua cabeça se acomoda, o mesmo acontece com o ar em seu peito. Ele volta a respirar; estou perto o bastante para senti-lo, agora que estamos sentados de braços colados, envoltos num escuro e num silêncio tão calmos que mais parecem água.

Depois de um tempo, quebro o silêncio para sussurrar:

— Dá pra ouvir meus medos?

— Não — admite o garoto, e bem quando estou me perguntando se ele acha que isso é muito estranho e idiota, ele diz: — O que dá pra ouvir é o mar.

Sorrio. Talvez ainda esteja sorrindo quando começo a divagar, mergulhando em um sonho em que Kay e eu estamos caminhando ao longo da praia e Kay se agacha e pega uma concha. *Uma espiral de Fibonacci*, ela diz para mim, segurando-a sobre a palma da mão. Normalmente, um sonho como esse me faria caminhar sonâmbula até a praia, mas, de manhã, acordo com a luz que vem da velha e boa janela de M. M. e há alguma coisa palpitando sob minha bochecha.

As batidas de um coração.

Meu próprio coração, sonolento, acorda quando vejo o trabalho da gravidade. Durante a noite, parece que minha cabeça caiu sobre o peito do garoto e nós *dois*, pelo visto, desabamos no sofá. Um de seus braços está pendurado para fora e o outro repousa sobre minha cintura. A cabeça dele está curvada para trás, deixando a coluna pálida de sua garganta exposta.

Toco minha própria garganta. Os hematomas finalmente pararam de doer. Aquela noite de trovões e chuva parece ter sido um sonho da semana passada. O garoto ao meu lado — ou será debaixo de mim? — é mais quente do que qualquer tapete ou coberta, e estou tentada a me deitar novamente, mas jangadas não se constroem sozinhas e, no fim das contas, ergo seu braço, ergo a mim mesma e cuidadosamente reposiciono sua mão sobre o estômago.

Pego um hambúrguer de taro que sobrou do jantar da noite passada e o como na varanda. A maré se levanta com o sol. O garoto não acorda. *Deixe-o descansar.* Não preciso da ajuda dele hoje; faltam só três toras para terminar Leona.

Três toras para zarpar.

Não sinto nem um pouco da alegria que senti quando terminei Hubert. Em vez disso, o hambúrguer de taro cai como uma pedra no meu estômago, e faço tudo devagar — checar minha pochete, escalar a cordilheira, até mesmo atravessar a campina em tons de cinza com seus templos assustadores. Corto minhas árvores com precisão, tentando fazer cada golpe valer. O tempo todo, a floresta continua chamando meu nome. Atraindo-me.

Cee.

Cee.

Cee.

Que se foda. Jogo a faca no chão e me levanto. São apenas as árvores enevoadas e o Estaleiro, lá no fundo. Não há nada a temer.

Sigo o chamado e vou me embrenhando entre as árvores. Meus passos, altos a princípio, se aquietam à medida que as pinhas apodrecem sob meus pés. Nenhum besouro hoje. A ilha não é exatamente um zoológico, então *predadores* não estão na minha lista de preocupações. Mas, à medida que a neblina, presa entre as árvores como teias de aranha, engrossa, sou lembrada também de como estava sozinha antes de o garoto aparecer — e de quão sozinho ele vai ficar quando eu partir.

Espanto o pensamento. Nós nos conhecemos há apenas uma semana. Kay e eu compartilhamos — e perdemos — anos juntas. Nada pode se comparar a isso e, quando chego à clareira na floresta e vejo o Estaleiro, rodeado por pilhas de lixo que vasculhei para exumar Hubert, tudo volta. Todas as vezes em que cruzei a cordilheira. Os braços e as costelas quebradas. A dor, a alegria e o desalento de ter chegado tão perto e perdido tudo por causa de uma tempestade. Mas, apesar dos meus piores medos, não precisei de mais três anos para encontrar outra forma de sair desta ilha. Este é realmente o melhor cenário. Partir vai ser doloroso, mas vou sobreviver. Nada pode me matar. Kay está esperando. Eu a ouço. A voz dela — está vindo da piscina.

Cee. Uma folha cinzenta cai no meio dela e produz ondas sobre a superfície. Eu me contorço para pegá-la, cambaleio até a borda da piscina e vejo meu rosto perfeitamente refletido na água parada como vidro.

Ele se estilhaça quando entro.

A água me envolve. Meus pensamentos se dissolvem. Meus olhos se abrem. A piscina é surpreendentemente funda. Abro a água diante de mim como uma cortina e avisto o fundo. Está coberto de musgo e cogumelos, alguns pequenos como seixos, outros grandes como pratos, reluzindo com a luz que vem de cima. Sombras se juntam como nuvens à medida que mergulho mais fundo. A água continua eternamente e, em certo momento, começo a ver.

Em cores — assim como nas minhas memórias e sonhos —, vejo Kay. Estamos em um quarto pequeno como uma caixa de sapatos, deitadas na mesma cama e encolhidas como rins, joelho a joelho. Meus dedos penteiam seu cabelo enquanto converso com ela e minhas palavras aparecem nas minhas mãos, punhos e braços. Elas escurecem e formam hematomas. As paredes ao nosso redor se afastam. Agora estou sozinha e falando com um homem que veste um jaleco branco. Oitenta anos, ele diz, mas não posso esperar tanto assim, então caminho até a porta e saio, rumo ao oceano que me espera além. A água lambe minha pele; me vejo deitada na areia, sentindo o sol secar meu corpo. Uma mulher corre para me cumprimentar; ela usa um suéter azul-bebê com *patches* de pugs. Fui eu que lhe dei aquele suéter. Ela me dá uma xícara de chá e, juntas, a imagem de nós duas se dissolve ao vento enquanto vamos ver um muro de concreto.

As imagens vêm cada vez mais rápido.

E congelam.

Engasgo ao sentir alguma coisa cortar meu abdômen e me puxar com força para cima, para cima, para cima...

Acabo descobrindo que é o braço do garoto, como uma prensa ao redor da minha cintura quando atravessamos a superfície; pode não *parecer* que ele está tentando me matar, mas entro em pânico mesmo assim.

— Mas que porra...

Paro de repente. Arregalo os olhos e absorvo a água azul-turquesa ao nosso redor e as árvores, verdes como pedras preciosas, que cercam o Estaleiro.

Turquesa.

Verde.

Minha visão embaça, incapaz de processar. De focar. Quando finalmente recupero o foco, vejo o garoto; seu rosto está a meros centímetros do meu, sua respiração paira irregular nos meus lábios. Os dele são rosados. Seu cabelo tem um tom de castanho-escuro, bem escuro, com mechas que cobrem a testa. Os olhos são da cor do céu.

Cores.

Pelo amor de Joules, estou enxergando em cores.

Uma voz penetra o caos sensorial. É a do garoto, me mandando nadar.

É difícil obedecer quando ele está agarrado a mim como se eu fosse uma boia.

— O que você tá fazendo? — grito, empurrando-o antes que ele possa responder.

Nós nos separamos com um *splash*. O garoto desliza para trás, debatendo-se, então recobra o controle dos braços e pernas.

— O que parece? — rebate ele, percorrendo a água.

— Parece que você estava tentando me afogar.

— Eu estava te *salvando*. — Ele cospe uma folha. — Você não estava se mexendo! — grita ele quando o encaro, incrédula. — E ficou debaixo d'água por, pelo menos, três minutos.

Ah, sim, com certeza. Em três minutos, meu rosto estaria azul. Tudo o que aconteceu foi que engasguei com *um* gole de água, e adivinha de quem é a culpa?

— Eu contei — diz o garoto, nadando atrás de mim enquanto vou até a borda. — Esperei o máximo que podia e só pulei quando precisei. — *Blá-blá-blá*. Saio da piscina e caio sobre os dentes-de-leão verdes. — Porque, acredite ou não — o garoto cai ao meu lado, ofegante —, isso não é divertido pra mim.

Ele olha na minha direção.

— Fala alguma coisa.

— Sinto dizer, amor, mas não preciso ser salva.

— Entendi — diz o garoto, adotando meu tom irritado. — Vou lembrar disso se você alguma vez estiver pendurada na beira de um penhasco.

Ele se senta e torce o suéter de M. M. É azul. Acentua a cor de seus olhos.

— Que foi? — pergunta ele quando me pega encarando.

Ainda estou irritada com sua intromissão, mas também curiosa.

— De que cor é o meu cabelo?

— Preto...?

— E os meus olhos?

— Castanho-escuro. — Ele me percorre com o olhar, franzindo a testa. — Você tá bem?

Não respondo.

Cabelo preto.

Olhos escuros.

Assim como Kay.

O alívio toma conta de mim. Não sei o que eu estava esperando. Afinal de contas, somos irmãs. Mas me sinto mais próxima dela do que nunca, especialmente com as novas memórias.

As memórias. Foram cortadas antes do tempo. Há mais delas, tenho certeza. Meus olhos se voltam para a piscina, a fonte de tudo, antes de me interromperem...

O garoto pega minha mão e me põe de pé.

— Vamos voltar agora.

— Quem disse?

— A pessoa que não acabou de tentar se afogar.

Resmungando, eu o sigo pela floresta, ensopada e cansada demais para comprar essa briga. Todo o meu ser vibra. Primeiro as memórias, agora as cores. Eu me sinto sobrecarregada — e é provavelmente por isso que estrago tudo uma hora mais tarde, depois de reunirmos as toras e descê-las pela cordilheira, quando chega o momento de descer nós mesmos. Vou primeiro e mal desço um metro quando perco o apoio de um pé. Minhas mãos se estendem, à procura de uma saliência para segurar. Falho, e meu outro pé se solta.

Acima de mim, o garoto grita. Meus olhos se fecham instintivamente, e me preparo para sentir o aperto do cinturão de segurança na minha bunda.

Ele não vem.

A corda se afrouxa. O nó se desfaz.

Continuo caindo.

14

ELA JAMAIS VERIA O CORPO.

Jamais saberia o momento em que Celia morreu.

Uma outra irmã talvez não fosse capaz de viver com aquilo.

Kasey era.

Só não era capaz de viver com o jeito com que viveria com aquilo.

Além do píer, o mar que havia falado com Celia falou com Kasey também. O vento sussurrava em seu ouvido. *Insensível. Defeituosa. Deficiente.* O mundo vinha lhe dizendo aquelas coisas desde o começo, do armário vandalizado à indignação do público, na época em que ela aguentou coisas que outros não seriam capazes de aguentar. Ela havia ficado indiferente diante do sangramento de Actinium e aceitado a fatalidade do prognóstico de Celia sem questionar, enquanto ele pensou em chamar o robocóptero. Mesmo agora, a dor instalada em seu peito parecia um corpo estranho e exterior; a irritação deixada na garganta pelo grito era uma dor que ela não se permitia engolir. Fazia parte da natureza humana infligir dor a si mesmo e até mesmo aos outros, abaixar a barragem diante de uma tempestade, como a que literalmente se formava naquele momento. Nuvens escuras se reuniam no ponto onde o oceano encontrava o mar. As ondas quebravam sob seus pés, dois metros abaixo, e, mais alto do que o ruído, a voz dele chegou até ela.

— Não pula.

No passado, ela teria se ofendido com o aviso. Por que ela faria algo tão imprudente como expor a si mesma?

No entanto, Kasey estava feliz por parecer mais emocionada do que realmente estava.

— Não vou.

— Que bom. — Actinium parou ao seu lado. Juntos, ficaram parados na extremidade do píer, olhando para o mar enquanto o ar engrossava e ficava pesado entre eles. — Porque o escudo não chega assim tão longe.

— O escudo que você construiu.

Ela enfatizou o *você*. Actinium não respondeu. Quando Kasey o fitou, ele estava olhando para a frente, resoluto, como se soubesse que ela tinha uma visão preconcebida dele, como um deque de cartas que ela embaralhava a cada palavra que ele proferia.

Não vou me intrometer. Era o que ela havia dito antes. Mas Kasey não conseguiu impedir sua curiosidade de aflorar. Normalmente, ficava irritada quando as pessoas eram inconsistentes, mas o mistério ao redor de Actinium parecia planejado; suas contradições, precisas demais. Seria ele lógico? Emotivo? Autoritário ou desconfortável ao redor das pessoas? Para alguém que modificava corpos, era pouco adornado, incluindo seus maneirismos e fala, o que levou Kasey a perguntar:

— Você trabalha mesmo na GRAPHYC?

A pergunta pareceu pegar Actinium desprevenido.

— Trabalho — disse ele e pausou. Depois acrescentou: — Meio período, a Jinx diria.

Kasey concordava com Jinx naquele ponto. Remontar a Intraface da irmã, por mais valioso que fosse, parecia não ser a forma certa de usar as horas de trabalho.

— O que você faz?

— Desenho os implantes e as digitatuagens.

— Você tem alguma? — SILVERTONGUE apontou que a pergunta era intrusiva, mas não tinha relação com a irmã. Actinium negou com a cabeça e ela insistiu: — Então como você sabe que é bom?

— Nunca falei que era.

Para qualquer outra pessoa, aquilo soaria como modéstia, mas Kasey ouviu as palavras não ditas.

Nunca falei que era. Sou melhor em outras coisas.

Como programação. Engenharia. Ele era obviamente inteligente. Talentoso. Se tivesse continuado na escola, uma empresa de inovação tecnológica o teria recrutado. Com uma equipe e recursos, ele estaria desenvolvendo projetos com um impacto ainda maior que um escudo do tamanho de uma ilha. Mas, se assim fosse, talvez ele não tivesse conhecido Celia. Talvez Kasey só estivesse amargurada por ele ter dado as costas a um futuro que ela teria desejado para si.

— No que você tá pensando? — perguntou Actinium depois de um minuto, e ela ficou surpresa por ele se importar. Por um segundo, ela entreteve uma ideia boba, a de que talvez ele tivesse aguentado os respingos do mar *por* ela. A física do movimento parabólico fazia sentido. Os motivos não. Actinium amava Celia.

Amava as coisas que ela amava.

Diferente de Kasey, que ainda não via nada de mágico quando olhava para o mar.

— Esse era o lugar favorito da Celia na ilha. O píer.

— Um lugar entre a terra e a água, onde há poder em um único passo.

— Você discorda — afirmou ela, não tinha por que fingir ter dúvidas quando tinha certeza. — Por quê? — perguntou, menos certa sobre *como* podia inferir tanta coisa com base apenas no tom de voz dele.

— Acho que a maioria das escolhas é feita antes de se chegar na beirada.

Kasey concordava. Ela havia tentado pular. Para expor a si mesma. Para sangrar. Mas estava apenas se iludindo; jamais escolheria a autodestruição. Seu cérebro era muito pragmático.

Ou deveria ter sido. Porque, naquele mesmo momento, sua Intraface emitiu um lembrete da sede do CP2 de que a reunião de emergência estava prestes a começar, e ela teve de encarar a outra escolha que fizera: a escolha de não ajudar. Kasey deslizou a mensagem para o lado, descartando-a; outras tomaram seu lugar, especificamente mensagens não lidas de Meridian.

Cadê você? Viu as notícias? Tá em casa?

Casa. A natureza daquilo — a segurança, o modo como parecia embrulhada em plástico bolha — parecia tão alienígena para Kasey quanto fora para Celia.

— Actinium. — O nome dele queimou seus lábios. Ela olhou para ele bem quando ele olhou para ela, e, por um momento, viu alguma coisa em seu olhar. Uma hesitação. Os lábios dele se abriram.

Mas Kasey falou primeiro.

— Preciso confessar uma coisa.

Celia amava o mar. Amava as cristas das ondas que espumavam como leite, a valsa da luz do sol sobre elas. Kasey não. O mar era como um trilhão de fios de cabelo, infinitamente emaranhados na superfície e infinitamente densos sob ela. Ele distorcia o tempo: minutos se passavam como horas, e horas se passavam como minutos. Distorcia o espaço, fazia o horizonte parecer tangível.

E era o lugar perfeito para esconder segredos.

Eu matei a Celia. Eu sabia que visitar o mar pessoalmente era uma ideia ruim. Eu não a impedi. Mas, por mais que a culpa pudesse ter corroborado com sua humanidade, ela não conseguiu invocá-la. A raiva era uma emoção mais fácil de acessar. Celia havia sido tola ao nadar no oceano, mas não deveria ter tido que morrer por aquilo. Alguém — uma pessoa, uma empresa, ou várias de cada — havia poluído o mar. Em segredo. O ato não fora relatado. Não fora remediado. Kasey havia sido punida quando violou as leis internacionais; e eles? Se não, por que ela deveria ajudá-los? Por que melhorar um mundo quando *melhor* para Celia significara escolher onde e quando morrer?

Uma barreira em Kasey caiu. A solução escorreu para fora dela. Toda a solução, incluindo a peça final que não contara a ninguém. Ela esperou pelo nojo de Actinium, por seu horror. Sem receber nenhum deles, revelou:

— Posso ajudar — terminou ela, sem ar —, mas não quero.

A confissão. A ciência era imparcial a tudo e a todos. Ou funcionava, ou não. Não dizia quem merecia se beneficiar dela. A solução existia; portanto, tinha de ser compartilhada.

— Não quero ajudar — repetiu ela, mais baixo, enquanto raios brilhavam à distância. A tempestade chegara. A chuva caía com força.

Actinium estava certo; o escudo terminava onde eles estavam. Kasey quase conseguia ver o arco diante dos olhos, onde a chuva passava com menos força, o que formava uma névoa sobre eles. Nervosa, ela olhou para ele, aquele garoto que havia usado a ciência pelo bem das pessoas. O que será que ele pensava dela agora?

Enquanto ela esperava por uma resposta, um vendaval soprou vindo do mar. Filtrado pelo escudo ou não, parecia real. Puxou as roupas de Kasey, molhou seu rosto. Derrubou o cabelo cuidadosamente penteado de Actinium sobre os olhos, obscurecendo sua expressão. Mesmo assim, a voz dele soou tão clara quanto no primeiro dia.

— E quem foi que falou em ajudar?

╫╫ ╫╫ ╫╫

MEU PRIMEIRO PENSAMENTO É QUE não estou morta.

O segundo é que estou pendurada sem uma corda no meio da cordilheira, me segurando a uma rocha, e tenho quase certeza de que desloquei meu ombro direito e ainda vou morrer porque há uma longa queda até o chão e meus dedos estão escorregando, e *Joules que me perdoe, mas que jeito bosta de morrer.*

— Discordo plenamente. — Sinto pressão... uma pressão debaixo do meu pé esquerdo que alivia um pouco da tensão no braço.

U-me. Suas ventoinhas chiam enquanto ela me apoia com a cabeça. Não sei para que ela foi projetada, mas certamente não foi para isso. Nós duas vamos acabar destroçadas lá embaixo se eu não fizer alguma coisa rápido.

Pensa, Cee. Viro os olhos de um lado para o outro, depois para baixo.

A corda.

Uma parte dela é uma poça laranja neon no chão, mas a outra parte ainda está pendurada na encosta, não mais amarrada, mas presa nas mãos do garoto; vejo sua silhueta no topo, iluminada por trás.

— *Amarra isso!* — Vou levar eu e U-me para baixo se a segurar agora. Ele certamente sabe disso. — Acorda! — grito ao ver que ele não se move. — Vai! Seja...

Ácido sobe pela minha garganta.

— ... *um herói!* — berro.

— Herói — entoa U-me, fielmente, enquanto rochas se desprendem abaixo de nós, em queda livre até o chão com um revelador *pock-pock-pock*. — Substantivo masculino: uma pessoa que...

Não consigo ouvir o resto. Começo a ver pontinhos e é impossível distinguir os traços do garoto, muito menos descobrir o que diabos se passa na cabeça dele, simplesmente parado lá em cima, com a corda na mão. Enquanto isso, a pressão voltou aos meus dedos. Sinto uma queimação no braço. *É isso.* Os músculos do meu pescoço tensionam. Meus lábios se abrem para um último grito...

... e se fecham quando a corda roça minha bochecha.

Ela se move junto com o garoto. Ele não passa de um borrão para mim a essa altura, mas acho que está fazendo movimentos de amarração com as mãos, e, se não estiver, estou morta de qualquer forma, então agarro a corda, junto meus joelhos e me arrasto ao longo de seu comprimento o máximo que consigo antes que meus braços cedam.

Céu. Ar. Chão.

O impacto arranca o ar dos meus pulmões.

Não sei por quanto tempo fico deitada ali, de costas, até um rosto eclipsar o sol amarelo.

O garoto.

— Cee, tá me ouvindo? — Ele soa distante. — Tá sentindo alguma dor?

— Meu ombro...

... e todo o resto.

A pele no meu braço queima enquanto o garoto arregaça a manga do meu suéter. Ele coloca uma mão sobre a minha e segura meu cotovelo com a outra.

— Escuta — sussurra ele, quase para si mesmo —, vai doer antes de melhorar.

— O quê...

O garoto puxa meu braço. Alguém grita. Acho que sou eu. Arranho a mão dele — *faz a dor parar, faz parar* — enquanto meus músculos flexionam com a pressão; sinto a tensão no meu ombro se acumular até chegar ao ápice...

O osso volta para o lugar.

O garoto me ajuda a sentar. Quando estou pronta para ficar de pé, ele passa meu braço bom sobre o ombro e usa o corpo para me apoiar. Ou estou tremendo, ou ele está tremendo, ou nós dois estamos tremendo. Nossos primeiros passos quase me fazem desabar novamente.

Percorremos o resto do caminho em silêncio, mancando lentamente.

Na metade do trajeto, U-me fala de repente, sem qualquer comando.

— Herói. Substantivo masculino: uma pessoa que é admirada ou idealizada por sua coragem.

Sinto o garoto enrijecer debaixo do meu braço.

— Herói. Substantivo masculino: uma pessoa que é admirada ou idealizada por sua coragem.

O sol desce de seu ápice do meio-dia.

— Herói. Substantivo masculino: uma pessoa que é admirada ou idealizada por sua coragem.

Horas depois, finalmente chegamos à casa. O garoto me guia até o sofá, depois desaparece sem dizer nada. Não tenho a capacidade física ou mental para imaginar aonde ele está indo. Jogo a cabeça para trás e encaro o teto, tingido de violeta pelo pôr do sol.

Joules.

Que dia.

Sim, ganhei um monte de memórias. Sim, também estou enxergando em cores. Isso pode explicar por que fui descuidada na minha descida, mas não explica a corda desatada. Não passo por um aperto desses desde que aperfeiçoei minhas técnicas de amarração dois anos atrás.

Tento relembrar a cena logo antes da queda. U-me estava na base da cordilheira. O garoto estava no topo.

Eu não o *vi* desatar a corda.

Só que também não estava olhando para ele.

O que estou pensando? Se me matar fosse o objetivo, ele poderia ter feito isso enquanto eu estava apagada no chão. Uma pedrada nas têmporas. Tudo teria acabado em um segundo. Em vez disso, ele se agachou ao meu lado, com o rosto brilhando de suor e preocupação, e talvez ele até pudesse fingir a emoção, mas não tem como ter fingido as batidas do coração. Ele consertou meu ombro, meio que me carregou de volta, e agora nada faz sentido. Nem a corda desatada nem a forma como ele congelou no topo enquanto eu me agarrava à vida.

A menos que tenha sido apenas isso: ele congelou. Não é sempre que é necessário virar um herói.

De uma coisa tenho certeza: não *quero* acreditar que o garoto teve alguma coisa a ver com a minha queda. Ele já se tornou mais do que um visitante ou um convidado para mim. Ele é um amigo. E, como sua amiga, me levanto do sofá à noite ao notar que ele não voltou.

Ele não está na praia, ou no píer afundado, coberto pela maré da meia-noite.

A mesma maré invade a enseada, um lugar secreto guardado entre as rochas a oeste da casa de M. M. A areia brilha em todas as cores de madrepérola à luz do luar. O garoto, um mero pontinho contra o horizonte, é azul-índigo.

Ele não se vira quando me aproximo. Sento-me ao seu lado. Por vários minutos, o único som vem das ondas que calam a noite que cai sobre nós.

— Foi culpa minha. — A voz dele está baixa e sombria, carregada de culpa. — Lá na cordilheira, quando te vi cair... meu corpo inteiro... — A dor dele é palpável e, quando dou por mim, estou massageando suas costas em círculos. Seus músculos espasmam sob a minha mão. — ... travou. — Suspira, frustrado. — Só que essa não é a palavra certa.

Posso estar surrada e cheia de machucados, mas ele parece traumatizado. E quem não estaria? Ele não é como eu, endurecida pela brutalidade da vida na ilha.

— Ei — digo gentilmente. — Deixa isso pra lá. No fim, você conseguiu.

— Mas e se eu não tivesse conseguido?

— Você conseguiu. É isso que importa.

Ele balança a cabeça.

— Não tenho nenhuma memória. Não tenho um nome. Só tenho meus pensamentos de agora, as coisas que sinto, penso e quero. E se não consigo nem agir diante delas, então...

Ele não termina. Não precisa. Suas palavras não ditas vivem no meu coração. Elas são as mesmas que me mantêm acordada de noite, quando temo que o rosto de Kay esteja desaparecendo. Fico aflita ao pensar em quem eu seria sem ela. Apenas uma garota qualquer em uma ilha abandonada, sem um passado que me guie, sem um futuro para me motivar.

Quem sou eu? É o que ele quer perguntar. Não tenho como responder.

Mas posso lhe oferecer *alguma coisa*.

— Herói.

— O quê?

— Você tem sim um nome. Herói.

O garoto inspira.

— Isso é...

— A U-me que escolheu. Junto comigo.

Alguns nomes são descobertos. Outros, conquistados.

Este é ambos.

O garoto, Herói, faz uma careta.

— É brega.

— Bom, é isso ou Dmitri. Brega ou sexy. Você que sabe.

Ele suspira. Não o acalmei. Não o consolei. Estou sempre disposta a explorar emoções, mas as dele estão como um pântano agora. Elas só vão arrastá-lo para baixo. Preciso distrai-lo. Mudar o foco de sua mente.

Tenho uma ideia de como fazer isso.

— Vamos tentar uma coisa — digo.

— O quê? — pergunta o garoto.

— Vira pra mim.

Ele se vira.

— Fecha os olhos.

Ele fecha — e os abre rapidamente quando o beijo. Brevemente. É mais um selinho, por causa dele. Eu sei do que gosto. Já o garoto? Rio da expressão em seu rosto. Ele fecha a cara; eu fico séria. Nem todo mundo gosta tanto de contato físico como eu. Será que ele gostou do beijo?

Ao que ele responde, relutante:

— Não estava esperando.

O que não é o mesmo que não gostar. Sorrindo, me inclino e o beijo outra vez. Seus lábios são macios — mais macios do que quando os tracei com meu dedo. Uma agitação percorre meu corpo, não necessariamente porque sinto algo *por* ele, mas porque simplesmente sinto. Ele. Aproximo-me dele. Digo *"Tá tudo bem"* e *"Tô aqui contigo"* e *"A gente não precisa pensar tanto; podemos simplesmente viver"*. Beijar é apenas uma outra forma de conversar.

E conversas não podem ser sustentadas por apenas um lado, então, quando ele não responde, eu me afasto.

— Tudo bem, então. O que...

Oh.

Arregalo os olhos quando ele responde.

Recuperando-me, deslizo uma mão sobre seu peito. Seu pergunta é se inclinar sobre mim. Minha resposta é puxá-lo para mais perto pelo colarinho do suéter.

Ele nos deita sobre a areia.

Só nos separamos quando ficamos sem ar. Continuo perdendo o fôlego enquanto sua boca se move até o meu pescoço. Minhas mãos entrelaçam seu cabelo; seguro-o enquanto derreto por dentro, transbordo, me derramo. Me sinto tão vasta quanto um oceano, o único mar que não preciso atravessar, e, pela primeira vez em muito tempo, lembro como é me afogar em mim mesma.

• • •

Nós nos beijamos até nossos lábios ficarem inchados. Conversamos no idioma das línguas e dos dentes.

Então conversamos mais. Conto a ele sobre Kay, sobre não enxergar em cores, sobre meus episódios de sonambulismo. Ele compartilha seus sonhos frios e estéreis. Pergunto se ele se lembra de ser um médico, porque não fez um mau trabalho no meu ombro. Ele acha que eu posso ter sido uma construtora de barcos depois que lhe conto sobre Hubert. Ele me pergunta mais sobre Kay e eu lhe conto do que me lembro. Quando acabam as memórias, ele pergunta sobre mim, e eu respondo, também, embora as palavras sejam menos certas e mais tímidas, indefinidas. Conversamos sobre nada e sobre tudo, e é... *bom*, tão bom que, mesmo quando esfria, me sinto aquecida o bastante com ele aqui.

Adormecemos na enseada, nos braços um do outro.

Mas meus sonhos me levam para bem longe dali, para a irmã que ainda espera por mim do outro lado do oceano.

16

QUILÔMETROS DE MAR REVELAVAM-SE EM lampejos à medida que eles se aproximavam da ecocidade.

O oceano não se envenenou sozinho.

No confinamento do robocóptero, Kasey olhou para Actinium.

As pessoas o envenenam.

Os olhos de ambos se conectaram, preto no preto.

Não apenas o mar, mas também a terra e o ar. Há muitos neste mundo que vivem à custa dos outros, e eles precisam pagar.

Pagar, Kasey repetira no píer, sem saber se havia ouvido certo devido à tempestade.

Sim. Actinium a encarara diretamente, e, nos olhos dele, Kasey viu a si mesma — e a chama que não possuía. *Pelo que fizeram com Celia e outros como ela.*

Ela não soubera como responder. Não a princípio. Então a dor em seu peito pulsou como um segundo coração. O coração disse *sim*. Entre eles, compartilhavam um oceano de perdas. Estava debaixo de seus queixos, ameaçando afogá-los no momento em que afundassem. E Kasey escolheu afundar. O mundo estava acabando. Pessoas estavam morrendo. Mas quantos outros estavam consumindo mais do que deviam quando Celia não podia sentir mais o gosto de nada? Emitindo carbono quando Celia, que nunca havia poluído nada, não podia mais respirar? O planeta não era uma casa ocupada por apenas uma pessoa. E aqueles que a sujaram e saíram ilesos? Que lucraram com a dor de outras pessoas?

Salve os dignos. Faça os assassinos pagarem.

Ela pode não ter sido corajosa o bastante para envenenar a si mesma ou ficado triste o suficiente para chorar. Mas estava furiosa o suficiente, e aquilo a fazia se sentir viva.

Enquanto o robocóptero aguardava na fila para ser descontaminado, Kasey se conectou ao *feed* de vídeo e áudio da reunião do CP2 que ocorria na sala de conferências da sede. Com o microfone desligado, escutou a fala de um delegado da ecocidade 6.

— Todas as previsões continuam se concretizando. Mas, com o CATA, consideramos ser possível neutralizar até 80% dos microcinógenos transportados pelo ar.

— E quanto tempo isso vai demorar? — perguntou Ekaterina, parada na frente, com David ao seu lado como uma planta. Pela primeira vez, Kasey ficou frustrada ao vê-lo tão passivo.

— Como falei, depende de...

— Responda a pergunta, Oficial Ng — interrompeu Ekaterina.

— De onze meses a dois anos. Muita coisa pode mudar...

— E onde, se me permite a pergunta, as pessoas impactadas vão ficar por um ano? — Com um estalar de dedos de Ekaterina, hologramas apareceram no centro da sala de conferências, exibindo cidades dos territórios destruídas. — Já são 20 milhões de mortos e 10 milhões de desaparecidos. Mais pessoas vão sucumbir às complicações da exposição prolongada. Estimamos 100 milhões de mortes em 6 meses. Hospéis de todos os territórios estão entrando em colapso. Os governos vão pelo mesmo caminho. — Murmúrios se espalharam pela sala, calando-se quando Ekaterina disse: — Nós das ecocidades também estamos vulneráveis.

Não às toxinas, Kasey sabia, mas à histeria. Durante a primeira onda de desastres naturais, as pessoas tentaram entrar nas ecocidades, forçando a adoção de um sistema de admissão baseado em níveis. Quem poderia garantir que aquilo não aconteceria de novo?

— Agora — disse Ekaterina —, alguém tem uma ideia melhor?

Silêncio.

Kasey pressionou LIGAR MICROFONE.

— Eu tenho.

𝍩 𝍩 𝍩 ||

SALTO DO PÍER E MERGULHO no mar. Não me canso. Não esmoreço. Vou até o horizonte e além. O sol se levanta e transforma a água ao meu redor em ouro. Eu poderia nadar por dias.

Mas paro quando vejo o céu vazio.

Lá costumava haver uma cidade suspensa no ar, feita de discos com diâmetros variados, mas empilhados, que formavam uma lágrima em 3D.

Agora ela está em chamas, aos pedaços, flutuando no oceano, e não há uma alma à vista.

— Kay! — O nome dela explode dos meus lábios antes que o pensamento estremeça pelo meu cérebro. Aquele é nosso lar. *Era* nosso lar, antes de eu aparecer na ilha de alguma forma. — Kay!

Um pedaço de metal passa flutuando por mim, provocando uma onda. Nado mais rápido até os destroços, mas é tarde demais. Passei muito tempo na ilha, muito tempo construindo meu barco, muito tempo com Herói, o garoto que apareceu na praia.

Paro de nadar e afundo.

Tarde demais...

Tarde demais...

Acordo com um susto.

Engasgo com a água do mar.

Está debaixo do meu queixo. Dos meus pés. Ao meu redor. Mar e nada mais.

Então é assim que vai ser. Um pesadelo dentro de um pesadelo. Uma onda me encobre. A água salgada rasga minhas narinas. Eu a inspiro para acordar mais rápido.

Mas não acordo. O mar me cospe de volta para fora, me engole de novo e de novo, e entre cada rodada eu entendo: finalmente aconteceu.

Acordei no oceano.

Recobro os sentidos. Perdi minhas sandálias, mas ainda tenho as calças cargo de M. M. e o suéter, que pesam no meu corpo. Quando a próxima onda vem, eu me abaixo e tiro ambos. De volta à superfície, tento me orientar. A água azul acinzentada é infinita, mas meus olhos se fixam em uma mancha bege à distância.

A praia.

Nado com todas as minhas forças. A areia arranha meus joelhos — finalmente estou na parte rasa. Meio nado, meio rastejo; as ondas enfraquecem, mas eu também. Por um momento, acho que não vou conseguir. O mar me puxa, recusando-se a ceder.

Então sou erguida para fora da água. Braços envolvem meus ombros e se dobram debaixo dos meus joelhos. O ataque gélido do ar é agonia. Vejo seu rosto, seus lábios, formando um nome que parece o meu. Tento dizer o dele — *Herói* —, mas minha boca não se move. Minha cabeça está apertada demais. A qualquer momento, meu crânio vai atravessá-la e...

E...

E...

E...

• • •

Depois de acordar, passo algum tempo deitada, sozinha, na escuridão do quarto de M. M., lembrando tudo que aconteceu. Acordar no oceano. Nadar até a praia. Apagar de dor... nunca me senti tão mal.

Não sinto dor agora. Não sinto nada. Meus braços e pernas parecem gelatina recém-preparada. Meus braços não me aguentam quando tento me sentar, e minha cabeça bate na cabeceira quando volto a me deitar. Um palavrão sai dos meus lábios, e a porta balança nas dobradiças. Herói corre até a cama. Ele me ajuda a sentar. Ele me entrega a água da qual eu não sabia precisar desesperadamente até tê-la nas mãos trêmulas. Tomo tudo. Ele coloca o copo vazio na cadeira de balanço, então se senta ao meu lado, o que faz o colchão afundar.

Olho para ele. Ele olha para mim.

Sei o que nós dois estamos pensando: acordei no oceano hoje. Eu havia avisado na noite passada que isso poderia acontecer, mas, agora que aconteceu mesmo, é assustador. Dez vezes mais assustador do que cair da cordilheira. Eu deveria falar sobre isso.

— Sobre hoje... — De repente, fico sem palavras, então olho para a coberta no meu colo. Sinto-me despida das minhas defesas de sempre e, quando os braços de Herói envolvem meu corpo, eu me permito ser abraçada. Afundo o rosto na lã áspera de seu suéter e me permito ser aninhada. *Não preciso que me salvem*; mas, honestamente? Não me importaria em ser salva de vez em quando. Certamente não me importei hoje. Estou cansada. Cansada de cortar árvores, usar suéteres feios e comer as mesmas três coisas. Sinto saudade de Kay. Sinto saudade da minha vida de vestidos com paetês e purês de batata chiques e garotos...

Esquece isso. O garoto que tenho aqui dá conta do recado.

— Então — digo quando começo a me sentir melhor. Afasto-me do peito de Herói para que minha voz fique mais audível. — Ainda a fim de ioga na praia?

Ele me olha, intrigado.

— Era isso que você tava fazendo hoje?

— Nível superavançado. O que, tá com medo?

— Muito — admite ele. — Mas tô dentro.

— Feito. Te encontro às 8 da manhã.

Falando no horário... Olho na direção da janela.

— Você apagou por um dia — informa Herói.

Um dia. Sinto um nó na garganta. Mesmo que tenha sido um sonho, o medo de encontrar Kay tarde demais é bastante real, e agora meu hábito de sonambulismo me deu um ultimato: encontre Kay ou afogue.

Que bom que Leona está quase pronta. Só preciso amarrar todos os troncos juntos e fazer o remo.

Quando me sinto disposta, consigo ir até a varanda e, com ajuda de Herói, desço os degraus e vou até a lateral da casa, onde...

A areia ao lado das rochas está vazia.

Sem Leona.

Sem troncos.

Sem peças na praia, quando vasculhamos. E olha que procuramos, por horas, até que, por fim, volto para a casa e paro diante do vazio na areia onde Leona deveria estar, mas não está. Ela não vai voltar. Preciso aceitar isso.

Leona se foi.

• • •

Desta vez, nem tenho forças para lamentar. Digo a Herói que preciso de um momento sozinha, então vou diretamente até o píer afundado e, com a mente inquieta, encaro o oceano.

Honestamente? Leona era apenas uma jangada. Perdê-la não dói nem um pouco como doeu quando perdi Hubert. Mas eu podia explicar o que aconteceu com Hubert; vi seus restos com meus próprios olhos.

Não consigo explicar isso. Jangadas não andam.

A menos que andem aqui, onde nadar durante o sono também é possível. Vou culpar a ilha. Preciso fazer isso. Porque, se não fizer...

Como já disse, jangadas não andam.

Mas pessoas sim.

Eu ou ele. Eu. Tinha de ser eu; já fiz umas coisas bem estranhas enquanto estava inconsciente. Mas, quando olho para minhas mãos, não encontro marcas. Nenhum sinal de que levei uma jangada até o mar antes de quase morrer nele. Aperto minhas palmas contra os olhos, aperto mais forte quando vejo rosto de Herói. Ele desaparece, mas então me lembro do calor de sua boca na minha, da areia úmida sob meus ombros, das estrelas a anos-luz de nós, do momento em que tudo deu errado porque eu estava feliz. Feliz sem Kay. Inferno, me dê mais algumas noites como aquela, e talvez eu nem fique *chateada* por perder Leona.

O que significa que já chega. Chega de pensar em garotos, chega de atrasos. Preciso encontrar Kay *agora*. Preciso construir um barco *agora*.

Eu *consigo* construir um barco agora.

A solução estava me encarando esse tempo todo. Eu só não estava desesperada o suficiente para vê-la.

Corro até a casa, tropeço em volta de U-me e bato meu ombro lesionado na porta do quarto ao entrar. Sem nem titubear, vou direto até a cama, arranco o edredom e os lençóis, derrubo travesseiros no chão até despir completamente o colchão, deixando apenas seu revestimento de poliuretano verde-jade.

Eu me afasto e limpo as mãos.

Conheça Genevie, o barco-colchão, minha passagem para sair desta ilha.

Genevie desaba no chão depois que eu a tiro do estrado, então cai de lado quando eu a coloco de pé para passar pela porta estreita.

— Discordo plenamente — diz U-me enquanto arrasto o colchão pela sala.

— Não julgue um livro pela capa — resmungo, dando um chute no sofá. O caminho se alarga e Genevie se desprende quando a puxo.

Levar Genevie até a varanda é a parte mais difícil. O resto é moleza. Usando o maçarico da cozinha, derreto os fundos de várias latas de armazenamento e as prendo à cabeça e aos pés do colchão, construindo o que parece uma poltrona sem encosto. Então amarro uma corda no topo das latas, o que forma um beiral improvisado que atravessa toda a extensão das laterais do colchão. Vai ser algo no qual poderei me segurar no caso de uma tempestade, o que espero fortemente que não aconteça.

Encho as latas com meus suprimentos — um suéter extra, potes de conserva com água e o máximo de biscoitos de taro que consigo pegar sem deixar Herói passar fome — então arrasto Genevie para um teste. O sol está se pondo quando termino. Herói ainda não voltou. Sento-me na varanda, esperando, enquanto vigio Genevie. Quando ele finalmente aparece, me levanto em um pulo.

— Onde você...

Vejo o que está nas mãos dele.

Ele me entrega o remo. Eu o inspeciono. O cabo foi bem cortado. A pá é achatada e fina.

— Você *fez* isso?

— Não, aluguei no quiosque da praia.

É um eco do que eu disse antes, quando ele perguntou se eu havia construído Hubert e tentei testar meu sarcasmo com ele, sem saber se funcionou. Funcionou, aparentemente, e ele se lembrou; de repente, o remo pesa uma tonelada nas minhas mãos.

— Você... — *não precisava*. Mas paro em *você*. Herói. O garoto que está se esforçando para ser alguém, alguém de quem não quero suspeitar pelo desaparecimento de Leona, especialmente quando noto uma mancha em seu suéter e o arranhão que começa em seu antebraço e desaparece debaixo da manga arregaçada. Ele deve ter atravessado a cordilheira para buscar madeira.

Lentamente, amarro o remo a Genevie. Lá se vai meu dilema inventado. Apenas algumas noites atrás, eu debatia a ética de deixar Herói para ser a primeira a zarpar. Agora enxergo minha verdadeira natureza egoísta. Herói, por sua vez, a enxergou desde sempre. Joules, ele me fez um *remo* para que eu pudesse partir.

— Olha — começo —, se eu conseguir...

— Você vai.

Ele fala com uma convicção firme e tímida que, antes, eu teria desejado. Agora, faz eu me sentir uma pessoa ruim. Meu olhar cai sobre a areia entre nossos pés.

— Você não estava assim tão confiante duas semanas atrás — murmuro. — O que aconteceu com toda aquela coisa de duvidar do meu jeitinho?

— Você aconteceu — diz ele, sem rodeios. Volto a olhar para ele e vejo nosso brevíssimo tempo juntos em seus olhos. Nós demos um jeito, aprendemos um sobre o outro da melhor forma que pudemos. De um jeito imperfeito e incompleto, nossas conversas eram como migalhas e, mesmo assim, esses são os sabores que jamais vou esquecer. Jamais vou esquecer da noite em que ouvimos os medos um do outro, e a noite mais recente. Como se estivesse relembrando também, as bochechas de Herói ficam rosadas. — Seu coração já se decidiu. — Ele dá de ombros e, como naquela noite no jardim, o gesto revela a própria tensão que ele tenta esconder. — Não vejo como poderia dar errado.

As ondas quebram na praia perto de nós. Minha voz parece fraquinha em comparação.

— Vou voltar para te buscar.

Por um momento, Herói não responde.

— Acho que não.

Aí está ela. Aquela honestidade enlouquecedora.

— Você não tem como saber disso.

Dói ouvi-lo dizer isso. Muito. Dói mais quando ele não me refuta. Quando ele me oferece uma mão, não aceito.

— Quer dar uma volta?

Não respondo.

— Por favor, Cee. — E ouço o que ele não diz. Talvez seja hoje. Nossa última noite.

Mordo os lábios e olho para Genevie. Não quero que ela fique fora de vista.

Herói nota.

— A gente pode levar isso aí também.

Respiro fundo.

— Ela.

Então é assim que acabamos caminhando na praia iluminada pela lua, carregando um colchão entre nós.

Genevie não está tão interessada na caminhada quanto nós, e Herói fica sem fôlego antes de mim.

— Ela é pesada — diz ele quando abro um sorrisinho.

— Não tão pesada quanto um barco de verdade.

— Você carregou um barco?

Carreguei, empurrei, escalei uma cordilheira com um casco preso às costas.

— Carreguei. E o Hubert era feito de metal.

Digo aquilo para impressioná-lo, mas Herói na verdade parece preocupado.

— Isso não pesaria... — Uma pausa. — Uma tonelada e meia?

Rio com a especificidade do número.

— Quer saber o que acho? — Tiro a corda da mão dele. — Não acho que eu seja forte. Acho que *você* que é fraco.

— Não sou.

— Então prova — digo, dando um grito quando ele me ergue e perde o equilíbrio na areia logo em seguida. Nós dois caímos.

— Valeu, amor. — Rolo de costas ao lado dele, esticando os braços. — Realmente precisava que alguém provasse minha teoria.

— É a areia — insiste ele, mas há um fundo de riso em suas palavras e, é claro, um sorriso combinando em seu rosto quando me viro para olhá-lo. A luz do luar lustra seu cabelo castanho de preto, como tinta derramada na areia. Sua mão direita, virada para cima, está a meros centímetros da minha. Eu poderia tocá-la. Poderia me virar e tomar dele mais do que apenas a mão. Mas, amanhã, vou viajar leve, sem ele ou suas emoções. Talvez eu não saiba qual é o protocolo padrão para deixar alguém sozinho em uma ilha abandonada, mas isso aqui, essa distância, parece certa. Essa noite parece certa; limpa e nítida, o oposto polar da noite que anunciou sua chegada.

É o clima perfeito para partir.

— Primeiras impressões de mim — digo, antes que minha garganta se feche. — Vai.

— Quando acordei preso na sua cama? — Herói pausa. — Que você ia me devorar.

— Muito engraçado.

— Talvez eu venha de uma terra assustadora. Um lugar onde pessoas comem pessoas. Talvez eu venha de lá.

— Das estrelas? — pergunto, nossos olhos se fixam no céu noturno lá em cima.

— Aham.

— Qual delas? — pergunto. Olho na direção do dedo que ele aponta.

— Uma coisa interessante sobre as estrelas — começa Herói, com uma voz suave — é que a maioria parece estar perto uma da outra, mas poucas realmente estão. Nenhuma passa pela órbita da outra.

— Isso não é verdade — digo de repente, surpreendendo a mim mesma. — Estrelas binárias. — Em seguida, acrescento: — Minha irmã.

Herói vai saber o que quero dizer. Contei a ele sobre nossas diferenças, dos nossos hobbies a nossas personalidades. Kay é a que usaria termos como *estrelas binárias*. Eu, em contraste, ouço Herói falar sobre as estrelas e não consigo deixar de me perguntar se ele está fazendo algum tipo de metáfora sobre nós.

— Não somos estrelas — declaro. Já estamos na órbita um do outro. O que interessa a ele também me interessa, quer ele goste ou não. — Podemos escolher os lugares para onde vamos e as pessoas que encontramos.

— Podemos mesmo? — questiona Herói. — Acho que nenhum de nós escolheu vir até aqui. — Justo. — E acho que temos ainda menos escolha quando o assunto é aqueles que deveríamos encontrar. — Ele abaixa o braço e o dobra atrás da cabeça. — Naquele primeiro dia, fiquei tentando me colocar no seu lugar. Não consegui. Ver o jeito como você vivia sua vida me frustrava. Então percebi que era porque eu jamais conseguiria fazer isso. Posso ter sobrevivido, mas você... você se manteve viva. Manteve ela viva também. Aqui. — Ele coloca dois dedos sobre o peito. — Então eu sei que você vai encontrar a sua irmã. Mesmo que isso te leve para bem longe daqui.

Decido que estou com saudade de Hubert. Com saudade das emoções simples que ele despertava em mim, bem diferentes dessa bagunça emaranhada que sinto agora.

— Você podia soar mais triste.

Herói não diz nada. Dou uma olhada nele e vejo seus olhos meio fechados voltados para a lua.

Olho para a lua também.

Minutos depois, ele pega minha mão.

Seus dedos dizem o que sua voz não diz.

Alguns minutos depois, a voz dele flutua pela noite. Ele pergunta se planejo ficar do lado de fora.

— Sim — murmuro. — Acho que planejo.

Não quero que você me veja ir.

Minha mão esfria quando ele a solta. Ele se senta, depois se levanta e diz:

— Já volto.

Eu me sento também e me viro para observar enquanto ele corre pela praia. Ele desaparece dentro da casa e reemerge momentos depois, com coisas debaixo do braço. Um travesseiro e uma coberta, vejo quando ele se aproxima. Ele encosta o travesseiro contra a lateral de Genevie e coloca a coberta no chão. Então fica parado ali, por um segundo silencioso, e preciso de toda a minha força para continuar sentada, para não correr atrás dele quando ele finalmente se vira e volta para a casa; uma silhueta solitária no escuro.

Engolindo em seco, me recosto no travesseiro, puxo a coberta sobre os ombros e encaro o mar. Horas se passam. A maré recua. O céu se transforma e o horizonte se tinge de rosa-chiclete. Encaro o baile de cores e me lembro de fazer algo similar em uma sala cônica de vidro, bem alto. Observar o nascer do sol. Com Kay.

É hora de ir para casa.

• • •

U-me desliza pela praia enquanto empurro Genevie até o mar.

— Cuida dele, U-me. — *Só por precaução.*

U-me não foi programada para vocalizar uma resposta a um comando direto, mas sei que ela me ouve. Ela foi a primeira a fazer isso nesta ilha. Antes de Hubert, e antes de Herói, ela era tudo que eu tinha.

— Vou voltar pra te buscar também — digo. Para meu alívio, U-me, diferentemente de Herói, acredita em mim.

— Concordo plenamente.

Emocionada, dou um beijo em sua cabeça volumosa. Então pego o remo que Herói fez para mim e entro no mar, em direção ao sol nascente.

18

AO LONGO DA HISTÓRIA DA civilização, os humanos olharam para o céu em busca de respostas. Nas estrelas, encontraram mapas. Nos sóis, encontraram deuses.

No céu depois do céu, achavam que encontrariam uma segunda casa.

Mas, diante da pergunta de onde abrigar comunidades costeiras e insulares desalojadas, os fundadores Mizuhara não olharam para cima, mas para baixo.

Para o fundo do oceano.

A ciência apoiou a decisão de construir os primeiros protótipos de ecocidades no fundo do mar. Turbinas de pressão hidráulica eram mais eficientes do que as aéreas, e o mar também era uma proteção natural contra a erosão. Desde que (1) as construções não fossem sobre regiões tectônicas ou (2) não fossem usados materiais que reagissem com os eletrólitos da água do mar, as cidades poderiam teoricamente durar um milênio.

Mas nem todos gostavam da ideia de viver como um plâncton e, à medida que a população de teste beta crescia, o mesmo acontecia com as demandas por melhores condições. As pessoas, Kasey imaginava, provavelmente tinham os mesmos argumentos que Celia. Por que elas deveriam sacrificar o acesso a coisas básicas, como luz do sol e ar, enquanto o resto do mundo continuava com suas vidas cotidianas e inabaladas?

Então as ecocidades no fundo do mar foram abandonadas. Esquecidas. Voluntários-beta assinaram contratos de confidencialidade permitindo que suas memórias fossem cognicizadas após o experimento, e o conhecimento sobre a primeira geração de ecocidades morreu na população, sobrevivendo apenas entre os governantes do mundo e os Mizuhara.

Como integrante de ambos, Kasey imediatamente pensou nas cidades submarinas quando foi apresentada ao desafio da competição anual de ciências: salvar o mundo de um asteroide em rota de colisão com a Terra.

O resto da equipe teve suas dúvidas.

— Eu pago o jantar se isso der certo — dissera Sid.

Eles venceram.

Ao provar que as ecocidades da primeira geração poderiam conter a população humana inteira se todos fossem armazenados em cápsulas de estase da linha médica, a equipe modelou um cenário em que a humanidade pulava os piores séculos de fogo infernal e escuridão fuliginosa ao esperar em estase debaixo do mar. Não era glamouroso, mas era mais realista do que manipular o espaço-tempo ou redirecionar o asteroide, e menos radical do que um êxodo extraterrestre.

— Hibernação. — Foi como Meridian chamara a solução que Kasey agora propunha aos oficiais do CP2 e da União Internacional pelas caixas de som da sala de conferência. Queda de asteroides, emissões de carbono e vazamento de radioáxons tinham uma coisa em comum: ter o tempo como melhor remédio. O clima pode mudar. Os oceanos podem subir. Espécies podem sofrer mutações ou desaparecer. Mas, com tempo suficiente, a natureza faria o que faz de melhor: eliminar os elementos que não se encaixam.

— Um barômetro avançado vai medir as condições externas — explicou Kasey. — Quando parâmetros habitáveis forem alcançados e verificados, as cápsulas de estase vão se abrir.

Ela concluiu para uma sala mortalmente silenciosa.

— Está decidido — disse Ekaterina, causando um coro de protestos, entre eles o de Barry.

— Sem ofensas à Kasey...

— Tudo bem.

— ... mas vamos ser realistas.

— Você tem alguma ideia melhor? — perguntou Ekaterina, dirigindo-se depois ao restante da sala: — E aí? Algum de vocês tem uma solução que possa ser implementada com os recursos disponíveis em uma escala universal?

— Universal *se* todos os envolvidos concordarem — disse Barry. — Não podemos falar em nome dos territórios ou seus governos.

— Mas podemos convencê-los — disse Ekaterina. — Quero a equipe de RP nisso imediatamente. Vamos organizar conferências em todos os territórios. Kasey vai liderar uma parte das apresentações.

— Uma estudante? — disse um dos oficiais da União Internacional, incrédulo.

— O nome dela é bem conhecido — murmurou outro.

— Por um escândalo!

— Suponho que ela será vista como um nome neutro, acimá das instituições geopolíticas.

— Ela é uma oficial do CP2!

— Chega — disse Ekaterina, batendo as mãos. — Kasey, o que você tem a dizer?

Nenhuma resposta.

— Kasey?

— Vocês podem usar a solução. — Cabeças se viraram na direção da porta da sala de conferência quando Kasey entrou, em pessoa e sozinha. Actinium estava esperando no lado de fora da sede. *Ela me disse que, se havia alguém que podia mudar o mundo, era você*, ele lhe dissera antes de ela sair do robocóptero, e Kasey quis rir. Então ela se lembrou do que havia dito para Celia aquele dia na água. *É assim que as coisas são*. As duas estavam erradas: Celia, ao pensar que Kasey queria salvar o mundo, e Kasey, ao aceitar o status quo.

— Vou fazer qualquer coisa que vocês precisarem que eu faça — disse ela para os legisladores na sala. — Com duas condições.

⊬⊬⊬ ⊬⊬⊬ ⊬⊬⊬ ////

DOIS DIAS.

Esse é o tempo que se passa até eu começar a me perguntar se monstros marinhos existem.

Eu sei, eu sei. Não é exatamente a melhor coisa a se pensar quando se está atravessando o imenso azul em nada além de um barco feito com um colchão. Mas não consigo evitar. Não há muitas outras coisas a se fazer aqui além de pensar, remar e descansar.

Agora estou descansando, com o remo apoiado sobre meu colo, e ao meu redor a água está imóvel como vidro, espelhando as nuvens no céu.

Talvez seja isso — as nuvens estão me deixando melancólica. Ou talvez a claridade da superfície esteja me atraindo para os mistérios abaixo dela. É isso que fazemos como humanos, certo? Desvendamos os segredos de uma coisa e partimos para a próxima, como crianças abrindo presentes, deixando uma trilha de papel rasgado em seu encalço.

É meio triste, na verdade.

O pensamento atravessa meu corpo. Eu me viro e coloco as mãos abertas sobre a capa do colchão, *lembrando*.

— É meio triste. — Estou em um barco e Kay está sentada à minha frente, o mar cintila ao nosso redor. O sol se põe, aquecendo minha pele enquanto digo: — Todo mundo está tão focado no espaço sideral, mas ainda nem terminamos de explorar a Terra.

Kay reflete sobre as minhas palavras.

— Como o mar.

— Exatamente! Como o mar.

— Talvez não seja triste — diz ela. — Nós o teríamos drenado há muito tempo se pudéssemos, só para descobrir os segredos das profundezas. E então seria como todo o resto. Descoberto.

Pisco. Depois dou um sorriso. Não temos muitos hobbies ou assuntos em comum, e eu havia quase descartado a ideia de visitar o mar quando ela me veio no meio da aula de hot ioga. Ainda bem que não fiz isso. Foi essa ideia que nos levou até a ilha, até Leona, e a momentos como este, momentos em que Kay revela que me entende mais do que deixa transparecer. Estendo a mão na direção dela...

... meus dedos agarram o ar.

Nada mudou ao meu redor. O mar ainda é como vidro, o céu ainda nublado. Mas tudo está diferente. Eu me *sinto* diferente; nomes flutuam na minha cabeça.

Leona.

Quem mais está lá? Será que eu conhecia um Hubert? Uma Genevie? Por que me esqueci deles? E Kay e eu. Em um barco. No mar. Foi assim que nos separamos?

Respiro fundo, procurando me acalmar, como fazia na ioga. Isso. Eu realmente fazia ioga. Me lembro agora. Mas ou estou enferrujada ou nunca fui muito boa, porque meu corpo não se acalma. Enfio o remo na água e começo a remar para me distrair do pânico que cresce dentro de mim. Queria que Herói estivesse aqui. Mas então eu teria que contar a ele: mesmo agora, anos depois, ainda não me lembro de tudo.

E se eu nunca me lembrar?

Nem mesmo depois de encontrar Kay?

Levo Genevie a águas mais movimentadas. A visão de ondas normais me relaxa, e estou prestes a descansar o remo sobre meu colo quando aperto os dedos ao redor do cabo. Ergo o remo e fico com a pá parada no ar enquanto alguma coisa emerge da água à distância e nada até mim.

Alguma coisa, não.

Alguém.

20

ELA HAVIA CHEGADO LONGE. Da garota que era há duas semanas, escondendo-se atrás da ilha da própria cozinha, a isto: de pé no centro de um palco, em carne e osso, diante de um auditório cheio. Quinhentas pessoas holográficas presentes, e ainda assim as perguntas eram sempre as mesmas. *Quanto tempo até chegarmos a um consenso?* Aquilo não dependia de Kasey. *Quanto tempo vão levar os procedimentos?* Tempo demais, se continuarem com essas perguntas. E a mais popular:

— Quanto tempo até ser seguro repopular a Terra? — perguntou uma pessoa na frente.

Mais tempo do que as pessoas gostariam, e no passado Kasey teria hesitado antes de dar a desagradável resposta. Mas o pulsar de seu segundo coração a tornara destemida.

— Mil anos.

A plateia reagiu violentamente. Kasey não esperava menos. Em todas as apresentações — e aquela era a décima primeira —, alguém argumentava que os radiáxons decaíam em menos de um século, então por que um milênio? "*Por que* não?", era a pergunta de Kasey. Permitir que o mar reabsorvesse as emissões de carbono de um milênio enquanto todos estivessem em estase. Recomeçar do zero. Salvar as gerações futuras.

Mas ela ficou de boca fechada. As pessoas queriam soluções mais fáceis e rápidas. Para resolver problemas mais imediatos, eram capazes de roubar qualquer futuro que não fosse o próprio. E pensar que eles agiam como se Kasey fosse a vilã, ludibriando-os, quando ela estava lhes oferecendo uma proposta para melhorar o mundo.

Bom, oferecendo para alguns deles.

— Você espera que nós passemos mil anos nos projetando holograficamente? — perguntou um membro da plateia, como se projetar-se holograficamente fosse uma sentença de prisão.

— Não — respondeu Actinium, mais diplomaticamente do que Kasey teria. Ela estava feliz de tê-lo no palco ao seu lado.

Primeira condição: posso apresentar com um parceiro de minha escolha.

— Diferentemente das cápsulas comerciais — explicou Actinium —, cápsulas de linha médica administram uma versão de anestesia geral. — Aquilo era crucial: apenas em estase pura eles poderiam reduzir a massa de habitats estranhos a zero e diminuir o volume de armazenamento per capta. — A passagem do tempo não será sentida.

As vozes se reduziram a murmúrios transtornados.

Uma mão se ergueu no fundo. Actinium assentiu, e a pessoa perguntou:

— Como podemos esperar um retorno ao mesmo padrão de vida se abandonarmos o planeta por mil anos?

Padrão de vida? Kasey cerrou os dentes. "Padrão de vida" era a razão pela qual tantos haviam se recusado a se mudar para as ecocidades para começo de conversa, para depois criticar a imposição dos níveis, quando as condições externas deterioraram o bastante a ponto de impactar suas vidas cotidianas.

— Como nossas casas e ruas permanecem limpas? — disse Actinium, devolvendo a pergunta. — Robôs já realizam 90% da manutenção de infraestrutura tanto nos territórios como nas ecocidades. Um certo grau de reconstrução será inevitável no momento de reabitação, mas medidas de reconstrução automática serão implantadas previamente para reduzir os esforços.

Enquanto as pessoas absorviam a informação, houve uma calmaria. Então veio a tempestade.

— *Todos* vão ficar em cápsulas?

— Como vamos assegurar as condições externas?

— Você diz que a Operação Reinício vai elevar os barômetros de habitabilidade ao redor do mundo — disse alguém. A única pessoa, aparentemente, que havia se dado ao trabalho de ler o comunicado à imprensa. — E que, assim que determinadas condições sejam atingidas, as cápsulas vão transportar todos até a superfície. Mas como vocês podem ter certeza dessas condições? Mil anos é muito tempo.

Finalmente. Uma pergunta decente. Porque a pessoa estava certa em um ponto: barômetros só mediam o que eram programados para medir. Mesmo se níveis corretos de luz do sol, água e minerais fossem registrados, humanos eram sensíveis. Um descuido — uma nova espécie ou doença — poderia ser a diferença entre sobrevivência ou extinção.

Havia apenas uma forma de descobrir as condições *habitáveis* com certeza, e ela exigia que Kasey violasse as leis uma segunda vez.

||||| ||||| ||||| ||||| |

EM TRÊS BRAÇADAS ELE CHEGA ao barco-colchão. Acontece antes que eu possa reagir.

Rápido demais.

É isso que me impressiona. Não o fato de que ele *nadou* o caminho todo ou sua habilidade em me encontrar, mas a *velocidade* surreal. Suas mãos se agarram à borda do colchão, seus dedos brancos contra o verde-jade, e não consigo me mover. Fico paralisada enquanto ele sobe em Genevie. Ela dá uma guinada e minhas pernas desabam. Caio enquanto ele se levanta, com água escorrendo pelo corpo e formando uma poça ao redor dos seus pés.

— H-Herói?

Ele dá um passo para a frente. Eu me arrasto para trás e bato com a mão em um objeto — o remo. Eu o pego pela pá e me levanto enquanto ele dá outro passo para a frente. Enfio o cabo entre nós e finalmente ergue os olhos para seu rosto...

Seus olhos azuis não piscam.

Este não é o garoto que limpa a casa e cultiva taros, que passeou com Genevie, o barco-colchão comigo e me mostrou as estrelas. Ele está usando um suéter de M. M., é verdade, e tem o cabelo, os lábios e os olhos que conheço. Mas este não é o *meu* Herói.

Este é o garoto que tentou me matar na praia.

— Não se mova! — O vento rouba minha voz, mas não importa; ele não me escuta. Não me vê. Apenas dá outro passo para a frente, cruzando a metade do colchão. Genevie afunda mais na água. — *Nem mais um passo!*

Mais um passo e a pá bate em seu peito.

Ele para.

Tudo para. Minha respiração. Meu coração. O próprio mar, embora eu saiba que isso é impossível. O mar é incessante.

Assim como este momento, logo antes do garoto avançar.

22

COMEÇOU COM UMA SEMENTE. Celia a havia plantado e, por dois anos após a morte de Genevie, ela cresceu dentro de Kasey até germinar em um dia como outro qualquer: oitavo ano, hora do almoço. Kasey comia sozinha na saleta onde os robôs de limpeza eram guardados enquanto seus colegas navegavam as águas do refeitório nas quais ela não se importava em nadar, e a pergunta cruzou sua mente — por quê? Por que ela não se interessava pelas mesmas coisas que seus colegas? Por que era diferente?

Qual é o seu problema?

Decidiu que descobriria.

Ela tinha 11 anos. Era a melhor da turma e a mais nova, mas não exatamente conhecedora da legislação internacional. Ela não viu nada de escandaloso em seu projeto. Humanos já existiam em mais formas além de carne e osso, como hologramas, e o DNA podia ser reprogramado para possibilitar processos como fotossíntese. Qual era o problema de outras funções serem programadas também? Se a Intraface não apenas suplementasse o cérebro, mas o suplantasse?

Eram muitos problemas, de acordo com a Lei Ester, aprovada precisamente para traçar uma linha entre humanos e máquinas; uma divisão arbitrária para Kasey, mas intuitiva para seus colegas. Eles deviam ter descoberto seu projeto por acaso, porque, um dia, o refeitório ficou em silêncio quando Kasey entrou. Ela pegou a fila para os cubos de proteína; alguém se afastou. "Aberração", murmurou a pessoa atrás dela. Kasey a ignorou. Seguiu o dia como de costume — até que Celia apareceu.

— Me mostra — ordenou a irmã antes que Kasey pudesse perguntar por que Celia, caloura na escola de ensino médio adjacente, estava esperando por Kasey do lado de fora do laboratório de ciências no quinto período.

— O quê?

— A... *coisa* que você tá montando — disse Celia. — Ou me diz que é um boato. Que não é verdade.

Dizer aquilo teria sido uma inverdade, então Kasey mostrou à irmã, guiando-a até a saleta dos robôs de limpeza no porão da escola.

Celia deu uma olhada no modelo-891 reformulado e se virou para a irmã, incrédula.

— *Por quê?*

Celia havia rejeitado a solução de Kasey para sua dor antes, mas aquilo era porque Kasey não havia lidado com sua origem.

— A gente podia trazer a mamãe de volta, se tivéssemos as memórias dela. — Como os hologramas e procedimentos de modificação genética demonstravam, as pessoas continuavam sendo pessoas desde que mantivessem seus cérebros.

— E por que *isso*? — gritou Celia, apontando para o modelo-892 reformulado.

— Sou eu. — Uma versão melhorada, com comportamentos e pensamentos mais alinhados com os de uma pessoa comum. A única coisa que faltava era descobrir como programar reações diante de situações novas. Como parte de sua pesquisa, Kasey vinha estudando expressões faciais por semanas. Agora tanto estudo tinha sido útil, pois lhe possibilitou identificar a emoção no rosto de Celia como horror.

Foi então que Kasey se deu conta da magnitude de seu erro, se não sua natureza. Aquilo lhe seria anunciado minutos depois, quando a história finalmente chegou às autoridades do CP2 e a equipe de segurança da escola veio remover Kasey do local.

Suspensa em casa, ela aguardou seu destino. Despejo parecia provável. Ela imaginou aquilo para se preparar, eliminou seus medos um por um. Então David Mizuhara conseguiu um acordo com o CP2.

Kasey poderia ficar.

Apenas não inteiramente.

Depois de se submeter às sanções científicas, ter seu biomonitor ajustado e sua Intraface modificada com rastreadores, ela voltou para casa e encontrou Celia a esperando. O alívio no rosto da irmã convenceu Kasey de que ela fizera a escolha certa. Sem a ciência, seu coração ficava vazio, mas o de Celia podia bater pelas duas.

Quão ingênua ela fora.

Segunda condição: retirar as sanções sobre mim.

Seu pedido por um parceiro fora aceito facilmente. Este, nem tanto.

— Ela está nos extorquindo! — gritara Barry, uma das muitas vozes elevadas na sala de conferências do CP2. — Eu sabia! Por que outro motivo você guardaria a solução até agora?

— Porque ela viola a lei internacional — respondera Kasey, direta e friamente. E explicara como. Depois de algum debate desnecessário, as pessoas pareceram perceber que as leis teriam de ser flexibilizadas. Burocracia superada, regulamentos afrouxados. Tempos drásticos pediam medidas drásticas. Kasey não sabia como se sentir a respeito do fato de que foi preciso o mundo acabar para que cinco anos de sua vida lhe fossem devolvidos. Mas o que estava feito, estava feito.

Ela ainda tinha muito a fazer nos dias à sua frente.

Começaria naquele palco, com Actinium.

— Um momento — disse ela para a plateia. Não explicaria como eles haviam resolvido quaisquer brechas nos barômetros. Ela os mostraria, assim como mostrara a Celia.

Ela foi para trás do palco.

┼┼┼┼ ┼┼┼┼ ┼┼┼┼ ┼┼┼┼ ///

ELE DESVIA DO ATAQUE E pega o remo. A pá escapa das minhas mãos e bate no meu queixo. Minha cabeça vai para trás. Luzes explodem atrás dos meus olhos. Um *splash*. Acho que sou eu. Caí no mar.

Mas ainda estou em Genevie quando as mãos dele se fecham ao redor da minha garganta. Ele me ergue até eu ficar nas pontas dos pés e aperta até que seus olhos azuis sem vida sejam a única coisa que consigo ver.

— H-H-H... — *Herói*. Se eu pudesse ao menos cobrir a boca dele com a minha e soprar seu nome para dentro, se eu pudesse ao menos... trazê-lo... de volta...

Minha visão oscila. Some. *Kay*. O rosto dela — cada um de seus detalhes assustadoramente brilhantes, como se houvesse um projetor atrás da minha retina, irradiando-a diretamente no meu cérebro.

Cee.

Me encontre.

Meus olhos se abrem. Minhas pernas já estão levantadas. Dou um chute e acerto o abdômen de Herói. Ele cai para trás, mas não me solta e me leva junto.

No mar, caímos.

24

A ESCURIDÃO FOI SE INTENSIFICANDO à medida que o duto levava Kasey até a unidade de armazenamento abaixo do palco. Luzes embutidas no teto alto piscavam enquanto Kasey passava por vários protótipos de cápsulas de estase e tanques com soluções. Ela chegou a uma cápsula bem no fundo e ficou parada para o scanner de retina.

USUÁRIO LIBERADO.

As portas se abriram com um chiado.

||||| ||||| ||||| ||||| |||||

O MAR CORRE ENTRE NÓS quando caímos e nos separa. Mas, assim que voltamos à superfície, ele está nadando na minha direção outra vez. Bato com as costas em Genevie. Tento me erguer pelos cotovelos, mas ele é rápido demais e me puxa para baixo. Bolhas saem da minha boca como águas-vivas, nadando rumo à liberdade enquanto afundamos no azul profundo.

Cee. Me encontre.

A força retorna aos meus braços. Luto contra ele, nado rumo à luz lá em cima e bato a cabeça em alguma coisa quando chego à superfície.

O remo — a primeira coisa a cair no mar. Eu o pego antes que flutue para longe e o viro, girando-o com toda força.

Smack. O som feio de madeira contra pele molhada. E osso. Pele e osso se partindo. Um fio escarlate escorrendo por metade de seu rosto.

O impacto ainda está vibrando no meu braço quando todo o corpo dele fica mole. Ele afunda, a água cobre o topo de sua cabeça, e desaparece.

Em um piscar de olhos.

Encaro aquele ponto do mar, esperando que ele volte à superfície. Espero e espero, movendo as pernas até elas começarem a queimar.

— Herói?

Minha voz está fraca; minhas cordas vocais, esmagadas. Ainda vejo o rosto de Kay, claro como nunca, e ele me motiva a voltar para Genevie, para encontrá-la, para navegar para longe do garoto que acabou de tentar me matar, mas *que porra,* foda-se eu, foda-se a razão, foda-se *tudo*...

Dou um mergulho.

Não sei quanto tempo leva até vê-lo, suspenso como um espécime no meio das profundezas. Eu o puxo para mim e nado até o topo, ofegante ao pegar uma das cordas que amarrei ao longo das laterais de Genevie. Primeiro, eu o empurro lá para cima, então subo depois, tremendo.

— Herói? — Sua pele está quase transparente; os olhos, arroxeados como os lábios. A água do mar lavou o sangue, mas o talho na têmpora vai até o osso.

— Herói. — Tomo seu rosto. — *Herói*. Acorda, amor.

Ele não acorda.

E, depois de uma eternidade de súplicas, eu finalmente checo...

Ele não está respirando.

O coração não está batendo.

A chuva cai. Agulhas prateadas derretem no mar, lavando o sal do meu cabelo, levando-o às minhas têmporas e bochechas enquanto encaro o garoto no meu colo.

O garoto que matei.

A chuva para. O sol se levanta. Se põe. Já é noite quando finalmente coloco a mão ao redor do remo.

Eu remo.

De volta para a ilha. Tento carregá-lo até a casa. Tropeço.

Caímos na areia, assim como fizemos naquela noite sob as estrelas.

Eu me arrasto até ele e repouso a cabeça em seu peito. Ficamos deitados ali. Por quanto tempo, eu não sei. Talvez horas. Talvez dias. Perco a noção do tempo.

Só sei que o chiado começa ao amanhecer. A vibração começa em algum lugar entre seu esterno e se espalha para fora, zumbindo nas minhas bochechas. Minha mente está entorpecida demais para pensar, mas meu corpo reage. Eu me ergo e olho para baixo enquanto as cores voltam para seu rosto e o talho em sua têmpora se preenche com pele prateada que se transforma em um tom de pele.

Então Herói, o garoto que matei, respira pela primeira vez.

26

—*ATIVAR*.

Das profundezas da cápsula, um par de luzes se acendeu.

— Olá, C — entoou Kasey.

As luzes piscaram.

||||| ||||| ||||| ||||| ||||| ||

CEE. ME ENCONTRE.

A voz toma conta do meu corpo e mente. Entorpecida, eu me movo, sem entender o que estou fazendo até que já esteja feito.

Carreguei Herói de volta para a casa e o coloquei sobre o estrado da cama. Eu o amarrei inteiro. Braços. Pernas. Corpo. Todos presos à cama. Uma surpresa perversa o aguarda quando ele acordar, mas não me importo. Não consigo me importar. Não consigo sentir alívio pelo fato dele ainda estar vivo. Não consigo sentir apreensão diante das ramificações do fato de que o único humano que conheço é... não tão humano assim, no fim das contas.

Não sei o que ele é.

Não sei se sou como ele.

Só há um jeito de descobrir.

Saio da casa e vou até a praia. Os grãos de areia, primeiro secos e frios, depois frios e úmidos, escorrem pelos meus dedos. Enquanto caminho, imagino que as estrelas lá em cima são um milhão de olhos piscantes.

O que será que eles veem? Uma garota com um suéter largo, deixando uma trilha errática de pegadas pela praia?

Estrelas ou olhos, não têm como saber quais são as minhas intenções e, quando chego à água, percebo que também não sei. Estou apenas seguindo meu instinto, o mesmo que me leva até a piscina além do campo. Agora ele me leva até o mar. Aposto que sempre levou, mesmo quando eu estava dormindo. Há um anzol preso dentro de mim. O fio prateado do luar que se esparrama sobre as ondas é a linha. Ela desaparece dentro das profundezas.

Sem pensar, entro. As ondas imediatamente quebram sobre os meus pés. *Bem-vinda*, elas parecem dizer enquanto abraçam meus tornozelos como as mãos de amigos há muito perdidos. A água está gelada, mas não me importo, não sinto frio ao dar outro passo, depois outro, cada um mais fácil do que o último. Poderia ser ainda mais fácil — e rápido — se eu me deitasse e fechasse os olhos, deixasse as ondas me carregarem como uma jangada. Mas não posso, não posso abrir mão do pouco controle que tenho sobre o que acredito. E o que acredito é simples:

Ainda poderia voltar atrás, se eu quisesse.

As ondas alcançam a altura do meu peito. A água tira meus pés do chão e me faz flutuar. Paro de andar e nado. Minhas braçadas são perfeitas. Minha força é interminável. Nado até os olhos do universo piscarem pela última vez e a lua se submeter ao sol. Uma névoa cobre as ondas, prateada. Aprecio a luz do dia que desperta por um breve momento antes de respirar fundo e submergir.

Mergulho.

E mergulho.

A distância entre a superfície e eu aumenta. Estou fundo demais. O peso do mundo lá em cima poderia me pulverizar. Mas não consigo me fazer entrar em pânico, nem mesmo quando a pressão no meu peito aumenta e a necessidade primitiva de ar vence a necessidade de sobreviver.

Inspiro o oceano. Ele queima minhas narinas, incendeia minha garganta e faz cada centímetro do caminho arder. É uma dor sem pânico. Sem pânico, meu corpo continua respirando e respirando, afogando e afogando.

Então a dor para.

Tudo fica silencioso enquanto mergulho cada vez mais fundo.

Fundo. Passo por cardumes de peixes, esguios como dardos. Passo por peixes marrons e redondos com bigodes que lembram macarrão. Passo por peixes com barbatanas afiadas como facas...

Mais fundo, para um lugar onde não há peixes...

A tatuagem de baiacu no braço da funcionária flexiona enquanto ela empurra um carrinho cheio de bisturis. Sei que deveria estar inspecionando esses instrumentos de aparência arcaica antes de eles entrarem no meu cérebro, mas não consigo tirar os olhos do peixe, especialmente quando ele muda de cor, de azul para violeta, depois rosa-choque, enquanto ela me entrega um frasco.

— *Beba tudo.*

Ela coloca um par de luvas enquanto engulo aquela coisa. É mais densa e doce do que eu esperava. Engasgo com os restos.

— *Gostei da tatuagem* — *resmungo enquanto ela pega o frasco vazio.*

— *Eli pode incluir uma por mais 50 enquanto você estiver apagada. Né, Eli?*

Ouço um grunhido vindo da sala de operações ao lado, seguido pelo ruído de uma broca.

É isso que quero, lembro a mim mesma. *Um lugar onde eles não checam seu ID. Alguém vai tomar o meu lugar nesta cadeira assim que eu sair.*

Ninguém vai se lembrar de que estive aqui.

— *Talvez no futuro* — *digo para a funcionária enquanto ela põe uma máscara cirúrgica, depois óculos de proteção. Eles me lembram de Kasey. Engulo em seco.*

— *Em um segundinho o entorpecedor-neural vai começar a fazer efeito. A operação em si vai durar 15 minutos. Você pode pegar duas doses de analgésicos quando sair. Complicações pós-cirurgia ficam por sua conta. Se tiver alguma pergunta, fale agora.*

— *Tô bem, obrigada.*

A funcionária pausa e finalmente parece me enxergar. Por um segundo, penso que ela vai perguntar se tenho certeza de que quero fazer isso. Não é todo dia que alguém pede uma extração de Infraface. Além disso, também não me pareço com a clientela típica.

— *Pode ficar uma cicatriz* — *diz ela por fim.*

Uma cicatriz. *Eu quase rio e digo "Você viu o meu rosto?", mas é claro que não viu. Estou escondida debaixo de um milímetro de corretivo. Meu cérebro está chapado de psicodéis. Sem as pílulas, eu nem teria sido capaz de vir até aqui. Uma olhada nos meus sinais vitais revelaria todos os meus problemas.*

Mas aqui eles não checam. Se checam, não têm nenhuma obrigação de se importar. Esta clínica é o oposto de tudo que Ester defendia, mas não acho que isso comprometa a experiência humana. Pelo contrário, celebra o fato de que nossos corpos são nossos e que temos o direito de presenteá-los com procedimentos não essenciais. Procedimentos não essenciais. Isso é tudo que quero — *viver e rir sem consequências, sentir o mar como as pessoas faziam no passado.*

Não que tenha dado muito certo.

— *Ei.* — *Dedos estalam na frente dos meus olhos.* — *Tudo bem aí?*

— Tudo bem. — Minha respiração acelerou. Pensar na morte iminente não é nada divertido. — Só sentindo a droga.

A funcionária faz uma careta. Ela está prestes a dizer mais alguma coisa quando outra voz a interrompe.

— Jinx. Deixa essa comigo.

A memória desaparece quando chego ao fundo do mar.

Ele é plano, sem as cordilheiras, a grama e as árvores da terra lá em cima. Apenas areia e cascalhos que se estendem infinitamente, e não sei por que nado naquela direção — é tudo mais do mesmo — até que alguma coisa brilha à distância.

Um domo do tamanho de uma casa, emergindo da areia.

É prateado, como a tampa de um prato chique. Ele se ergue também como uma tampa quando chego até ele. Nado para dentro sem pensar duas vezes e ele me puxa para baixo, me joga — com água do mar e tudo — em uma superfície gelada e lisa.

Tossindo, me apoio sobre as mãos. O chão sob meus dedos emana uma luz azul — fraca, fraca demais para iluminar qualquer coisa além das paredes curvadas logo à minha direita e esquerda. Meus olhos ardem quando os estreito para enxergar melhor. Estranho. Eles não ardiam antes, nem quando os abri completamente na água do mar. Eu também não estava morrendo de frio antes. Agora estou tremendo da cabeça aos pés.

Desabo — e quase desmaio. Estática raspa a parte de trás dos meus olhos. Meus nervos parecem chamuscados. Minha medula se contrai e meu corpo dobra para a frente, o que me faz expelir água da boca e do nariz. Meu esôfago arde como meus olhos quando termino.

Então a barragem se rompe. *Emoção* e *pensamento* atravessam meu corpo. Grito à medida que o torpor é drenado das minhas veias; toda a dor desaparece por uma fração de segundo para depois voltar, dez vezes mais forte, porque me lembro.

Herói... tentando me matar... mas eu matei ele... ele estava morto... mas depois estava — está — *vivo*... e eu... eu caminhei diretamente para o oceano, nadei, mergulhei e *me afoguei*, mas continuei nadando, continuei mergulhando, até chegar ao fundo e aqui estou eu, porra, dentro de um tipo estranho de domo no fundo do mar, viva, mas será que já estive? Viva?

Será que já estive viva?

Estico o braço até a parede para me apoiar — e recuo quando meu toque aciona uma fileira de luzes piscantes. Estou em um túnel que serpenteia para baixo, construído com algum material liso e fosco.

Lentamente e com cuidado para não tocar mais paredes, caminho pelo túnel. Luzes se acendem mesmo assim. São as únicas coisas sencientes neste lugar frio e inanimado e, quanto mais fundo vou, mais perco os sentidos. Paro de sentir o cheiro da água do mar. Paro de ouvir. O ar é inodoro demais. Silencioso demais. Sinto uma apreensão crescer dentro de mim, mas meu instinto continua a me empurrar para a frente. Meu cérebro diz para eu dar meia-volta, mas e depois? Volto para a superfície? Confronto o fato de que literalmente *mergulhei* até o fundo do oceano? Quanto tempo isso levou? Quanto tempo se passou desde que amarrei Herói à cama? Não sei. Não sei do que tenho mais medo: das perguntas diante de mim ou das respostas que deixei na ilha.

Meus pés tateiam o solo sem qualquer cuidado, então param em uma porção de chão iluminada de azul que não se parece nada diferente do resto da superfície — até que um disco dele afunda. Sou tomada como uma pílula, engolida chão adentro. O disco me deposita em algum lugar a, pelo menos, 500 metros debaixo da superfície do fundo do mar. Saio do disco antes que possa me impedir, rumo à escuridão.

Sem falha, as luzes se acendem.

28

"OLÁ, C" ERA APENAS UM comando provisório, escolhido por Kasey na hora, sem pensar muito. Depois que o CP2 concordou em apoiar a Operação Reinício — renomeando-a daquela forma —, ela e Actinium trabalharam até tarde da noite para construir o modelo que ela agora levava até o palco. Visto de relance, era inofensivo e irracional, como todos os robôs sob a Lei Ester, o que causou confusão na plateia quando ela disse:

— Este é o barômetro secundário, feito para trabalhar em conjunção com o sistema primário.

— Pra mim parece mais um robô de limpeza do que um barômetro — argumentou alguém, previsivelmente, e Kasey sentiu vontade de ter suspirado. Pessoas. Sempre tão prontas para julgar pela aparência. Quando será que aprenderiam que todas as coisas importantes ficavam no interior?

— Há dois tipos de determinantes de reabitação — disse ela e projetou uma apresentação na tela atrás de si.

REABITAÇÃO pode ser definida como:

- Completude das **motivações de sobrevivência** ou da habilidade de conquistar e manter a saúde fisiológica.
- Completude das **motivações de felicidade** ou a habilidade de conseguir e manter a saúde psicológica.

— Assim que os barômetros primários indicarem que a toxicidade da terra, do ar e dos oceanos caiu para níveis aceitáveis, os barômetros secundários serão liberados de suas próprias cápsulas e enviados para todo o mundo para monitorar a ingestão de calorias, os ciclos de sono e outros parâmetros de motivações de sobrevivência. Quando estas estiverem satisfatórias... — Kasey destacou as motivações de felicidade — o biomonitor medirá níveis de stress e bem-estar emocional.

Actinium deu início à simulação em *time-lapse*. A barra de MOTIVAÇÕES DE SOBREVIVÊNCIA se encheu; uma segunda barra apareceu debaixo dela, com o nome MOTIVAÇÕES DE FELICIDADE.

— O robô começa focado exclusivamente na sobrevivência. — Assim como Kasey, que se preocupava apenas com sobreviver e não com viver. — Contudo, quando as condições para reabitação se tornarem mais favoráveis, o robô buscará completude por outros caminhos. Definição de objetivos é um exemplo. Objetivos dão ao robô um propósito. Qualquer progresso em direção a um objetivo será reforçado positivamente pela liberação de memórias de reafirmação de identidade. A construção de identidade possibilitará ao robô o desenvolvimento de objetivos mais abstratos, como aqueles relativos ao ambiente fora de si mesmo, assim aumentando a completude *e* o escopo do que ele pode medir.

— Este ciclo de feedback continuará até que a felicidade atinja um certo nível e ative o objetivo final, na forma de um comando. Este comando...

A barra de MOTIVAÇÕES DE FELICIDADE se completou, e o robô se virou na direção de Kasey.

⊬⊬⊬ ⊬⊬⊬ ⊬⊬⊬ ⊬⊬⊬ ⊬⊬⊬ ||||

ESTOU DE PÉ EM UM cômodo cavernoso, imerso em luz azul, diante de um labirinto de paredes. Cada parede tem a largura de um braço e é espaçada por corredores estreitos. Preciso me virar de lado para passar.

Por que estou tentando passar, não sei ao certo. Não sei ao certo por que viro para a direita, direita, esquerda, depois direita de novo, e dou de cara com um ponto sem saída. Chego mais perto. Linhas quase invisíveis percorrem a extensão da parede, dividindo-a em retângulos uniformes, imprimindo sobre ela um padrão de tijolos do tamanho de um homem. Minha mão direita, desenvolvendo uma mente própria, dispara e se abre no centro de um desses tijolos. Seu contorno brilha em azul. Então, lentamente, o tijolo desliza para a frente como uma gaveta. Ele flutua para baixo, rebaixado por algum mecanismo invisível, para no chão e eu percebo que não é um tijolo, mas um caixão, como aquele que vi nas minhas memórias fragmentadas, quando Herói me estrangulou e minha consciência oscilou. Ergo os olhos para todos os tijolos na parede diante de mim e ao meu redor. Tantos caixões. Será que estão cheios de corpos? Não quero uma resposta. *Sai daí*, grita cada fibra do meu corpo, mas meus pés continuam plantados no chão, mesmo quando o caixão que deslizou para fora chia e solta uma nuvem de vapor que cheira a substâncias químicas. A superfície do topo se recolhe como uma tampa e...

E...

Mas não há nenhum "e".

"E" quer dizer incompleto. "E" quer dizer ainda à procura.

Antes, eu era ambos. Incompleta e ainda à procura.

Mas agora...

Lágrimas, quentes nos meus olhos. Elas desfocam minha visão. Ainda assim, eu a vejo. Vejo com tanta clareza quanto nos meus sonhos. *Com ainda mais clareza*. Porque não é um sonho.

Engulo um soluço e sussurro o nome dela.

30

KASEY ENCAROU O ROBÔ, e o robô a encarou de volta da melhor forma que podia sem olhos reais. Externamente, sua aparência era ainda mais desengonçada do que a de um robô de limpeza, mas o núcleo de seu sistema estava quilômetros acima.

Ele tinha um objetivo.

Era capaz de desenvolver um plano para atingir aquele objetivo.

E, no tempo certo, teria as memórias para colorir o objetivo de forma congruente com seu conceito de si. Aquele conceito de si era crucial. O robô veria a si mesmo como um protetor. Acima de sua sobrevivência, valorizaria uma pessoa, alguém que tentaria localizar no momento em que a Terra se tornasse reabitável, porque a ideia de viver sem aquele indivíduo seria insustentável.

Diferentemente de Kasey, o robô seria o humano perfeitamente calibrado. Ela garantiria aquilo.

— Esse comando — repetiu ela enquanto o robô deslizava em sua direção — é "me encontre".

||||| ||||| ||||| ||||| ||||| ||||| |

UMA GOSMA TURQUESA ESCORRE DE seu corpo enquanto ela se senta no caixão. Seus olhos permanecem fechados. Será que está bem? Está machucada? Não sei dizer; uma vestimenta cinza colada ao corpo a cobre do pescoço para baixo. Parece fina. Ela deve estar com frio.

— Kay... — Estendo a mão na direção dela, então paro. Agora que venci minhas lágrimas, noto que ela está diferente de como me lembro. Mais velha. Parece mais ter vinte e poucos anos do que dezesseis. Seu cabelo é curto... *mais curto*, devo dizer, do que aquele com que eu estava acostumada.

Mas as aparências não importam. Ela é Kay. *Minha* Kay. Minha mente transborda — desta vez não com memórias, mas com emoções. A dor de não ser capaz de compartilhar seu mundo, e o amor apesar disso, quando percebo que sempre estaremos uma ao lado da outra quando for mais importante.

— Kay. — Minha voz oscila. — Abre os olhos, amor.

Ela abre, e todos os medos que tive nos últimos três anos — de esquecê-la ou morrer antes de encontrá-la — derretem quando nossos olhares se encontram e se fixam, e ela sorri.

— Você finalmente me encontrou.

32

EM TODAS AS APRESENTAÇÕES, AQUELE era o momento em que o caos se instalava.

— Um robô capaz de buscar *a felicidade*?

— Com emoções?

— Isso é uma violação da Lei Ester!

É infalível: as pessoas sempre vão dizer o óbvio.

— Você prefere que seja um humano? — O auditório ficou em silêncio diante da pergunta de Actinium. — Pense nisso como um teste clínico; o robô testará o tratamento antes que ele seja liberado às massas. Alguém quer se voluntariar no lugar dele? Ser o ratinho de laboratório? — Silêncio. — Foi o que pensei.

— A felicidade do robô é apenas o caminho para um objetivo — disse Kasey, que tinha menos paciência com o público do que Actinium. O robô continuava a deslizar na direção dela ao longo do palco. — Assim que ele completar o comando "me encontre"...

O robô chegou até ela.

||||| ||||| ||||| ||||| ||||| ||||| |||

NOS MEUS SONHOS, NÓS NOS abraçamos. Choramos. Nos seguramos com tanta força que nossos braços se tornam um só.

Mas não há abraços. Não há lágrimas. Pelo menos não de Kay. Ela não se moveu desde que abriu os olhos e, embora eu saiba que ela precisa de tempo e espaço, minha preocupação cresce até eu não conseguir mais ficar em silêncio.

— Você tá bem?

Ela respira fundo, o que me lembra de fazer o mesmo.

— Tô. — Ela ergue uma mão, com as unhas cortadas pela praticidade como de costume, e lentamente fecha os dedos. — São só os efeitos colaterais de... — As palavras morrem em sua boca.

— De...?

— Senta, Cee.

— Okay... — Olho ao redor do espaço sem assentos. — Hã...

Quatro bicos de torneira sobem do chão diante do caixão e emitem raios de luz que se cruzam para formar um assento.

— Senta — repete Kasey. Embora eu confie nela, ainda me preparo para cair de bunda no chão ao me abaixar sobre o banco de luz.

Ele me segura.

Deixo escapar uma risada nervosa. Acabei de mergulhar até o fundo do mar e agora estou sentada em uma cadeira feita de luz enquanto Kay está em um caixão. Além disso, Kay está *mais velha* do que eu, o que — a menos que minhas memórias estejam bagunçadas *e* nebulosas — não está certo. Eu deveria ser dois anos e meio mais velha.

Mas me sinto pequena aos olhos dela.

Acho que vou começar com toda essa coisa de fundo do mar.

— Achei que a gente morasse em uma cidade no céu — começo. — O que é ridículo, eu sei. — *Ridículo assim como isso*, diz uma voz na minha cabeça. — Ando com dificuldade pra me lembrar das coisas, mas achei...

— Me fala sobre a sua vida na ilha, Cee.

— Ah. — Alguma coisa em mim afunda. Não sei bem o que ou por quê. — Tem sido tranquila — digo, dando de ombros. — Não exatamente confortável, mas também não é ruim.

Ela balança a cabeça enquanto falo, mas não está escutando de fato. Em vez disso, está olhando para... algum tipo de projeção (*holograma!*, lembro, triunfante) que sobe da base do caixão e preenche o ar entre nós com imagens translúcidas de gráficos e números. Ela franze o cenho enquanto as analisa.

— As calorias estão um pouco baixas...

— Ah, sim. Tive alguns problemas com os taros...

— Mas os níveis de felicidade... — Sua expressão fica mais séria. — Cee. Aconteceu alguma coisa?

— Acho que não. — Tento imitar Kay, estreitando os olhos diante dos gráficos, mas todos os números estão invertidos para mim. — Qual é o problema, amor?

— Bom, tem esse pico bem aqui. — Ela está falando sozinha outra vez, mas olho para os dados aos quais ela está se referindo: um gráfico com uma linha, em sua maior parte estável, até que a linha salta aleatoriamente.

— Se passaram 989 anos — murmura Kay —, então está perto da data estimada, mas se não fosse por esse pico... talvez alguns anos mais tarde... Cee. — Seu olhar se volta para o meu, e eu ajeito a postura. — Tem certeza de que nada de incomum aconteceu durante o seu tempo na ilha?

— Incomum... tipo de repente ser capaz de ver em cores?

Ela balança a cabeça.

— Alguma outra coisa?

— Sonambulismo?

— Não, isso seria... — Mais murmúrios. Pelo que me lembro, Kay nunca pensa em voz alta. Ela está esfregando o punho direito também, como se fosse doloroso para ela. Ela também nunca fez isso antes.

Preocupada, olho para o gráfico outra vez. Vejo as palavras MOTIVAÇÕES DE FELICIDADE abaixo do eixo X.

— Quer dizer, como eu ia falando, viver na ilha não tem sido exatamente uma maravilha, amor. Talvez as coisas tenham melhorado um pouco com o Herói, mas...

— Quem é esse "Herói"?

A firmeza em sua voz me assusta.

— Um... um garoto.

— Um garoto. — O olhar de Kay fica sombrio. — Por acaso ele tentou te machucar?

A pergunta me traz uma memória de Kay me dizendo para ter cuidado. Ela fazia isso toda vez que eu saía. Sorrio.

— Aw, amor, eu sei me...

— Cee. Me diz. Esse Herói já tentou te matar?

Matar.

De repente, lembro que estamos no fundo do mar, que *nadei* até aqui depois... depois que... ele tentou... e eu *matei*.

Eu matei ele.

Não era a minha intenção. E:

— Não era a intenção dele. — Soa absurdo quando digo, mas é verdade. O garoto que tentou me matar não me reconheceu, não me conhecia. Ele não era o Herói.

Kay suspira.

— Bom, você está segura agora.

— Você também. Você não tem ideia... — Minha voz falha. *Você não tem ideia do quanto me esforcei pra tentar te encontrar.* Mas palavras não são capazes de expressar isso, então violo minha promessa de lhe dar espaço e me inclino, pelo holograma, e a abraço.

Ela fica imóvel sob meus braços. Então, lentamente, dá tapinhas nas minhas costas.

— Cee — diz ela quando eu me afasto, mas mantenho as mãos nos ombros dela, maravilhada com o fato de ela ser *real*, *tocável* e estar *bem na minha frente*. — Por favor. Senta.

Volto a me sentar na cadeira de luz, dessa vez menos receosa.

— Já vamos embora? — O ambiente é frio e nem sou eu quem está sentada em gosma.

— Vamos — diz Kay, segurando as laterais do caixão. Instável, ela se apoia sobre os pés. Estendo a mão para ajudá-la, mas meus braços não se movem. Ela tira um pé da cápsula. Uma gosma azul escorre por sua perna e se acumula no chão. Congelo. Seu outro pé se junta ao primeiro e minha visão escurece.

— Kay? — Minha voz soa fraca, mais fraca do que soava na primeira vez em que Herói me estrangulou. Meu estômago revira de pavor, ganhando velocidade como se estivesse escorrendo por um ralo. — O que... tá acontecendo...

34

—… *ELE DESLIGA*.

O robô a havia encontrado. Assim que refinassem o modelo, ele faria mais do que aquilo. Ele a tiraria da estase. Então caberia a Kasey, ou a quem quer que fosse designado como "repopulador zero", acordar todos os outros depois de confirmar a habitabilidade das condições externas.

O trabalho do robô estava feito.

Então, com um chiado, ele se desligou.

||||| ||||| ||||| ||||| ||||| ||||| |||||

— CEE. — TODOS OS meus outros sentidos estão se esvaindo, mas ainda consigo ouvi-la claramente. — Você já deveria ter entendido.

Ela se aproxima com um passo trêmulo. Meus dedos das mãos e dos pés adormecem, como se em resposta ao movimento. Não consigo mover nada além dos músculos do meu rosto. Ela para a meio metro de mim e diz:

— Você não é humana de verdade.

Minha boca se abre. Fecha. Abre outra vez...

— Sei que alguma coisa aconteceu comigo. — Alguma coisa que explica como acordei novamente na praia, viva, depois de navegar com Hubert por sete dias, e como meus olhos não explodiram com a pressão de mergulhar até o fundo do oceano. Como Herói pode ter voltado à vida.

Mas nada disso muda o que Kay significa para mim.

— E sei que posso não ser... — *humana, não humana* — ... como você. — Arfo, incapaz de colocar as palavras para fora. *Não sou como você. Não sou tão inteligente como você. Não sou tão forte como você.* — Mas ainda sou sua irmã, Kay.

— Minha irmã é a Celia, e a Celia morreu há muito tempo. — Ela não diz de forma cruel, apenas como um fato.

Morreu.

Engulo a quantidade obscena de saliva que se acumula na minha boca e quase engasgo quando ela desliza garganta abaixo.

— Então quem sou eu?

Ela olha para mim em silêncio.

— Você é o protótipo de inteligência artificial C. — Quando não reajo, ela suspira, como se estivesse tentando me poupar. — Um robô.

As palavras resvalam em mim e erram o alvo. Balanço a cabeça. Sei o que é um robô. U-me é um robô. Não sou U-me.

— Quando você não conseguia ver em cores — diz Kay —, era porque ainda não tinha desbloqueado o nível seguinte de autoatualização. E, assim que você passou a ver em cores, você sentiu uma atração maior pelo mar, não foi?

Não, tento dizer, mas descubro que não consigo. Não consigo mentir, porque sim, no dia depois que meu mundo se encheu de cor, eu realmente acordei no mar.

— Faz parte da sua programação. Como um mecanismo de segurança interno, você é atraída por toda porção de água, não só o oceano.

O que explicaria eu ter pulado na piscina — *não, para com isso.*

— Nós te projetamos para ser mecanicamente mais resistente do que um humano real por motivos de sustentabilidade, mas você vivencia a mesma dor e trauma psicológico. E, embora sua inteligência esteja ajustada a 50%, você possui um mecanismo de busca interno que te permite aprender novas habilidades na ausência de modelos externos.

Diz alguma coisa para fazê-la parar.

— Mas as minhas memórias... todas as minhas memórias. De você. De *nós*...

— 70% são da Celia, recuperadas do cérebro dela.

— 70%? — O número soa errado na minha boca, preciso e incompleto demais.

— 5% tinham se deteriorado com o tempo — diz Kay, como se memórias fossem feitas de madeira. — 10%, nós aprimoramos.

— Nós?

— Minha equipe e eu.

Uma equipe. Múltiplas pessoas, com acesso às coisas dentro da minha cabeça. Quero rastejar para fora da minha pele.

— Então vocês... construíram minhas memórias. — Como um barco? Uma jangada?

— Nós as programamos — corrige Kay. Então, antes que eu possa sequer perguntar: — Todas, exceto 15%. Seu bem-estar geral melhora quando seu cérebro é capaz preencher as lacunas, do jeito que for mais adequado para as suas circunstâncias.

Soa inteligente, lógico e papo furado ao mesmo tempo.

— Mas *por quê*? Por que me dar essas... — *memórias*. Não, elas não podem ser memórias se são fabricadas. — Por que me dar essas coisas?

— *Se eu não sou ela?* A negação me traz um arrepio. Minha necessidade de encontrar Kay é real. Nossa ligação, nosso laço. Minhas memórias são reais, e essa... essa situação toda é falsa. Um sonho. Não estou aqui. Ainda estou na ilha, ainda sou Cee...

— Respira fundo, Cee.

Foda-se, não quero...

Começo a respirar fundo.

Enquanto me sento, trancada na minha própria pele, Kay me observa. Seu rosto fica imóvel como uma máscara, mas seus olhos a revelam. Vejo os cálculos sendo feitos. Ela está pesando os custos e benefícios. Escolhendo entre o que faz sentido...

Ela suspira.

... e o que vai me fazer feliz.

— Cortisol, 1,5 negativo.

O medo que borbulha no meu estômago se acalma, agora em fogo brando.

Kay se senta aos pés do caixão e cobre o projetor holográfico. Os números translúcidos e gráficos entre nós desaparecem. Estamos na altura dos olhos agora, e Kay se certifica de olhar para mim enquanto fala.

— Sei que esses três anos não foram fáceis pra você, Cee. Então me deixa explicar. Você foi projetada pra me encontrar.

Ela continua. Ela fala sobre um tempo em que a Terra estava decaindo; ar, água e terra poluídos pela humanidade. Cientistas desenvolveram todo tipo de forma de limpar as coisas, mas todas as inovações possuíam um efeito colateral imprevisto. Algumas das coisas que ela diz parecem verdadeiras dentro de mim, e sei que devo ter alguma memória enterrada que condiz com tudo isso. Mas quando ela fala dos megaterremotos e das mortes, em números de centenas de milhões, a sensação para. Acho que é aí que as minhas memórias — as memórias de Celia terminam.

— Mas por que eu? — pergunto depois que ela explica a solução que propôs para o mundo. É brilhante, é claro. Todas as ideias de Kay são. — Por que não mandar um... — *não, não, não.* — ... um *humano de verdade*?

— Você é melhor que um humano de verdade, C. Humanos de verdade, bom, eles morrem. Ou mentem pra atender aos interesses que podem ter — diz ela, engrossando a voz. — Você é imortal, e seus dados são sempre verdadeiros. Além disso, pensa na ética. Você é o robô final, liberado apenas porque seus predecessores foram bem-sucedidos em alcançar níveis de felicidade progressivamente mais altos. Os robôs A e B encararam ambientes muito mais severos, sofrendo imensamente na luta para "sobreviver". Se pedíssemos para os humanos fazerem o equivalente, o plano nunca seria aprovado. — Ela franze o cenho ao ver lágrimas encherem meus olhos. — Cortisol, 2,0 negativo.

— Também tenho pessoas que amo — sussurro, em lágrimas outra vez.

— O garoto, Herói? Ah, Cee — fala Kay como se eu fosse a irmã mais nova, imatura e ingênua. — Algumas pessoas guardam rancor da humanidade e não há como impedi-las, não importa o que você faça.

— O Herói não é assim — solto. — Ele não guarda rancor contra ninguém.

— Eu sei — diz Kay baixinho, esfregando o punho outra vez. — Não estou falando do Herói.

Nem eu. Herói não era a pessoa querida a quem eu estava me referindo. Não inteiramente. Não é ele que vejo nos meus sonhos, não é dele o rosto bem na minha frente.

Minhas mãos começam a tremer nas laterais do meu corpo.

— E agora? — pergunto, antes que Kay possa perceber e atenuar minhas emoções. — O que você vai fazer agora que te encontrei?

O que vai acontecer comigo?

— Liberar as cápsulas rumo à superfície, assim todos sairão de estase — responde Kay.

Estase. Cápsulas. Cápsulas de estase. O vocabulário retorna para mim como se sempre tivesse feito parte do meu mundo. *Eu sou Celia*, penso. *Eu sou Celia.* Mas também sou Cee, e não consigo deixar de reconhecer isso quando digo:

— E se eu menti? E se meus dados estiverem bagunçados e a Terra não for reabitável?

— É possível — diz Kay —, mas improvável.

— *E se?*

Minhas mãos estão fechadas com tanta força que um pouco do que sinto chega a vazar como espinhos por ali. Kay nota, mas me deixa sentir minha dor enquanto decide se deve ou não considerar meu cenário "improvável". Ela esfrega o punho e, dessa vez, o material cinza que o cobre sobe o suficiente para eu ver uma linha verde e preta ao redor de sua pele.

— Se eu tivesse razões para acreditar que os seus sistemas estão dando problema — diz ela finalmente —, eu mesma checaria a superfície.

Não consigo tirar os olhos da linha em seu punho.

— E, se as coisas não estivessem boas, você voltaria a dormir?

— Não.

— Por que não?

— As cápsulas funcionam em um ciclo de energia fechado e infinito. Abri-las quebra o ciclo e enfraquece o equilíbrio elétrico da solução. Com o tempo, as células do corpo vão voltar a envelhecer.

Levo um momento para entender a implicação.

— Então você...

— Sim. Se, por acaso, eu fosse acordada prematuramente, não haveria como retornar a estase completa. — Ela estreita o olhar. — Mas eu soltaria o próximo modelo-C para teste, e ele seria responsável por acordar o segundo reabitante zero quando chegasse a hora.

Imagino isso acontecendo. Kay, sozinha nessa instalação para sempre. Ou Kay vivendo o resto de sua vida na ilha, tão solitária quanto eu estava. É como levar um chute nos rins.

— Por que você se voluntariou pra isso? — pergunto.

— A ideia foi minha.

Ela fala como se fosse a conclusão mais lógica. Mas não é — pelo menos não para a irmã que conheci. Kay considera os riscos, não importa o quão pequenos sejam. Ela teria que ter estado tranquila com a possibilidade de morrer sozinha, sem ser acompanhada pelo resto do mundo.

Confirmo meu palpite ao olhar em seus olhos. Nas profundezas de suas pupilas, vejo um fogo frio, o mesmo tipo que a consumia anos atrás, quando ela estava perdida no mundo de sua mente e eu estava longe demais para notar. Então recuperamos nosso relacionamento e, lentamente, aquele fogo se apagou.

O que aconteceu desde que eu... desde que Celia morreu?

Volto a olhar para a linha em seu punho. Não deveria estar ali. Nunca esteve, em todos os meus sonhos e memórias. Quem fez isso com ela? Quem a machucou enquanto eu estava longe?

— Kay. — Não ligo se estou em perigo. Quero tocá-la, afagar sua bochecha e provar que nunca a deixei. — Estou aqui. Sempre estive aqui.

A instalação se aquieta.

Posso ouvir mil coisas que não ouvia antes. As luzes puxando energia dos geradores embutidos nas paredes. O mar pulsando ao nosso redor. A batida dos nossos corações, o meu e o dela, em perfeita sincronia.

Kay pigarreia.

— Sinto muito, Cee. Tive que te programar com uma função de desligamento. Não havia outra forma de a Operação Reinício ser aprovada pelo conselho internacional de ética.

— Kay...

Meu corpo enrijece quando ela se levanta. Ou tenta. Mesmo que a gosma azul tenha sido usada para preservar seu corpo célula por célula, os músculos claramente ainda estão fracos depois de mil anos sem uso, então ela volta a se sentar na borda do compartimento e repousa as mãos nos joelhos para tentar outra vez.

O momento se alonga diante de mim, dividindo-se em dois caminhos: em um, eu a deixo levantar. Eu a deixo ser a pessoa que sempre soube que ela poderia ser, alguém que vai salvar bilhões de vidas. O outro caminho... não vou me permitir visualizá-lo. É egoísta e errado e é... é *certo*, querer viver. É um *direito*. Eu *mereço viver*, penso, enquanto a palavra *desligamento* atravessa meu corpo, estilhaçando todo lugar que toca, quebrando ossos e laços e crenças dos quais eu pensava precisar, mas tudo que preciso — tudo que *quero* — é ver o resto das estrelas no céu com Herói e experimentar cada receita de taro não feita e ouvir as palavras que U-me ainda não definiu e *sentir* toda a vida que eu — Celia, Cee — ainda tenho para viver.

Kay iria querer isso para mim.

O que significa que a pessoa diante de mim não é Kay. Se Kay realmente estivesse aqui comigo, ela estaria pensando em uma forma de nos tirar dessa situação.

Mas ela não está aqui.

Nesta sala no fundo do mar, rodeada por bilhões de pessoas que dependem de mim para morrer por elas, estou sozinha.

Não-Kay começa a se levantar, e minha mente rodopia.

— Você... — Um fio se aperta do meu estômago à minha garganta, distendendo-se para capturar um sentimento, uma memória, alguma coisa, qualquer coisa para impedi-la. — *Você nunca viu ela morrer!*

Silêncio.

Quietude.

Então começa. Em seus olhos. Emoção, espalhando-se lentamente. Ela está pensando que eu não deveria saber disso. Não é possível que eu *saiba*, mas aparentemente eu sei e é a verdade: Kay nunca viu Celia morrer. Isso deve ser uma daquelas memórias aprendidas das quais ela falou, alguma coisa que meu cérebro está fazendo, mais adequada para as minhas circunstâncias, e funciona, porque, depois de um momento, Kay volta a se sentar, como se a força tivesse sido roubada de suas pernas e, como uma balança, voltado para as minhas. Os laços ao redor do meu corpo enfraquecem. Voltando a sentir um formigamento na pele, depois liberdade — uma corrente gloriosa — e, antes que eu possa dar permissão ao meu corpo, ele se rebela contra seu opressor. Minhas mãos insurgentes empurram o peito de Kay antes que qualquer uma de nós perceba o que está acontecendo. Ela cai de volta na cápsula. Vejo seus olhos surpresos. Em seguida, desaparecem. Fecho a tampa.

Mas há gosma azul no chão, uma evidência do que fiz.

E a porta da cápsula brilha com as palavras.

BRECHA NA CÁPSULA DETECTADA
BRECHA NA CÁPSULA DETECTADA
SOLVENTE MANTERÁ EQUILÍBRIO ELÉTRICO POR 192 H
191 H 59 MIN 59 S
191 H 59 MIN 58 S
191 H 59 MIN 57 S

E meu coração está martelando. Eu poderia reverter isso. Poderia abrir a cápsula. Meu coração não é meu corpo, meu coração não é meu corpo, meu coração...

Está despedaçado. Pela pessoa que eu pensava amar.

Então ele se junta ao meu corpo no chão coberto de gosma e, de joelhos, eu choro.

36

— **BOM TRABALHO — DISSE** Ekaterina depois da apresentação. A mensagem chegou à Intraface de Kasey com um *ding* que deve ter reverberado na de Actinium também. Desde o dia do píer, e ainda mais depois de construir o robô-modelo juntos, suas mentes pareciam conectadas. Quando se separaram em seus respectivos dutos, o dele descendo e o dela subindo, ela sabia que estavam pensando a mesma coisa.

Ah, o que o CP2 não sabe.

Sim, a solução era universal. Todos podiam e seriam postos em estase. A Terra se limparia e seria repopulada — por aqueles em quem se podia confiar para não a destruir novamente. Já os outros? Eles podiam continuar dormindo. Kasey e Actinium garantiriam aquilo. Era uma coisa simples de programar: um comando de bloqueio permanente na cápsula, ativado por nível ou qualquer medida empírica de administração planetária que escolhessem. Não mataria aquelas pessoas — não da mesma forma como elas quase haviam matado os outros, e talvez ainda pudessem matar se lhes fosse permitido voltar.

Mas uma coisa de cada vez. Primeiro, a Operação Reinício precisava ser aprovada. Sete das oito ecocidades atualmente a apoiavam; a ecocidade

6 ainda estava em cima do muro. Kasey não os julgava. Pedir que seus cidadãos passassem pelo menos 33% do tempo em que estavam acordados na forma holográfica para salvar o mundo era uma coisa; pedir que sacrificassem ainda mais para proteger pessoas que não fizeram o mesmo era outra completamente diferente.

Enquanto isso, os territórios externos estavam muito mais divididos. Delegados dos Territórios 6, 7 e 11 haviam se comprometido com a solução; eram também aqueles com a maior porcentagem de mortos. Os Territórios 1 e 12, por outro lado, que em sua maior parte saíram ilesos do megaterremoto, não se comprometeram. Era o ápice do egoísmo humano. Kasey fez questão de se lembrar desses territórios. Informações como aquela podiam ser consideradas nos cálculos de quem merecia acordar e quem, pelo bem de todos os outros, seria mais útil ficando em estase.

É certo que todos sofreriam se o egoísmo prevalecesse. A solução requeria uma taxa de participação de 100% ou nenhuma. Os governos prefeririam deixar seu povo morrer a ficar para trás. O prazo para que se chegasse a um consenso era de apenas uma semana e, com apenas 57% dos delegados comprometidos apesar das apresentações de Kasey e das manobras mais amplas do CP2, Kasey não fazia ideia do que mais poderia ajudar.

Ekaterina fazia. À noite, ela mandou outra mensagem, perguntando se Kasey estava disposta a fazer uma apresentação no Território 4 no dia seguinte — pessoalmente.

— Você não ficaria exposta — mencionou logo Ekaterina—, mas, para avançar em alguns desses territórios, vamos precisar estabelecer uma conexão mais humana.

É claro, pensou Kasey para o aplicativo de mensagens de sua Intraface; em seguida, transmitiu a resposta e depois olhou para o céu noturno além do vidro. Ela estava na unidade dos Cole, sentada em uma de suas espreguiçadeiras. Conforme o lembrete de seu biomonitor naquela manhã, era o sétimo aniversário da morte deles. Sete anos desde o dia em que Celia havia soluçado em seu quarto e Kasey havia violado o cérebro da irmã para tentar cancelar sua dor. Relacionado àquilo ou não, Celia havia passado os dois aniversários seguintes sozinha. Foi só depois de Kasey cometer sua segunda violação ao tentar reconstruir a mãe que Celia parou de evitá-la. Juntas, haviam ido até a unidade dos Cole; Kasey havia observado enquanto Celia tirava a poeira do retrato de Ester, Frain e seu filho na mesa de centro antes de encher o vaso com flores de fibras perenes. O gesto parecia inútil aos mortos, mas, quando Celia os fez, pareceu certo de um jeito que Kasey não conseguia expressar. Então, naquela noite, Kasey viera de mãos vazias. Ela não era a irmã. Não era persuasiva ou agradável o bastante.

Se Celia estivesse ali, a conexão humana já teria sido feita.

Suspirando, Kasey navegou por sua Intraface até chegar à pasta nomeada CELIA. Ela havia deixado que Actinium ficasse com a Intraface física — ver o objeto ainda a deixava perturbada —, mas ela havia baixado as memórias e as transferido para a sua. O problema era que ela não conseguia se forçar a tocar o ícone da pasta. Ela tentou lembrar a si mesma que memórias, de Celia ou não, eram apenas códigos. Kasey e Actinium precisavam analisar o máximo de comportamento humano possível para projetar seus barômetros secundários. Mas, como da primeira vez, uma força conteve Kasey. Não era apenas respeito pela privacidade de Celia. Era temor. Porque era possível amar uma pessoa sem entendê-la por completo. Era possível amar partes dela, e não o seu todo. Os robôs de Kasey haviam assustado Celia. Kasey temia ver o resto de si aos olhos da irmã.

Ding! A notificação de sua Intraface era uma distração bem-vinda. Piscando duas vezes, Kasey foi redirecionada para a mensagem de Ekaterina. Actinium havia reagido a ela com um sinal de visto. Kasey esperou o nome dele ficar cinza, indicando usuário inativo. Como aquilo não aconteceu, ela lhe enviou uma mensagem privada.

Você já esteve lá?

Ela não precisou especificar Território 4; ele havia entendido.

A velocidade de sua resposta foi estranhamente gratificante. *Uma vez.*

Como é?

Frio. Seco.

Kasey esperou por mais. Nada veio. *É só isso?*

Paciência, Mizuhara. Amanhã você vai ver como é.

Uma pausa na conversa. Kasey não sabia o que mais podia dizer. SILVERTONGUE não lhe deu nenhuma sugestão. Como o aplicativo insistia em abrir automaticamente durante suas apresentações, urgindo que ela fosse mais cativante, Kasey o desinstalou. Ela não via utilidade em um aplicativo que não percebia informações urgentes como cativantes.

Seu coração congelou quando o avatar de Actinium brilhou em azul; ele estava pensando outra vez. Segundos depois:

Está ocupada?

Não. Kasey pausou. *E você? Trabalhando? :P* O emoticon escapou. Ela pensou sobre ele, deletou-o e mandou a mensagem sem os caracteres.

Não. Actinium também pausou. *Não estou trabalhando.*

Kasey quase podia ver: o deslizar e o fixar do olhar dele, seu silêncio desafiando-a a comentar sobre seus hábitos de trabalho. Ela poderia, se quisesse. Podia falar o que pensava sem medo ao redor de Actinium agora que eles haviam construído algo juntos. Eles estavam no mesmo comprimento de onda — talvez estivessem desde a noite que passaram revendo as memórias de Celia, quando haviam se comunicado através de olhares e gestos. Eles haviam aperfeiçoado a comunicação ainda mais desde então e, agora, encarando a última mensagem de Actinium, Kasey lhe enviou, em um impulso, um convite para projetar-se holograficamente. Ela disse a si mesma que não ficaria decepcionada se ele não aceitasse.

Ela prendeu a respiração quando o ar diante da espreguiçadeira brilhou.

Por uma fração de segundo depois que Actinium se projetou holograficamente, ele pareceu atordoado. Kasey também. Ela nunca havia visto o holograma dele antes e certos detalhes se perderam mesmo depois que ela aumentou a opacidade para 100%. Como a textura do cabelo. Faltava definição; as mechas eram achatadas e sem vida comparadas a quando o vento as bagunçava — não que Kasey devesse estar pensando no cabelo dele. Ela redirecionou o olhar para a janela, sentindo a garganta coçando. Deviam ser as partículas na unidade.

— Você vem aqui com frequência?

Pelo menos o tom de sua voz estava inalterado.

— Mais do que antes — disse Kasey. — A Celia vinha aqui por causa das janelas. — Não passou batido o fato de que, aonde quer que fossem, sempre que conversavam, não podiam fugir do feitiço de Celia. Mas por que fugiriam? Ela era o denominador comum entre eles. A bússola que os colocava em curso. — No começo, a gente discutia sobre isso. Eu não queria vir aqui.

— Por que não? — perguntou Actinium, parecendo genuinamente curioso.

— Parecia uma invasão.

Ela não disse que os donos estavam mortos nem mencionou seus nomes. Todos sabiam quem vivia no estrato-100, inclusive Actinium, que passou os olhos pela unidade e disse:

— É bastante espaço inutilizado.

— Meu pai insistiu que permanecesse vazio. *In memoriam*. — Se soava elitista, era porque era mesmo. A única vez em que David Mizuhara violara seu próprio princípio de economia de espaço. — Nossas famílias eram próximas.

Kasey sentiu necessidade de acrescentar, mas aquilo era o retrato de uma comunidade de elitistas, vivendo com um padrão tão alto quanto seu nível. Como eles seriam vistos por alguém como Actinium, cuja unidade não tinha móveis elegantes ou janelas para luz natural?

— Você deve achar que somos estranhos — disse Kasey enquanto Actinium caminhava lentamente ao redor da unidade. — Tão distantes da natureza humana.

— E se a natureza humana for a última doença que ainda temos que erradicar? — Actinium retornou até ela. A luz do luar passava por sua pessoa. Ele não deixava sombra sobre o chão.

— Uma doença — repetiu Kasey enquanto ele se sentava na outra extremidade da espreguiçadeira. Ela não reagiu a seu holograma, datado demais para receber dados virtuais. Para os móveis, era como se Actinium fosse um fantasma.

— Pensa nisso — disse ele, e Kasey pensou. Ela olhou na direção do vidro e refletiu sobre o mar além dele.

— O mundo estaria cheio de pessoas como eu — concluiu ela, uma avaliação honesta. — E, portanto, seria um lugar pior.

Ela abriu um sorriso para Actinium. Ele não o correspondeu. Sua expressão era séria, quase severa, e Kasey se contorceu. O desconforto a levou de volta à primeira vez em que se encontraram, com o tiro de REM e tudo.

— Seu gato vai ficar bem? — Ekaterina não havia mencionado quanto tempo eles ficariam no Território 4.

Actinium piscou uma vez, lentamente.

— Jinx vai tomar conta dele.

— E seus clientes?

— Nenhum deles é tão importante quanto isso.

— Você não vai sentir falta do seu trabalho?

— Não.

— Por que não? — perguntou Kasey, e Actinium olhou para a janela.

— Nunca senti que fazia parte de lá.

— Sei como é. — Ela não conseguia decidir o que era mais surpreendente: a confissão dele ou a dela.

— Eu sei — um sussurro, quase inaudível. — Nosso lar é onde nossa mente está — disse Actinium, e Kasey congelou, sentindo seu corpo esquentar e esfriar ao se lembrar de encarar o teto de seu quarto e contemplar o conceito de ser despejada. Ela havia acertado a logística, realizado controle de danos para se sentir *no* controle, e então nada daquilo importara. Ela aceitara o acordo. A ciência tornou-se parte de seu passado. Seu segredo. Mas ela tinha outro segredo:

Quase escolhera ser despejada.

As pessoas confundiam Kasey quando invariavelmente violavam as propriedades que ela lhes havia designado. Mas a ciência era diferente. Ciência não a pregava peças; a ciência a superava. Não tentava entendê-la, mas Kasey a entendia. Com a ciência, ela se sentia segura. Mas com Celia também. Duas escolhas e apenas uma, percebera Kasey, seria vista como normal. Por Celia, ela tentara ser normal. Por Celia, ela ficara, e aquela fora a decisão mais fácil e mais difícil que tomara. Onze anos haviam se passado, mas parecia que havia acontecido ontem. Sua respiração acelerou e Kasey começou a tremer. Ela ouviu seu nome e olhou para cima, onde viu os olhos de Actinium, no outro lado de uma espreguiçadeira na qual ele não existia, mas ele existia para Kasey. Ele havia articulado um sentimento que Kasey havia vivenciado e, por um momento, ela desejou que ele estivesse lá.

Desejou que pudesse de fato sentir a mão que ele repousou sobre seu ombro.

Então ela sacudiu a cabeça. Levantou-se.

— Preciso ir. Arrumar as malas. Acordo cedo.

Ela não tinha certeza do que estava dizendo; Ekaterina nem sequer lhes havia enviado o itinerário.

Actinium teve a delicadeza de assentir e se levantar também.

— Até amanhã.

Ele se desconectou, deixando Kasey sozinha.

Ela voltou a se sentar na espreguiçadeira. Respirou fundo e oxigenou o sangue. Seu coração atingia o peito com a força de dois; ela o ignorou. Aquilo era apenas uma parte da jornada de se tornar mais humana enquanto vingava a irmã.

Ela voltou às memórias de Celia, afastando Actinium de sua mente, e abriu a pasta, depois a subpasta com o nome XXX que não havia visto antes.

Ela se expandiu em trezentas memórias de todos os garotos que Celia amara e por quem fora amada.

Kasey a fechou, sentindo o coração palpitar outra vez.

Pense fora da caixa. Devia haver um jeito de entender os relacionamentos da irmã sem rever cada memória manualmente.

Ela começou a desenvolver um algoritmo que combinaria informações do biomonitor com as memórias por data, e então selecionaria aquelas que correspondiam a picos de ocitocina, dopamina e endorfina, os hormônios da socialização, da motivação e da conquista de objetivos, respectivamente. Das memórias que sobraram, Kasey filtrou as pessoas, priorizando rostos recorrentes. Ela apertou EXECUTAR. O algoritmo exibiu os cinco principais resultados.

Seu próprio nome e rosto estavam no topo da lista.

Estranho. Ainda mais estranho era o fato de Actinium não estar entre os cinco, que incluíam Leona, ou entre os dez, quando Kasey expandiu os parâmetros. No número 12 estava Tristan. Dmitri, número 17. Chegando ao número 50, Kasey, perplexa, procurou diretamente por Actinium entre as memórias restantes.

0 RESULTADOS.

Kasey executou o programa outra vez. Mesmo resultado — zero.

Ela fez uma busca de rostos por todas as memórias de Celia.

Nenhuma memória salva de Actinium.

De repente, a unidade pareceu mais fria, embora a temperatura no canto da visão de Kasey continuasse a mesma. Um pensamento traiçoeiro a atingiu; ela localizou as memórias de Celia da vez em que elas haviam ido até o mar. Ela as reassistiu, concentrada, e foi até as memórias de sua infância, quando Genevie estava viva, e as assistiu também; puxou os dados do biomonitor no dia em que Genevie morrera e encontrou o pico de neurotransmissor que correspondia ao acordo que ela havia aceitado em nome de Celia. Seu pânico diminuiu. As memórias eram reais. Os dados do biomonitor eram reais. Os fatos eram reais e eles eram os seguintes:

Celia havia sido envenenada.

Ela havia ido até o hospel. Ela havia partido pelo mar. A evidência para aquilo estava toda lá.

Então onde estava Actinium? O garoto que se sentara à sua frente naquela espreguiçadeira? Que estivera naquela unidade apenas momentos atrás?

Aquela unidade.

O tempo desacelerou. Congelou.

Reverteu sua marcha.

Actinium havia se projetado holograficamente até lá. Através do convite de Kasey. Mas um convite não era nada além de um vínculo que permitia às pessoas se projetar em sua localização. Não tinha nada a ver com permissões de acesso, permissões não aplicáveis a domínios públicos, mas aquele era particular. E não era a casa de Kasey. Se fosse, a projeção de Actinium teria feito uma mensagem de ACEITAR CONVIDADO aparecer em sua Intraface, como acontecera na festa. O fato de que Kasey não recebera a opção significava uma das duas coisas: ou Actinium havia hackeado o sistema para entrar, ou...

Kasey sentiu um arrepio percorrer o corpo.

... ou ele não era um convidado. Naquela unidade.

A unidade que pertencia aos Cole.

Só havia um jeito de confirmar.

Actinium era um ótimo hacker, mas Kasey também era. Finalmente livre para usar todos os truques que conhecia, ela reverteu as camadas de Actinium, nível 0. Ela o despiu até encontrar o garoto atrás da identidade, o mesmo garoto no retrato que ficava sobre a mesa de centro, cujo rosto *de fato* existia nas memórias de Celia, e nas de Kasey também, mas sete anos haviam o transformado, envelhecido e o deixado completamente irreconhecível.

• • •

Ekaterina enviou o itinerário à meia-noite. Àquela altura, Kasey já estava imersa demais em sua investigação para responder.

Ela reviu tudo que podia. A cobertura da colisão do robocóptero. O relatório do laboratório forense. Os vídeos da partida: Genevie, Ester, Frain e o filho dos Cole, um garoto de 10 anos, acenando para a multidão no estrato-100 antes de embarcarem no robocóptero. Kasey estudou o clipe várias e várias vezes, até encontrá-lo.

O segredo de Actinium para sobreviver ao acidente que havia matado todos os outros.

O cérebro dela, sobrecarregado, começou a interromper funções não essenciais. As primeiras a partir foram as emoções. Ela podia ficar chateada ou podia buscar respostas para suas perguntas, muitas das quais dependiam da cooperação de Actinium. De volta à unidade dos Mizuhara, Kasey rascunhou várias mensagens, deliberando sobre o tom que usaria. A tarde chegou e ela não havia enviado nenhuma. Hora de partir. Ela se dirigiu à sede do CP2. Ela o confrontaria pessoalmente. Um plano perfeitamente lógico — desde que fizessem a viagem sozinhos.

— Meridian? — De todas as coisas para as quais havia se preparado, aquilo não era uma delas. — Por que você está aqui? — perguntou ela, com o cérebro ejetado do modo piloto automático e forçado a avaliar aquela nova e confusa variável parada no lado de fora da sede do CP2.

Eu é que pergunto, dizia a expressão azeda no rosto de Meridian. Ela claramente estava preparada para viajar, com uma mochila jogada sobre o ombro.

— A Oficial Trukhin me convidou.

Ekaterina. Kasey abriu o itinerário que lhe fora enviado e o leu minuciosamente — incluindo a observação sobre acrescentar pessoal que pudesse ser visto como suporte fundamental pelos moradores do Território 4.

— Ela perguntou se eu estaria interessada em apresentar uma variação da minha solução — continuou Meridian, bem quando o robocóptero desceu. — Sim, você ouviu direito. Minha. Eu a submeti. — Naquele momento, Actinium chegou. Meridian se recusou firmemente a olhar para ele, reservando seu olhar para Kasey. Então, dando de costas, ela subiu no robocóptero.

Você não sabe no que está se metendo, Kasey desejava poder dizer. Mas não podia, é claro, nem confrontar Actinium. Podia apenas se acomodar no assento entre os dois. À sua direita estava o garoto que a conhecia, que conhecia seu verdadeiro plano, mas que havia se escondido. À sua esquerda estava uma garota que pensava que o pior crime de Kasey fora monopolizar a solução, quando a coisa era muito pior. Sim, com Meridian ali, Kasey finalmente confrontou como a visão que ela e Actinium tinham para o mundo seria vista pelos outros — como um crime. Imoral e imperdoável.

E agora ela não podia nem sequer confiar na pessoa que deveria ser seu parceiro.

O voo de 3 mil quilômetros foi silencioso e longo demais, depois curto demais quando tocaram o chão. Do robocóptero, foram transportados até um carro — uma antiguidade dirigida por um chofer em carne e osso. Ondas de calor provinham das saídas de ar para combater o gelo do lado de fora. Um vórtex polar havia fixado residência nos territórios do nordeste depois do derretimento do ártico, e além das janelas do carro havia um mundo cruel e desolado. O sol brilhava em um céu estéril, com nuvens formadas por altas concentrações de carbono atmosférico.

As multidões à beira da estrada eram o único sinal de vida, e a massa se adensava à medida que eles se aproximavam da embaixada.

O carro estacionou.

— Boa sorte — disse Ekaterina, em uma mensagem, enquanto Kasey ajustava a máscara respiratória. O utensílio não a protegeria do ar seco e gélido, que atacou seus pulmões no segundo em que pisou lá fora e deu de cara com o *flash* ofuscante das câmeras. Atrás de uma barricada laranja, repórteres em carne e osso se empurravam em busca do melhor ângulo. Cidadãos, alguns com máscaras e outros sem, seguravam cartazes criticando a resposta do governo ao megaterremoto. As expressões em seus rostos eram sombrias — com exceção de um grupo de homens, mulheres e crianças que acenava para eles.

— *Meiran! Meiran!*

Meridian acenou de volta. Seus familiares, percebeu Kasey, ficando tensa ao ver os rostos sem máscara — pouco tempo antes de todos os rostos na multidão se transformarem no de Celia, com olhos enegrecidos por letras de forma:

SE O PRIMEIRO-MINISTRO DU NÃO FOI CAPAZ DE SALVAR
1,5 MILHÕES DE VIDAS, NÃO ESPERE QUE OS
ALIENS TE SALVEM

A imagem sobreposta desapareceu em um piscar de olhos. Os parentes de Meridian tornaram-se os parentes de Meridian outra vez, mas seus sorrisos haviam desaparecido.

Meridian pareceu igualmente chocada.

— O que foi isso?

— Um ataque hacker — respondeu Actinium.

Kasey checou seus arquivos. Tudo ainda estava ali, incluindo as poucas memórias de Celia que armazenara. Os hackers devem tê-las acessado para gerar os rostos.

A dor em seu peito despertou novamente e, enquanto o primeiro-ministro os cumprimentava dentro da embaixada, um salão de mármore com janelas altas, seu segundo coração pulsou. Quem Actinium era não mudava o que havia acontecido a Celia. Não mudava a quantidade de energia usada para aquecer aquele salão e o quanto mais as pessoas precisariam poluir apenas para resolver os problemas produzidos pela poluição. Os manifestantes os chamaram de "aliens". Era porque eles viviam no céu? Porque haviam descido para subjugá-los a uma outra forma de vida? *Será que algum dia as pessoas estariam dispostas a abrir mão da liberdade para o bem dos outros?* Kasey se perguntava enquanto funcionários os levavam até o auditório onde apresentariam a solução. Ou será que primeiro aquelas pessoas tinham que perder as famílias?

Ding. Uma mensagem de Actinium. *Você está bem?*, perguntou ele, e Kasey quase estremeceu. Como se ele se importasse.

E como se ela *devesse* se importar. *Quem você viu?*, ela queria lhe perguntar. *Seus pais?*

Um momento sozinha, sem Meridian, era tudo que ela precisava.

Mas, por ora:

Estou, respondeu ela, antes de subir no palco para contar mais mentiras.

• • •

Um momento sozinha, Kasey logo descobriu, era tão escasso como ar limpo naquela viagem. O CP2, com sua eficiência característica, havia agendado um evento atrás do outro. Depois da apresentação, eles visitariam um hospel severamente afetado no interior do Território 4. Eles seriam transportados por um avião a combustível; o voo de 2 mil quilômetros emitiria o equivalente às emissões de carbono de Kasey nos últimos cinco anos.

O que fosse necessário para que parecessem acessíveis.

Enquanto adentravam o interior, Kasey lançou um olhar de soslaio para Actinium. A colisão havia acontecido no Território 4. O que será que ele estava pensando? Sentindo? A mente dele se tornava mais misteriosa para ela a cada minuto, assim como a terra lá embaixo à medida que a noite se assomava. Então o avião diminuiu de altitude, o que trouxe para foco uma terra grotesca. A bacia central, uma fortaleza natural desde a antiguidade, havia sido transformada em uma armadilha mortal. Montanhas haviam desmoronado sobre vilarejos, árvores haviam sido arrancadas do chão como ossos atravessando a pele e, em alguns lugares, a própria crosta havia sido fissurada. Cicatrizes de lava endurecida serpenteavam pela terra — mais do que Kasey já havia presenciado. Celia talvez tivesse enxergado beleza. Kasey viu apenas um lembrete brutal de um mundo indomado por seus donos humanos, se é que eles sequer mereciam esse título. Apesar de todas as suas inovações, eles eram microscópicos, um fato que se tornou dolorosamente evidente quando aterrissaram do lado de fora do hospel.

Outro termo ilusório.

Os hospéis das ecocidades eram todos como aquele que Kasey havia invadido: santuários relaxantes construídos para maximizar a experiência humana. Aquele hospel, construído para tratar vítimas de contaminação por radioáxons de uma usina nuclear a 20km ao norte, era tão frágil quanto um quiosque temporário e tão barulhento quanto uma fábrica; tinha como único produto a morte. Caminhões com o símbolo da União Internacional roncavam sobre o chão empoeirado. Equipes — incluindo membros das forças de defesa do Território 4 — corriam em passarelas de asfalto mal assentado. Nas ecocidades, havia um médico para cada cem cidadãos. Aqui, qualquer que fosse a proporção, não parecia ser o suficiente. Médicos certamente não seriam poupados para publicidade, e a que fora designada para atendê-los estava com o rosto vermelho e discutia com a equipe de filmagem do CP2 quando Meridian, Actinium e Kasey chegaram até ela. Ela parecia ter mais ou menos a idade de Celia.

Como Celia, ela não usava uma sobrepele.

Aquele lugar não era a ilha. Não era protegido por um escudo. Uma maca sacudia perto deles, carregando um corpo coberto por um lençol, e Kasey sentiu a boca secar.

— Onde está sua sobrepele? — perguntou ela para a médica.

— Acabaram. — Então a médica voltou sua atenção à equipe: — *Um* tour e acabou. — Mas a atenção da equipe havia se voltado para Actinium. Todos o observavam enquanto ele retirava sua sobrepele.

Ele colocou o equipamento nas mãos da médica.

A câmera voltou-se para Kasey antes que ela pudesse se recompor. A deixa silenciosa se prolongou.

Eu jamais te colocaria em perigo, Actinium havia prometido. Assim como Ekaterina. *Você não será exposta.* Mas promessas são construções humanas. Elas morrem lá fora, no mundo selvagem.

Kasey deveria ter se preparado.

Ela tirou sua sobrepele e sentiu a carne se contrair ao entrar em contato com o ar. Seu biomonitor a alertou sobre as toxinas que entravam em seu sistema. Só por um tempinho, ela disse a si mesma.

Só dessa vez.

Meridian começou a retirar a dela.

Apenas um mergulho.

Os dedos dela, percebeu Kasey, estavam tremendo.

Só mais uma viag...

— Não.

A câmera e o bumbo se viraram para Kasey.

— Estamos sendo filmados — murmurou Meridian baixinho. Kasey não se importava. Ela estava bastante ciente do preço que ela e Actinium teriam de pagar para convencer os outros a fazer o mesmo. Mas Meridian não precisava ficar no meio do fogo cruzado, e Kasey ficou aliviada quando a médica as interrompeu.

— Acabamos aqui? — A médica atravessou a trilha de asfalto e, vendo que eles ficaram para trás, gritou: — Vamos! Não tenho o dia todo!

Eles a seguiram por um trajeto estreito coberto por papelão e caixotes desmontados até o braço de um pavilhão. Faixas de PVC, presas com fita adesiva, formavam as paredes ao redor deles, entortando conforme andavam. O ar tornou-se acre com o cheiro de resíduos, humanos e químicos, e Kasey, que mal sobrevivera ao estrato-22, estava tonta quando chegaram a uma série de portas de placa de gesso colocadas nas paredes, que presumivelmente levavam aos quartos dos pacientes. No fundo de sua mente, ela sabia que não podia encarar outros humanos daquele jeito. Se ela vomitasse na frente das câmeras, arruinaria completamente o objetivo da visita.

— Espera — ela começou a dizer para a médica, interrompida pelo *bang*. O som foi causado pela queda de uma porta de gesso, de onde saiu um homem com um pacote nos braços.

Ele bateu de cara com a parede.

O PVC entortou, absorvendo o impacto. Mas Kasey não conseguia absorver o que estava vendo. Ela observava enquanto o homem batia no PVC outra vez, como se esperasse que ele cedesse. A fita adesiva o segurava.

Então ele se virou e avançou na direção deles.

— Não interajam! — gritou a médica.

Meridian se encostou na parede. Kasey cambaleou para o lado.

Actinium não se moveu. Ergueu a cabeça quando o homem estava quase sobre ele.

Ele recuou o punho.

Mais tarde, Kasey tentaria reconstruir a memória. A iniciação. A escalada. O que viera primeiro — o soco no rosto do homem, que fez o pacote cair de seus braços, ou a faca na mão dele? Mas aquele momento, como tudo mais naquela viagem, resistiria a ela. Não seguia nenhuma ordem além daquela determinada pela natureza.

Meridian gritou. A médica soltou um palavrão e chamou os guardas. Dois deles correram e agarraram o homem enquanto Kasey corria até Actinium e tentava segurá-lo. Ele se debatia em seus braços. Ela não estava preparada para a resistência dele — ou para o cotovelo, a ponta ossuda que se soltou e a atingiu no nariz.

O jato foi imediato. Quente. Kasey o soltou. Sua atenção se fragmentou entre o pacote no chão — sobrepeles, espalhadas e agora manchadas de vermelho — e depois para a equipe que se aproximava, com câmeras ainda ligadas. Em meio ao sangue que se acumulava em sua boca, ela conseguiu gritar:

— *Corta!*

∙ ∙ ∙

A médica nem sequer a olhava nos olhos quando entregou a Kasey um pouco de gaze para seu nariz.

Meridian ficara histérica.

— Você ficou *louco*? — gritara ela para Actinium. — Ele tava roubando umas sobrepeles! *Grande coisa!*

Actinium não dissera nada. Ele ficou da mesma forma que estava agora: com a cabeça abaixada, sentado no banco de caixotes, com o cabelo despenteado, um visor ao redor dos olhos, com as mãos fechadas em um punho sobre os joelhos e as juntas brancas enquanto Meridian ralhava.

— Meridian... por favor — dissera Kasey, o que irritou mais Meridian.

— Ah, então agora o problema sou *eu*?

Ela saíra furiosa. Talvez Kasey devesse tê-la seguido e deixado Actinium sozinho, mas algo a compelia a ficar sentada ao lado dele no banco. Ela ficara lá até seu nariz parar de sangrar, cinco minutos depois, embora o silêncio continuasse e ela não conseguisse encontrar um jeito de limpar o sangue da camisa dele, então as manchas também ficaram. Vermelho sobre branco, como quando ele quebrara o vidro, exceto pelo fato de que, naquela ocasião, Actinium estivera totalmente em controle. Agora, ela havia visto algo raivoso em seus olhos. Será que o caos dos arredores o havia infectado? Ou será que esse era o verdadeiro Actinium?

— Você precisa me contar a verdade — disse ela finalmente. Chegou uma mensagem de Ekaterina. Ela a ignorou. Ela havia tentado ficar tão imóvel quanto Actinium, como se compartilhar de sua imobilidade lhe pudesse permitir compartilhar de sua mente, mas ele era uma caixa-preta para ela. — Quem é você? — insistiu quando ele não respondeu. *Por que uma hora posso confiar em você, e na outra você me machuca?*

Silêncio. Então, em uma voz áspera:

— Acho que você já sabe. Fala — ordenou ele quando ela não o fez.

Kasey engoliu. O som explodiu em seus ouvidos.

— Andre Cole.

— Uma pessoa morta.

— Você nunca entrou no robocóptero. — Kasey adotou a mesma pose que Actinium, com as mãos nos joelhos e olhos no chão. Sua voz diminuiu: — Você construiu um robô.

As imagens da partida haviam revelado o segredo. Quando Ester derrubou a bolsa antes de embarcar no robocóptero, Andre Cole não se moveu. Nem mesmo para piscar. Reações a situações novas. A parte mais difícil de acertar em programação. Não era de se espantar que Actinium não sentira repulsa por sua violação da Lei Ester; ele havia feito aquilo antes dela. Construíra seu modelo com um grau de precisão admirável, mesmo que a mentira não fosse tão admirável assim.

— Uma pessoa morta que violou a lei dos próprios pais — corrigiu Actinium. Seu olhar ainda estava escondido dela quando Kasey se virou para ele. — Isso não te perturba?

— Não — admitiu ela. — Não tanto quanto você não aparecer em nenhuma das memórias da minha irmã. — Ela respirou fundo. Seu nariz latejou. — Por quê?

Por que você mentiu?

Por um longo tempo, Actinium não respondeu.

— Minhas intenções não deveriam importar.

Logicamente, não deveriam. Intenções, boas ou más, não afetavam as pessoas. Consequências é que afetavam. Foram as consequências das ações de alguém, bem-intencionadas ou não, que haviam matado Celia.

Mas Kasey queria saber. Aquilo desafiava a lógica. Se importar com Actinium, apesar da probabilidade alta de que ele havia mentido para ela de outras formas também, desafiava a lógica.

— Como esse mundo falhou com você?

— Do mesmo jeito que falhou com a sua irmã.

— A colisão foi um acidente.

Eles haviam compartilhado silêncios antes. Silêncios confortáveis. Silêncios dolorosos.

Aquele silêncio era úmido. A calmaria antes da tempestade.

— Um acidente. — Os ombros de Actinium começaram a tremer. Kasey ficou tensa; ela não era boa com lágrimas. Então ele ergueu a cabeça, e ela percebeu que ele não estava chorando.

— Isso é o que os meus pais gostariam que você pensasse. — Seus lábios estavam entre uma risada e um estremecimento. Seus olhos pretos brilhavam de dor. — Não, Mizuhara. Chame do que foi: assassinato.

|||| |||| |||| |||| |||| ||||
|||| ||

INCREDULIDADE. PESAR. RAIVA. CHOQUE. QUANDO termino de sentir todas as emoções que foram programadas em mim, o cronômetro na cápsula mostra 191 H 07 MIN 31 S.

Isso são quantos dias? Faço as contas. Facilmente. Mentalmente. Minha visão oscila quando noto essas coisas que fazem com que eu... não seja eu.

Em 7,96355 dias, a cápsula vai parar de funcionar. Todos estarão condenados, presos eternamente em estase, mas a primeira a morrer será a pessoa que empurrei. *Não é a minha irmã*, digo a mim mesma, quando finalmente fico de pé e recuo. Não é Kay. Kay não ia querer que eu morresse por ela. Não ia querer me matar como Herói. A diferença é que as situações são incomparáveis, porque Herói não tinha consciência de suas ações. Não tinha controle. Kay tem controle total — sobre si mesma e sobre mim. Ela me projetou para que eu não tivesse escolha sobre minha própria vida, nenhuma dignidade na minha própria morte.

Perceber isso é o que, no fim das contas, me dá forças para ir embora.

Deixo as instalações, determinada e destemida diante da perspectiva de emergir do fundo do oceano e nadar de volta para a ilha. Ou ao menos é o que digo a mim mesma. Porque nado rápido demais, como se estivesse com medo de talvez me arrepender da minha decisão e, quanto mais tento escapar, mais meu corpo fica entorpecido e a linha entre minha consciência e minha... *programação* se esfuma e as memórias retornam, embora não sejam minhas; não quero...

• • •

De volta ao domo.

• • •

De volta à superfície.

• • •

De volta ao domo, *no* domo, parada diante da cápsula de estase. O cronômetro brilha na porta.

164 H 18 MIN 59 S

6,84651, minha mente pensa, até que extirpo a dúvida — junto com meu corpo —, e saio correndo antes que ambos sejam dominados outra vez.

• • •

De volta à superfície.

Dessa vez, vou devagar. Cada braçada dói. Parece que estou nadando em pedras.

Nascer do sol, pôr do sol, nascer do sol.

Restam cinco dias agora.

Estou tão cansada.

Tão fraca.

Vejo terra. Será que estou alucinando? Ou — pior — será que voltei para o domo e não posso confiar na óptica da minha mente?

Não, estou na praia. Essa coisa áspera... é areia.

Desabo sobre ela, sem ossos. Sem cérebro. Eu poderia desmaiar. Mas não cheguei tão longe só para deixar meu inconsciente recuperar o comando.

Me forço a ficar de pé.

Estou de volta à ilha e nunca me senti tão feliz. Vejo a casa — e me encho de energia quando lembro de quem está nela.

Aquela energia se transforma em desconforto quando entro na cozinha. Há poeira cobrindo as bancadas. Quanto tempo se passou? Lembro do meu nado excruciante. Dois dias para voltar à ilha na minha última tentativa, mas, considerando todo o tempo que perdi no meio disso e o tempo que levei para chegar ao domo pela primeira vez, isso significa...

— Faz cinco dias que estou fora.

— Concordo — diz U-me, vindo da sala.

Cinco dias que Herói está amarrado.

Ele está consciente quando entro no quarto de M. M. Há pouco tempo, espero. Mesmo que não precise de comida ou água para sobreviver, ele não *sabe* disso, e nem vale a pena perguntar se ele está bem. Quem estaria, depois de ficar preso a uma cama por cinco dias? Incapaz de olhá-lo nos olhos, foco em desamarrá-lo, uma tarefa que se tornou mais difícil porque seus punhos e tornozelos incharam ao redor da corda e, enquanto me esforço, é ele quem faz a pergunta:

— Você tá bem?

Sua voz é suave como sempre. Meus dedos param e cometo o erro de olhar para ele. Sob seus olhos cor de céu, me sinto transparente. Me pergunto se ele consegue ver a assassina debaixo da minha pele — a garota que o matou e a garota que, nos próximos dias, também vai matar sua suposta irmã.

Será que ele se afastaria do meu toque se soubesse o que essas mãos são capazes de fazer?

Mas, quando Herói diz "Pelo jeito, tentei te matar de novo", lembro que sou a única de nós dois a saber que nosso lugar no universo se transformou para sempre. Este garoto não é mais a maior ameaça à minha existência. A verdade é muito mais sinistra.

E meu primeiro instinto é proteger Herói dela.

— Não, amor. Você não fez nada do tipo.

A mentira sai facilmente. Será que já fiz isso antes? Tentei proteger alguém com quem me importava? Ou essa seria Celia? Quem sou eu? Celia ou Cee?

— Então... — As palavras morrem na boca de Herói, tentando entender a situação.

— Eu disse, não disse? — Ataco os nós com determinação renovada. — Tenho meus fetiches.

Desfaço o último nó. As cordas caem e Herói faz uma careta ao flexionar os punhos. Sua dor dói em mim e, alarmada, descubro que ainda me restaram lágrimas para chorar. Quando fungo, Herói ergue os olhos.

— Cee?

Antes que ele consiga me perguntar qual é o problema, eu o silencio com um beijo. Engulo suas perguntas, engulo minhas lágrimas e saboreio a forma como ele disse meu nome — não como uma letra ou como a terceira versão de um experimento. *C-E-E*, lembro de soletrar para ele. Desde o começo, ele disse meu nome como se eu fosse real. Eu *sou* real, decido. Sou Cee. Não Celia, tão estranha para mim quanto Kay. Não preciso de nenhuma delas. Posso ser feliz comigo mesma. Viver por mim mesma, a serviço de mais ninguém.

Ou, ao menos, viver pelas pessoas que realmente se importam comigo.

— Você tá bem? — pergunta Herói de novo, interrompendo o beijo. Interrompendo-o, acho, apenas para perguntar. Seu rosto, aninhado entre as minhas mãos, brilha de preocupação. Ele ergue as dele para cobrir as minhas. — O que aconteceu?

Ele não pergunta *"Por que você voltou?"*, mas ouço a pergunta de qualquer jeito e de repente sinto que o decepcionei. Ele estava torcendo por mim, a única de nós com memórias, torcendo para que eu conseguisse. Sair desta ilha. Encontrar minha irmã. Cumprir meu destino cósmico. Ele não sabe, é claro, que os humanos fabricaram nossos destinos. E nunca saberá. Não vou machucá-lo da forma como não-Kay me machucou. Somos tão reais quanto acreditamos ser.

— Você tinha razão. — Levo sua mão direita, ainda entrelaçada à minha, até os meus lábios e beijo seus dedos. — Não tem nada pra encontrar lá fora.

38

AQUILO NÃO PODIA ESTAR CERTO.

Assassinato. O robocóptero estava no modo automático. Os únicos passageiros eram Genevie e os Cole. As coordenadas de destino haviam falhado no meio do voo. Era um problema de funcionamento — um erro técnico —, Kasey disse a Actinium. O riso frio do rapaz morreu.

Ele ficou de pé.

Caminhou pelo corredor improvisado.

Por mais imperfeitas que fossem, as paredes de PVC ainda ofereciam alguma proteção contra os microcinógenos e radiáxons, cujos níveis aumentaram quando Kasey seguiu Actinium até o lado de fora. Seu biomonitor apitou; o aviso foi consumido pela cacofonia do trauma e da triagem ao redor deles, mas mesmo aquilo desapareceu à medida que caminhavam.

Eles pararam em um ponto de desembarque na extremidade da entrada do hospel. Um lamaçal engolia a terra.

— Humano. — A voz de Actinium era tão sombria quanto a noite ao redor. — Um erro humano, não técnico.

Kasey esperou ele explicar. Diante de seu silêncio, perguntou:

— O que aconteceu?

— Mais ou menos o que aconteceu aqui. Um megaterremoto. Vítimas desesperadas por ajuda. — Ele pôs as mãos nos bolsos. — Confundiram o robocóptero com um avião de suprimentos. Hackers tentaram redirecioná-lo para o vilarejo. — Ele fez uma pausa como se desse de ombros. — Falharam, evidentemente.

Seu ar casual disfarçava o peso da confissão.

Como você sabe? É o que outra pessoa teria perguntado, mas Kasey confiava na habilidade de Actinium para hackear qualquer informação que desejasse, mesmo que não pudesse confiar nele. A verdadeira questão era:

— Por que o resto do mundo não sabe?

— O acontecimento foi cognicizado das mentes dos envolvidos.

— Isso não...

— Estava no testamento deles. Dos meus pais. Da sua mãe. Eles sabiam dos riscos que acompanhavam a linha de trabalho deles. — Em sua boca, *a linha de trabalho deles* soava como um eufemismo para alguma coisa horrível em vez da filantropia que era. — Eles entendiam que qualquer *acidente* em territórios externos, por assim dizer, seria usado para impedir o progresso humanitário e dar munição para adversários políticos da CASA.

— E o robô? — Será que aquilo era uma medida preventiva também? Teria a irrepreensível Ester Cole desprezado suas próprias crenças sobre a separação de humanos e robôs para proteger o filho daquelas viagens de ajuda?

— Foi coisa minha — disse Actinium simplesmente. — Eu estava tentando provar uma coisa. Depois da viagem.

A frase parou ali. Ele fez soar como se tivesse parado de falar propositalmente. Mas Kasey havia ouvido o gancho em sua voz. Ele tivera a intenção de continuar, mas não conseguiu. *Depois da viagem...*

Ele teria mostrado à sua mãe que robôs não eram diferentes de humanos.

Kasey não sabia o que dizer. Ela era ruim em consolar pessoas — tão raramente entendia suas dores —, mas agora entendia. Intimamente. Ele conduzira um experimento inocente com ramificações que iam além de sua imaginação. Era como a própria história de Kasey, exceto pelo fato de que o despejo não chegava nem perto daquilo, de se tornar, da noite para o dia, o único Cole vivo. A confusão que ele devia ter sentido. A paranoia e, pior de tudo, a impotência.

A impotência esmagava Kasey agora.

— Actinium...

Ele a interrompeu.

— Não preciso da sua pena. Só preciso de você.

Você. Kasey.

Ele precisava de Kasey.

Kasey, não Celia.

Impossível. Impensável, ainda mais do que Actinium não aparecer nas memórias de Celia, o que lembrou Kasey:

— A Celia...

— Ela veio até mim. Pediu para a Intraface dela ser destruída. Nunca menti pra você.

Não podia ser. Celia... Kasey... mas a ilha... *o escudo*.

— Leona? — soltou Kasey, com o cérebro em curto-circuito.

— O que tem ela?

— Como você conhece ela, se não por causa da Celia?

Ele respira fundo.

— A Leona é minha *tia*, Mizuhara.

Tia. Kasey precisou de um segundo para enxergar. Não a semelhança — eles não se pareciam em nada —, mas as peças. Como elas se encaixavam naquela nova equação. O escudo, feito por Actinium. O robô educador — *um presente*, Leona havia dito, *da minha irmã*. Ester Cole, de cuja unidade Celia gostava pelas mesmas razões pelas quais gostava da casa na praia. A mobília era degradável. Impermanente. O chão tinha marcas que eram como cicatrizes. *O lugar era amado*, Celia teria dito.

Amor. Uma emoção engraçada. Certamente teria motivado Leona a insistir que Actinium vivesse com ela. Se ela soubesse que ele estava vivo, é claro. Teria ele modificado o próprio rosto como fizera com seu ID? Teria ele se aproximado de Leona sob um disfarce, como fizera com Kasey? *Por quê?* Kasey cruzou os braços, abraçando a si mesma. *Por que eu?* Esforçar-se tanto apenas para se aproximar *dela*. O pensamento a agitava; parecia-se mais com uma traição do que o fato de Actinium ter ocultado sua verdadeira identidade.

— O que você disse para a Leona? — perguntou ela, antes que sua mente girasse ainda mais.

— Que eu havia escapado de uma tentativa de assassinato.

Um acidente. Não uma tentativa. Não foi intencional.

Mas o mesmo poderia ser dito sobre muitos erros humanos. O vazamento de um cano: um acidente. Um aterro atingindo um lençol freático: não intencional. *Erro humano.* Essa era a causa do acidente para Actinium, e Kasey sabia que ele podia provar aquilo como se fosse um teorema.

Terremoto × humanos minando a terra até o limite = megaterremoto; megaterremoto × usinas nucleares e químicas construídas por humanos = desastre de saúde pública; desastre de saúde pública × desespero humano = 1 sequestro de robocóptero. Obtenha o fator comum.

Humano.

— Convenci ela que era mais seguro eu ficar disfarçado — continuou Actinium, e Kasey ouviu tudo que ele resumiu em uma só palavra. *Disfarçado*: um órfão de 10 anos decidindo agir anonimamente. — Eu sabia o que queria. — Não uma vingança olho-por-olho, mas uma mudança em larga escala. Desastres não são causados por indivíduos. — Por mais que demorasse, eu estava decidido a fazer isso sozinho. Então descobri o relatório do CP2. Sobre você. Sobre os seus robôs. Você sabia do meu segredo não dito — disse Actinium, suavizando a voz, e Kasey sentiu um arrepio na espinha ao ser transportada de volta para o píer, parada ao lado de Actinium, como agora, a tempestade ao redor também dentro deles, sua verdade mais sombria compartilhada sem uma palavra dita. — Eu me perguntava: o que mais na minha mente também existia na sua? O que poderíamos conseguir se trabalhássemos juntos? — Ele ergueu os olhos para o céu, embora não houvesse nada para ver. O brilho das estrelas fora há muito tempo ocultado pela fumaça onipresente. — Setenta e sete estratos entre nós, e ainda assim me senti mais próximo de você do que quando estávamos a apenas um andar de distância. Eu esperava, se as circunstâncias permitissem, que fôssemos nos encontrar novamente. Agora nos encontramos, e agora você sabe. — Actinium finalmente olhou para ela. Seu olhar era solene. — Todos os meus segredos, os ditos e os não ditos.

A noite pareceu se expandir. Engoliu o som da vida e da morte, transportou o hospel a um universo distante. Absorveu o corpo de Kasey; ela era um aglomerado de sinapses, disparando de uma emoção para a outra. De simpatia a suspeita a empatia a desconforto. Para Actinium, a gravidade não existia na Terra. A gravidade existia *nela*. Era inebriante. Esmagadora.

Não podia impedi-la de voltar à compaixão que Actinium não pedira.

Assim como a aparição de Meridian havia tirado Kasey de órbita, o mesmo aconteceu ao descobrir que ela e Actinium não estavam sofrendo pela mesma ferida recém-aberta. Em sete anos, ela poderia estar como ele. Ainda sangrando. Um fantasma de verdade, morto no que dizia respeito ao mundo.

— É isso que você realmente quer? — perguntou ela.

A distância entre eles não mudou, mas a carga magnética sim. Todas as emoções de Actinium eram tão parecidas com as de Kasey que eles podiam ter fisicamente repelido um ao outro.

— Você responde — disse ele, depois lhe enviou um arquivo.

Um documento confidencial do CP2, além do nível de permissão de Kasey. O texto era denso, mas Kasey estava acostumada a fazer leitura dinâmica à procura de pontos-chave.

O primeiro já estava destacado no título em negrito.

... vazamento de cano no fundo do mar...

O resto veio rápido... *Limpeza em andamento... risco mínimo à população... tráfego limitado no oceano... efeitos adversos moderados de saúde para a maioria... baixa probabilidade de efeitos graves... evitar pânico... a parte responsável arcará com os custos...* Um redemoinho de palavras, atraindo seu olhar para o fim do documento, onde ela viu um rosto familiar em meio a uma fileira de rostos.

Um nome familiar.

A família inteira, residindo cinquenta estratos abaixo dos Mizuhara.

Os assassinos de Celia, descobertos por Actinium.

— Eles não estão apenas aqui fora. — A voz dele era baixa em comparação ao pulso de Kasey. — Eles estão entre nós também, nas nossas cidades, dependendo de nós para protegê-los de um mundo que *eles* arruinaram. E, apesar disso, apesar de seus níveis, eles acham que merecem mais.

— Quem?

Uma voz, atrás deles.

Sentindo o coração desacelerar, Kasey se virou.

Meridian estava parada a vários metros de distância, uma silhueta contra a luz do hospel.

O quanto ela havia ouvido?

— Quem vocês acham que arruinou o mundo?

Aquele tanto, no mínimo. Mas a situação não estava perdida. Tudo que Kasey precisava...

— Todos com níveis de cerca de cinco dígitos ou mais — disse Actinium. Kasey olhou para ele, horrorizada. *Por quê?* Mas ela sabia por quê. Era a mesma lógica que o levou a compartilhar o arquivo do CP2 com ela. *Lembre-se: você também tem algo a perder com isso.* — Ou aqueles que poluem — continuou Actinium, colocando para fora as palavras que ele e Kasey compartilhavam na calada da noite. — Se foi no passado ou no presente é irrelevante, já que todo dano ambiental é permanente dentro do nosso tempo de vida.

A noite pareceu prender a respiração.

— Vai se foder. — Meridian cuspiu em Actinium antes de se virar para Kasey. — E aí? Fala alguma coisa.

Alguma coisa. As pessoas raramente eram literais e Kasey sabia que Meridian não queria de fato que ela dissesse *alguma coisa*, mas que refutasse tudo. Que negasse que os pensamentos de Actinium já haviam cruzado sua mente. Que mentisse. Era o que SILVERTONGUE teria recomendado, considerando as configurações de conflito mínimo que Kasey definira quando o instalou. Conflito mínimo ainda era o que ela desejava. Ela abriu a boca.

Sua garganta se fechou.

Raiva não era tudo que sentia, mas era uma parte de quem era, e ela estava cansada de esconder partes de si, por mais inumanas que fossem, das pessoas.

Seu silêncio disse tudo. Meridian recuou. Alguma coisa surgiu em seu olhar, e Kasey simultaneamente temia e abraçava a acusação dirigida a ela. A verdadeira razão por trás da missão dela e de Actinium, revelada. A farsa desmascarada...

— Então é por isso que você nunca se ofereceu para ajudar.

Kasey piscou, sem entender.

— Ajudar?

— Ah, por favor! — rosnou Meridian. — A sua mãe criou a Lei CASA! O seu pai é responsável pela imigração! Você podia ter falado alguma coisa sobre os meus parentes se quisesse!

A ideia nunca havia ocorrido a Kasey. Aquilo fazia dela uma pessoa ruim? Ou fazia dela... Kasey?

— Você nunca pediu.

— Pedi o quê? Caridade?

Bom, sim. Não era isso que era aquilo? Pedir não mudava a natureza do favor. Além disso, Meridian não era como Kasey. Ela deixava suas opiniões e necessidades bem claras.

Mas quando Kasey aprenderia que os humanos eram complexos e cheios de contradições?

— Sempre faço coisas pra *você* sem você pedir! — disse Meridian, e Kasey ficou espantada ao ouvir seu ressentimento. — Enquanto isso, o que você fez? Ignorou todas as minhas mensagens desde semana passada. — Não era pessoal; David poderia ter lhe mandado uma mensagem dizendo que estava se mudando para a lua e Kasey o teria ignorado também. — Quando vejo, você virou amiga *dele*. — Meridian apontou um dedo na direção de Actinium. — Onde *ele* estava quando ninguém queria sentar com você? — No estrato-22, mas aquela não era a resposta que Meridian queria, nem era a resposta que Kasey queria dar: *ela* não precisava de ninguém.

Meridian respirou fundo, depois continuou:

— Você sabe o que ele é? Ele é do tipo privilegiado-pra-caramba. Do tipo que tira a sobrepele e a entrega para uma médica porque ele é *tão* heroico, do tipo que provavelmente viaja pra fora pra ter uma experiência *imersiva*.

Do tipo privilegiado-pra-caramba.

Do tipo que tira a sobrepele.

Do tipo que viaja pra fora pra ter uma experiência imersiva.

— O que você pode contar pra *ele* e não pra *mim*? — perguntou Meridian, e Kasey pensou que ela talvez estivesse de fato doente, especialmente quando Actinium se juntou a elas.

— Continua, Mizuhara. — Seu tom era impossivelmente debochado. Quando Kasey encontrou os olhos dele, ela sabia que estava exatamente onde ele queria: encurralada. *Escolha*, ele lhe dizia. *Eu ou ela. Justiça ou complacência. Você ou todos os outros.* — Fala a verdade pra ela. Fala quem matou...

Crack.

A mão de Actinium se ergueu.

Kasey fechou a dela.

Se ela apertasse bastante os dedos, poderia apagar a dor em sua palma direita. Mas não podia apagar a marca no rosto dele, que já estava ficando vermelha.

Era a única coisa que ela podia pensar em fazer, pará-lo. O público poderia especular o quanto quisesse sobre a morte de Celia, reduzir uma garota a seu nome e foto e pintá-la de acordo com suas suposições. Mas a verdade pertencia a Celia. E Kasey a protegeria — protegeria Celia — não importava o custo pessoal. Ela se afastaria do mundo se fosse preciso.

Ela se afastaria dos dois lados.

— Não sei mais quem você é — disse Meridian, encarando Kasey. — Você é tipo... uma pessoa diferente.

Não, Kasey se imaginou dizendo. *Só não sou quem você quer que eu seja.* Ela diria aquilo para Meridian *e* para Actinium.

Ela se afastaria dos dois.

Mas ela também não era quem ela queria ser, e foi Meridian que se afastou dela primeiro, depois Actinium. Eles a deixaram sozinha.

Kasey disse a si mesma que preferia assim.

||||| ||||| ||||| ||||| ||||| |||||
||||| ||||

ONTEM À NOITE, TENTEI SAIR da casa. Os arranhões na porta são a prova. É neles que meus olhos focam logo que acordo, depois de espantar o sono, parada de pé diante de cinco longas faixas de verniz descascado, uma para cada dedo latejante da minha mão direita. Sabe de que coisa tenho menos que cinco?

Dias para encontrar Kay.

Se eu mudar de ideia.

Não vou. Não posso. Isso não só seria o meu fim, como também o de Herói, que, creio eu, provavelmente também foi programado para se desligar, satisfazendo a ética humana. E não posso acabar com Herói, que está apagado no sofá a apenas um quarto daqui. Eu também estava, antes de sair andando enquanto dormia até a porta e tentar arrancá-la. Nós dois estamos exaustos — ele de me dar tanta atenção ontem e eu de manter meu papel de devastada porque não encontrei minha irmã. Não foi difícil. Meu coração bombeou um fluxo constante de culpa. Mas então os sonhos vieram à noite; minha mente inconsciente tentando me fazer atender à vontade de Kay como foi programada, e agora um sabor amargo enche minha boca. Não vou ser manipulada desse jeito.

Mesmo que eu me lembre de todos os nossos passeios ao mar.

Mesmo que eu me lembre de como magoei Kay depois da morte de mamãe.

Mesmo que eu me lembre do dia em que quase a perdi completamente.

Esfrego os olhos. As marcas de unha não desaparecem.

U-me desliza até mim. Juntas, refletimos sobre a porta.

— Tentei quebrar a porta.

— Concordo.

Quantas coisas eu fiz que não sei? Melhor ainda, quantas coisas *Herói* fez que ele não sabe? Ele não se lembra de tentar me matar. Mas e se houver mais coisas?

Uma suspeita percorre minha pele. Olho para U-me.

— Herói desamarrou a corda aquele dia na cordilheira.

— Neutra.

Se ela estava comigo, ela provavelmente não viu.

Mas ela não estava comigo na manhã em que acordei no oceano. Ela estava bem aqui, nesta ilha com Herói, enquanto eu estava ocupada me afogando, sem noção de tempo, entre meu desmaio e a hora em que acordei e descobri que Leona havia sumido.

Mordo meus lábios.

— Herói se livrou de Leona.

— Concordo.

— Você permitiu.

— Concordo.

Traída por meu próprio robô.

— Mas *por quê*?

Não estou brava. Como poderia estar? Toda a minha missão de construir um barco e deixar esta ilha foi fabricada. É *bom* que Herói tenha soltado Leona no mar, mesmo que ele não tenha feito isso intencionalmente. É só que... eu me lembro do pânico. Da mordida cruel do desespero, como areia em lugares que não alcanço. A dor de perder Leona depois de perder Hubert... tudo em vão.

— Por quê? — pergunto outra vez.

U-me chia.

Transformo minha questão direta em uma afirmação.

— Você queria que eu ficasse.

— Concordo plenamente.

Sinto um aperto no peito.

— Vou ficar — digo, primeiro para U-me e recebo um "Concordo plenamente". Em seguida, digo para esta casa: — Vou ficar — digo uma terceira vez, para mim mesma.

Não vou a lugar nenhum.

Um puxão no estômago.

Este é o meu lar.

O puxão se transforma em uma dor afiada, perfurante.

Minha família.

Arquejo, de dentes cerrados, com uma mão sobre o estômago como se segurasse minhas entranhas e a outra arranhando a maçaneta.

Quando dou por mim, a porta está aberta. Estou correndo pela areia. Paro de súbito prestes a alcançar as ondas; meus músculos se contorcem contra o que *eu* quero e o que meu corpo foi levado a querer. Caio de mãos e joelhos, bloqueada. É um dia de ventania. A areia seca salpica as solas dos meus pés descalços. Quando a maré avança, a espuma quase encontra meus dedos.

Me encontre.

Recuo, desajeitada, e enterro minhas unhas quebradas na areia. Esse não pode ser o resto da minha vida. Simplesmente não pode. Tento me lembrar do que Kay me explicou, como meu nível de felicidade determina se o comando "me encontre" é executado. Relembro todo o sofrimento pelo qual passei nesta ilha.

A dor no meu estômago desaparece.

Penso em Herói. Em U-me. Em alegrias simples, como observar um pôr do sol ou comer um biscoito de taro. Penso nos momentos e nas memórias que fiz e que podem ser verdadeiramente chamadas de minhas, e a dor reacende. As memórias falsas sangram sobre as reais.

É doentio que minhas memórias sejam o parâmetro. Mas posso me adaptar. Alterno entre lembrar momentos de sofrimento e alegria até que meu corpo se ajusta à gangorra de reações físicas. Não posso impedir a dor, mas posso me impedir de fazer suas vontades.

Estou suada e vazia por dentro quando me sinto preparada para voltar à casa. Me arrasto de volta para o sofá, onde Herói ainda dorme, e me encolho ao seu lado, deixando o ritmo de sua respiração ser um metrônomo para a minha.

Por favor, penso, fechando minhas pálpebras pesadas e enfiando minhas mãos doloridas debaixo dos cotovelos. *Me deixa dormir sem sonhar.*

E, felizmente, é o que acontece.

Quando acordo, ainda estou no sofá. O espaço ao meu lado está vazio. A coberta está puxada até o meu queixo e desliza quando me levanto. Uma unha quebrada fica presa na fibra do carpete e estremeço — então sinto o cheiro do ar.

Alguém está cozinhando.

Caminho até a cozinha e sou recebida pela imagem de panelas e frigideiras borbulhando no fogão, uma porção de taros na tábua de corte e Herói vestindo um suéter azul-acinzentado com decote em V e um avental com estampa de galo, saltando ao redor de U-me com uma panela em uma mão.

— Bom dia — diz ele quando me vê no vão da porta. — Ou, devo dizer, boa noite.

Mostro a língua, depois aceno para todos os pratos na mesa.

— O que tá rolando?

— É... não, U-me!

U-me bate no cabo de uma panela e a sopa escorre como lava do fogão ao chão.

— Deixa comigo — diz Herói, arrumando a panela virada e colocando-a na pia enquanto joga uma toalha sobre a bagunça. — Senta. É uma refeição pra celebrar a sua volta.

Refeição pra celebrar a minha volta. Herói puxa uma cadeira para mim. Eu me sento. Sorrio, apesar da voz metálica e debochada no fundo da minha mente. *Bem-vinda de volta à ilha! Sua vida é uma mentira! E agora você está enganando a única outra pessoa que merece saber! Viva!*

— Não precisava, amor.

— Mas eu quis. — Herói me passa uma tigela de purê de taro e, novamente, uma memória de comer um purê de batata chique com Kay ressurge; só que, dessa vez, lembro que fizemos isso holograficamente. A comida era tão falsa quanto essas lembranças. E esta comida diante de mim deve ser falsa também. Não preciso comê-la para sobreviver. Na verdade, aposto que se eu parasse de comer e "passasse fome", então minha necessidade programada de encontrar Kay acabaria. *Condições não mais habitáveis: cancelar comando.*

Mas que tipo de vida é essa? Não quero ceder partes da minha humanidade apenas para preservá-la. E também não quero viver para sempre à sombra de Kay. Esta ilha é o problema: estou a apenas dois dias de nado de Kay, mais um bilhão de corpos no mar. A imagem acaba com o resto do meu apetite.

— Andei pensando... — Limpo o muco da garganta. — Acho que a gente devia sair da ilha.

Silêncio.

— Você disse que não tem nada lá fora — diz Herói lentamente. Com gentileza.

Paraliso.

Merda.

— Se a gente navegar por tempo o bastante, talvez a gente ache alguma coisa — digo, tentando disfarçar meu deslize. Se a *maioria* das memórias de Celia for confiável, então deve haver outras terras lá fora com abrigos prontos para os humanos quando eles ressurgirem. — E eu pensei que... — Molho os lábios — Bom, pensei que a gente pode tentar encontrar minha irmã juntos.

Odeio isso. Odeio isso, odeio isso, odeio isso.

Preciso fazer isso. Dizer que não me importo seria muito suspeito.

Herói franze o cenho.

— Mas e a comida?

Então voltamos à razão original pela qual eu não podia levá-lo comigo.

— A gente pode estocar.

Herói olha para os pratos na mesa. São praticamente todas as receitas possíveis com taro que existem e, mais importante, todos os taros.

— Desculpa. Eu não teria...

— Tudo bem. Sem pressa.

Sem pressa.

A culpa se solidifica e entope meu coração. *Mais quatro dias.* Eu consigo. Quatro. Breves. Dias. Vou trancar a porta toda noite e fazer U-me ficar de vigia se for preciso. Em quatro dias, essa indecisão vai passar, porque não haverá nada para decidir. Só preciso aguentar até lá... depois que a cápsula falhar... depois que ela, Kay — não, a não-Kay...

— Cee?

O som do meu nome me arranca dos meus pensamentos e me traz de volta ao presente, onde meus dedos estão tingidos de branco ao redor do cabo do garfo e Herói meio que se levantou da cadeira.

Enfio uma garfada de taro na boca antes que ele venha até mim.

— Hmm. Muito bom.

Lentamente, Herói volta a se sentar. Enrugo o rosto dramaticamente.

— Mas tá faltando alguma coisa...

— O quê? — pergunta ele, receoso, não totalmente convencido.

Estou dedicada à minha farsa.

— Manteiga, eu acho.

Herói leva um garfo à boca cuidadosamente. Mastiga, depois decide entrar na brincadeira.

— Acho que falta alho.

— Eca.

— Eca? — Ele soa tão ofendido quanto eu fiquei quando ele rejeitou meus nomes. — Qual é o problema do alho?

— Bafo de alho, esse é o problema.

— Quem liga pra isso?

— Eu ligaria se você tivesse — digo, erguendo as sobrancelhas sugestivamente.

É fofo ele ainda ficar corado.

— É por isso que você também tem que comer.

— Eu não.

— Você nem saberia se eu colocasse um pouquinho.

— Você não ousaria — digo. A expressão no rosto de Herói diz o contrário. — É isso. Você tá banido da cozinha. A partir de agora, eu sou a chef.

— Não, por favor. Então nada de alho — diz Herói, rápido demais, me deixando genuinamente ofendida. Eu me levanto e ele ergue o garfo, como se estivesse se defendendo, seus olhos acesos com o riso. Então seu rosto enrijece. Seu corpo espasma.

O garfo cai da mão dele.

40

DING. UMA MENSAGEM DE EKATERINA.

Ding. O vídeo de Actinium lutando contra o homem do Território 4 havia vazado e estava viralizando.

Ding. Delegados estavam retirando o apoio à Operação Reinício.

Ding. O avião estava prestes a partir.

Ding. Onde estava Kasey?

Atualmente? Sentada no chão do lado de fora do hospel, encostada na parede de PVC. Ela não queria de fato estar ali, mas não se sentia confortável em nenhum outro lugar; então ela ficou, observando das laterais enquanto ordens dadas aos gritos eram ignoradas, vítimas chegavam em macas e partiam em sacos. Suprimentos entravam nas enfermarias improvisadas e saíam em tambores de metal com resíduos biológicos tóxicos. Médicos corriam de um lado para o outro, carregando coisas, derrubando coisas.

Bam. Kasey recuou quando uma caixa caiu e virou, a centímetros de seus pés.

— Argh! — A médica se agachou e juntou os toxímetros derramados. Kasey engatinhou até ela para ajudar. Enquanto enchiam o compartimento, os números nos toxímetros chamaram a atenção de Kasey. Os níveis de radioáxons e microcinógenos não batiam com as leituras de seu biomonitor.

Ela se virou para a médica.

— Estão quebrados.

— Eu sei — disse a médica. Ela enfiou o último dos toxímetros na caixa, a colocou debaixo dos braços e se levantou.

Kasey levantou-se também, cada vez mais preocupada diante da indiferença da médica.

— Não é seguro usar eles.

A médica lançou-lhe um olhar.

— Eu sei.

Em frente ao hospel, uma frota de caminhões da União Internacional fora estacionada, cada uma designada para um trabalho diferente. Kasey seguiu a médica até o caminhão de lixo e a observou despejar todos os toxímetros lá. Observou mais um pouco quando a médica, depois de limpar as mãos, tirou uma pequena caixa retangular do bolso no peito de seu traje de proteção e puxou um filamento cilíndrico. Ela colocou fogo no filamento e o inseriu entre os lábios, sugando profundamente, exalando uma pluma cinzenta. Não era inodora, como os alucinógenos populares nas ecocidades, e irritava os pulmões de Kasey.

— Você não é daqui, né? — perguntou a médica quando Kasey tossiu.

— Não.

— Deixa eu adivinhar. Cidade-VR?

Cidade-virtual, era como Celia chamava seu lar. Mesma coisa, supôs Kasey, e assentiu.

— Imaginei — disse a médica, inalando mais poluição do ar. — Se você morar aqui por tempo o bastante, vai aprender a não sair por aí confiando em tudo. — Ela acenou com a cabeça na direção dos toxímetros que se juntaram à pilha de trajes cirúrgicos e bolsas de soro murchas. — Metade dos toxímetros distribuídos pelo governo é adulterada. Os níveis só vão até certo ponto. Dizem que é uma "medida antipânico". — Inalando uma última vez, ela soltou o filamento no chão, onde ele brilhou, uma faísca na escuridão, antes de desaparecer sob o sapato da médica.

— Você devia colocar uma sobrepele — disse ela para Kasey, arrastando a sola do sapato. — Seus órgãos apodrecem aí, sim, é uma merda das grandes.

Então ela foi até o hospel, deixando Kasey ao lado do caminhão com sua fumaça e suas palavras.

Ela reabriu o arquivo do CP2 que Actinium lhe enviara. Releu-o, com calma, como teria feito mais cedo ou mais tarde. Apenas acabou sendo mais cedo, graças àquela conversa, que ela encontrou a informação que estava procurando. A data do vazamento.

Foi antes, não depois, do dia em que ela e Celia foram ao mar.

Duas semanas inteiras antes.

O oceano já havia sido envenenado.

Apesar de Kasey checar a água com um toxímetro distribuído pelo CP2.

Apesar da leitura: **SEGURO PARA CONTATO COM A PELE**.

120 bpm. 130 bpm. 140 bpm. ALERTA! De seu biomonitor. Seus batimentos cardíacos chegaram à zona anaeróbia. Alguém estava falando com

Kasey. Gritando seu nome sem parar. *Vá embora*, pensou Kasey. Disse. Em voz alta. O som de sua voz a trouxe de volta para o mundo e ela viu que era um robocóptero do CP2. Não estava ali há um segundo — ou teriam se passado minutos ou horas? —, mas estava ali agora, pairando diante de Kasey e causando um escândalo.

MIZUHARA, KASEY, por favor, embarque. MIZUHARA, KASEY, por favor, embarque.

Kasey embarcou.

E esmurrou a janela.

A dor se espalhou por seu braço.

140 bpm. 150 bpm. 160 bpm.

Foi assim que Actinium se sentiu? Quando descobriu que os pais haviam morrido sem ele, porque ele havia embarcado como um robô? Porque a única coisa em que Kasey conseguia pensar era que Celia havia morrido porque Kasey fora acolhida. Protegida. Dos pés à cabeça, embrulhada tão perfeitamente em sobrepele e óculos protetores que seu biomonitor não disparou na água. Na água envenenada. Ela havia usado o toxímetro. Confiado nos números. Seu erro não fora confiar na tecnologia.

Fora confiar nos humanos a quem a tecnologia servia.

Enquanto o robocóptero voava, levando-a de volta para a embaixada como lhe fora ordenado, Kasey geolocalizou David Mizuhara.

Surpreendentemente, ele estava em casa.

Ela abriu o aplicativo de projeção holográfica em sua Intraface e apertou LOGIN.

Nenhuma cápsula de estase detectada. Continuar?

SIM

Alerta! Projetar-se holograficamente sem uma cápsula de estase aumenta o risco de ataque cardíaco.

CANCELAR

Estou ciente dos riscos e os aceito.

ACEITO

𝍷𝍷𝍷𝍷 𝍷𝍷𝍷𝍷 𝍷𝍷𝍷𝍷 𝍷𝍷𝍷𝍷 𝍷𝍷𝍷𝍷 𝍷𝍷𝍷𝍷
𝍷𝍷𝍷𝍷 𝍷𝍷𝍷𝍷 I

ELE SE CONTORCE COMO UM corpo sem espírito e larga a cabeça sobre as mãos. O garfo ainda está tilintando no chão quando corro até ele e me ajoelho.

— O que foi? — Toco o braço dele.

— Se afasta.

— Mas...

— *Se afasta.*

Minha mão recua. Observo, impotente, ele erguer a cabeça, um disco intervertebral por vez, com olhos brilhantes de dor. As veias em suas mãos enrijecem, seguidas pelas veias em seu pescoço.

O feitiço vai embora da mesma forma como chegou: sem aviso. Ele desaba na cadeira, ofegante. Sacode a cabeça como se quisesse esvaziá-la.

— Você tá sentindo dor? — pergunto.

— Não é nada — diz Herói. Como continuo o encarando, ele adiciona: — Só uma dor de cabeça.

Algo me diz que não é a primeira vez que isso acontece. Ele não parece surpreso o bastante e foi capaz de falar comigo em meio à dor.

— Quando você começou a sentir isso? — pergunto.

Herói não diz nada.

— Desde que eu voltei?

Depois de um momento, ele faz que sim com a cabeça.

Desde que bati na sua cabeça com um remo. Passo a mão sobre sua testa e levanto a franja. Tudo parece curado na superfície, mas é o que está embaixo que me preocupa. Ele pode ter uma concussão — *se* tivermos o equivalente a um cérebro. Se não tivermos, e houver apenas fios e ferragens dentro dos nossos crânios, então posso ter quebrado alguma coisa que nunca vai se recuperar por conta própria.

Como pergunto sem revelar nossa verdadeira natureza?

— Além da dor... Você tá sentindo alguma coisa diferente, mentalmente?

— Tipo, se minhas memórias apareceram?

Faço que sim com a cabeça.

O olhar de Herói se volta para o garfo no chão. Ele balança a cabeça e o pega.

— Herói... — Ele está escondendo coisas de mim. Sei disso. E não estou em posição de julgá-lo, mas poderia ajudar se soubesse de sua verdade. Se ele soubesse da *minha*, jamais seria capaz de voltar à vida que tem agora. Kay roubou meu mundo de mim. Não quero fazer o mesmo com ele.

— Me diz qual é o problema — digo baixinho.

Sua natureza honesta vence no fim.

— Tenho ouvido vozes.

Meu sangue desacelera quando lembro da de Kay. *Me encontre.*

— O que elas dizem? — arrisco.

— *Pare-a.* — Ele engole. — E, nos meus sonhos, eu... agora eu vejo um rosto. — Seus dedos se contorcem, como se coçando para modelar o rosto com argila. Não temos argila, então lhe dou a melhor alternativa: a faca da manteiga.

Herói hesita.

— Vai estragar a mesa.

— Dane-se a mesa — digo. Por fim, ele enfia a ponta da faca na madeira.

O rosto de um homem emerge. Eu até gosto de rostos angulares, mas este é angular *demais*, quase esquelético, e a austeridade na expressão do homem me parece perturbadora. A outra coisa perturbadora? Como os traços brutos de Herói são bons. Seria sua programação a fonte de seus muitos talentos? Para que será que ele foi feito? *Pare-a.* Seria egocentrismo demais achar que ele está falando de mim? Por que alguém ia querer me parar? Volto a olhar para a mesa. Talvez Herói também esteja desconcertado com suas próprias habilidades de desenho, porque ele não diz uma palavra. Encaramos o rosto em silêncio.

Sou a primeira a falar.

— Quem é?

Herói coloca a faca sobre a mesa.

— Não sei.

— Mas então como você consegue desenhar?

— Não sei.

— Então você não se lembra dessa pessoa? Ou de alguém parecido? Alguém do seu passado? — Um passado que é *falso*, mas talvez haja respostas ali.

— Não. Cee... — Herói está pálido. Ele inclina a cadeira para trás e se apoia nos pés traseiros. — E se eu não *tiver* um passado? *E se?* — ele repete, já sentindo minha resistência. — Pensa só nisso: e se eu nunca tive um nome?

Antes, eu teria dito que é impossível. *Todo mundo tem nome.* Agora percebo como não dei valor para as coisas. Coisas que eu pensava que todo mundo merecia — um nome, um passado — não são garantidas para nós. E, quando elas nos são dadas, é por uma razão. Kay me controlava por meio de memórias. Elas me motivavam quando eu pensava em desistir. Me lembravam de quem eu era e de quem eu sou e de quem eu poderia ser. Eu sou o veículo; elas são a gasolina. Elas me instigam a "encontrar Kay" para além da minha programação explícita, porque, mesmo que meus níveis de felicidade não conseguissem executar o comando, minhas memórias teriam me feito refém da ideia de uma irmã perdida.

Enquanto isso, talvez a tarefa para qual Herói foi feito não *necessite* de memórias. Ou seu criador simplesmente não se deu ao trabalho de construir um mecanismo à prova de falhas. Sinto a garganta ferver de raiva quando penso nisso — que nossa identidade é determinada pela forma como os outros pretendem nos usar. *Não é justo*, penso, especialmente quando Herói diz, com a voz carregada de horror:

— Pensei nisso esse tempo todo. Se você não tivesse perguntado meu nome, eu não teria percebido que não tinha um. Alguns dias... nem consigo lembrar como eu agia ou falava.

Sem memórias... e sem personalidade. Eu me lembro de como Herói se transformava quando o conheci: de assustado para cético para taciturno. Sua natureza atenciosa sempre foi uma constante, mas o resto, agora vejo, nunca foi muito estável.

Ele volta a inclinar a cadeira em um ângulo mais íngreme.

— Desculpa — diz ele de repente.

— Pelo quê? — Seu pedido de desculpas só me deixa mais furiosa. Não temos culpa.

Até nossos defeitos foram programados.

— Às vezes... — começa Herói. — Penso em tudo isso do seu ponto de vista. Três anos em uma ilha, sozinha. Você deve ter ficado tão feliz quando apareci na praia. — Ele dá um sorriso triste. — E, no fim das contas, não tenho nada a oferecer. Nenhum objetivo, nenhum passado para dividir.

— Herói...

— É difícil viver por mim mesmo quando eu nem sequer me conheço. Mas eu conheço você. Você estava lá quando acordei, determinada e forte. Você me fez *querer* viver por você. E, por você, eu queria... — Ele desvia o olhar, como se olhar para mim lhe causasse dor. — Queria ser tudo que você esperava e mais.

Minha raiva congela. *Não sou forte. E você acha que eu tenho objetivos próprios? Um passado para chamar de meu? Bom, sinto informar, mas é tudo uma mentira. Eu ando mentindo para você. Sinto muito por isso também.*

Então o gelo derrete e sinto apenas... tristeza. Por mim. Por nós. Nós merecemos alegria. Merecemos viver sem a culpa de decepcionar alguém.

Viver sem culpa e ponto-final.

Eu me movo. Me espremo entre a ponta da mesa e os joelhos dele — depois *subo* neles. As pernas da cadeira cedem e desabamos sobre o chão.

Estou em cima dele, passando os braços ao redor de seu pescoço para que ele não possa olhar para lugar nenhum além de mim.

— Nunca esperei por nada nem ninguém — digo —, nenhuma vez nesses três anos. Joules, eu nem sequer percebi como me sentia solitária até você aparecer. — Repouso minha testa sobre a dele. Pode haver mentiras entre nós, mas agora estou dizendo apenas a verdade nua e crua. — Eu quero *você*, não tudo o mais.

Um trovão ressoa lá fora.

Enquanto espero por uma reação, uma mecha de cabelo cai da minha orelha. Lentamente, Herói ergue o braço e a coloca de volta no lugar. O roçar de seus dedos na minha bochecha faz memórias ressurgirem, de outros garotos fazendo a mesma coisa.

Mas não sou Celia. E Herói não é apenas um garoto qualquer. Seus dedos são cuidadosos, mas decididos. Eles roçam a lateral do meu corpo e param no meu quadril.

Ele me puxa para si e nossos lábios se unem. Ele me segura com mais força. Eu me viro — de forma perversamente proposital — e sua nuca esquenta debaixo da minha mão, mas ele não interrompe o beijo.

Enroscando uma perna ao redor do encosto da cadeira para me apoiar, me movo até ficarmos praticamente vermelhos. O espaço negativo entre nós diminui enquanto tiramos nossos suéteres e revelamos nossas verdadeiras formas.

— Espera. — Ele nos separa.

— Esperar o quê? — Meus dedos já estão desamarrando o cordão de suas calças.

Ele tenta me parar.

— Uma dança sob as estrelas.

Afasto a mão dele com um tapa.

— Clichê.

— Um passeio no mar à meia-noite.

— Brega.

Ele pega meu punho.

— Meu *nome* é brega.

— Tem certeza? — *Brega* não é a palavra que vem à minha mente quando me aproximo e sussurro seu nome, junto com todas as outras coisas que eu quero, em seu ouvido.

Eu me afasto, satisfeita ao ver o rubor em suas bochechas e a agitação em seu olhar. Então seus olhos se estreitam. Em um gesto fluido, ele se levanta, me ergue consigo e finca os pés sobre o piso de madeira.

Já estamos quase no quarto quando lembramos que o colchão não está mais lá. Pelo menos ainda temos o cobertor, que voltou a ser um tapete, e uma porta para nos dar privacidade. Herói a fecha e me deita no chão quando começa a chover. Gotas escorrem pelo vidro da janela enquanto nos apalpamos; mãos sobre tecido, mãos sobre pele. Memórias surgem na forma de arrepios sob as mãos de Herói — sob outras mãos, outros garotos. Mas eles pertencem a Celia.

Essa é a minha primeira.

Nossa primeira.

E mesmo que Herói não tenha memórias, ele ainda pergunta se está tudo bem, se eu estou bem, se precisamos de proteção — todas as coisas responsáveis que humanos normais perguntariam. Sua inocência me dói e, antes que essa dor se transforme em culpa, eu o apresso com minha boca e me viro para ficar em cima.

Afundamos. Um sobre o outro, dentro um do outro, engolindo-nos como as ondas, com tendões retesados, escorregando a cada suspiro.

Depois, ficamos deitados sobre o carpete, ouvindo a chuva lá fora desacelerar com o pulsar dos nossos corações. O suor nos meus ombros esfria. Estremeço e Herói me puxa para perto de si. Coloco minha cabeça debaixo de seu queixo. As pontas de seu cabelo fazem cócegas na minha bochecha direita, depois minhas próprias lágrimas. Elas escorrem silenciosamente, deslizando sobre o meu nariz e se acumulando na concha da minha orelha esquerda. Não são lágrimas de tristeza. Não são lágrimas de alegria. São apenas... lágrimas. Quentes como o ardor entre as minhas pernas. Reais como as costelas sob a minha pele. E, por um suspiro, eu esqueço. Tudo. Sou apenas um corpo aninhado em outro. Não somos nada tão eterno quanto estrelas em órbita. Somos mais parecidos com dois grãos de areia antes das ondas chegarem. Em um momento aqui, depois não mais. Humanos.

42

ELES COMPARTILHAVAM 50% DO MESMO DNA. Possuíam as mesmas expressões fenotípicas — lóbulos presos, pés achatados, unhas que terminavam logo depois de começarem. Eles também possuíam os mesmos traços de personalidade, como uma inabilidade de se conectar com outras pessoas e um tato abaixo da média.

Mas, quando Kasey viu o pai, desejou não compartilhar absolutamente nada com ele.

Era manhã na ecocidade. Terça-feira, com chuva agendada. David Mizuhara estava em seu quarto, sentado ao pé da cama que pertencia a ele e a Genevie. Ela ocupava um espaço bem maior do que precisava. Toda a mobília ocupava; o pai, Kasey sabia, poderia ter vivido com muito menos.

Ela caminhou até parar em frente a ele, pensando que talvez pudesse cobri-lo com sua sombra. Mas Kasey esquecia-se de que, como um holograma, ela não tinha nenhuma consequência naquele mundo. Mesmo que tivesse, duvidava que ele a teria notado.

— Você sabia.

Como que saindo de um sonho, David ergueu os olhos:

— Kasey?

Ela projetou o arquivo confidencial do CP2 e o mandou para ele.

— Você sabia que os canos deles estavam vazando.

— Onde você arranjou isso?

Era ela quem fazia as perguntas, não ele.

— Por que todo esse esforço pra proteger eles?

David franziu as sobrancelhas. Por um segundo, ela pensou que ele reagiria. Então ele suspirou, com a exaustão de alguém que já havia se defendido muitas vezes.

— Eles estavam entre os primeiros a participar do processo de implementação da CASA. Só soubemos do vazamento depois disso. Considerando a análise cuidadosa dos *stakeholders*, achamos melhor...

— *Você* achou melhor.

— ... contê-lo — terminou David, parecendo imperturbado pela explosão de Kasey.

CASA. *CASA*. Kasey poderia ter dado um soco em alguma coisa outra vez. Outra vez, tudo pela CASA de Genevie.

Você sabia? Ela ensaiara as palavras mentalmente. *Nós fomos até o estrato-0. Nadamos no mar. Os toxímetros diziam que estava limpo.*

Você sabia?

Não. Como poderia saber?

Eu a matei, porque eu estava segura.

Você a matou para que todos os outros ficassem seguros.

Apesar disso, quando ela buscou a fúria para inflamar suas palavras, encontrou em seu lugar um vazio, semelhante ao que estava refletido de volta para ela nos olhos de David.

— E se o vazamento deles tiver levado à morte de alguém? — perguntou ela.

— O quê?

— *E se?* — insistiu Kasey, e David ajustou os óculos.

— Mais pessoas estão morrendo por conta da exclusão por nível em busca de abrigo.

A chuva caiu no horário agendado, de acordo com a Intraface de Kasey. Ela não seria capaz de notar naquele quarto, encaixotado por quatro paredes sem janelas, presa com seu pai. Só que aquele não era seu pai. Não o que ela conhecera quando criança. Um arquiteto que se preocupava apenas com seus projetos. Indiferente à política e às pessoas, trabalhando de casa enquanto a mãe delas andava por aí, de festas de gala a palestras em todas as ecocidades e territórios, promovendo CASA, seguindo sua vocação enquanto David seguia a dele.

O que mudara?

Um dia. Soubessem ou não, era tudo o que precisavam para que David Mizuhara as encontrasse indo escondidas até o mar, para que as impedisse, para que fizesse mais do que enviar uma simples mensagem alertando-as para ficar longe do estrato-0. Para que fosse presente.

Para que se importasse.

O que mudara, Kasey se deu conta, foi que, depois da morte da esposa, David passou a se dedicar ao trabalho dela. Ele manteve os sonhos dela vivos enquanto se acabava como pessoa e se tornava um representante da esposa. Kasey não conseguia odiá-lo mesmo que tentasse — e tentou. Tentou pensar em um último comentário ácido. Desistiu.

Desconectou-se.

Sua consciência retornou a seu corpo no robocóptero. Sua respiração veio rápida. Sua visão estava repleta de alertas do biomonitor. Sua frequência cardíaca havia atingido um nível crítico. Mais dois minutos e aquele nível talvez tivesse caído para zero.

Ela se deu conta da estupidez de suas ações. Podia ter morrido.

Morrido.

Como o pai havia morrido. E Actinium. O garoto que ele fora, morto no acidente. Toda a sua existência dedicada a rejeitar os ideais que haviam levado à morte de seus pais. Sua fúria era uma chama, sim, mas ela brilhava apenas na escuridão do caixão que ele fizera para si.

A visão de Kasey se turvou; ela encontrou lágrimas nos olhos. Não eram para Celia. Kasey não chorava pelo que não podia ser mudado. Ela chorava pelas pessoas que ainda estavam vivas, biologicamente, fisicamente vivas, mas que também eram vítimas. Elas deixavam os mortos viverem dentro de si. Suas ações não lhes pertenciam. Elas eram robôs, embora de carne e osso, com crenças e hábitos reescritos como códigos dentro de si.

Quanto a Kasey, aquela fúria não era dela. Ela não precisava de vingança para motivá-la. Não precisava de qualquer motivação. Será que isso era tão ruim assim? Já havia muitos humanos completos no mundo. Havia, antes, um excesso de desespero e euforia, de amor e dos fins violentos aos quais ele levava as pessoas. Havia prazer o suficiente, dor o suficiente. O planeta era um lugar suficientemente caótico. Kasey não precisava contribuir com aquilo.

Ela podia escolher a si mesma.

Escolher a sensação fria e límpida em suas bochechas à medida que suas lágrimas secavam.

Escolher sua versão da vida.

|||| |||| |||| |||| |||| |||| |||| |||| ///

— *AINDA ACORDADA?*

Pergunto, parada no vão da porta. A luz do luar atravessa a fenda que fiz e ilumina parte da cama, mas não o rosto de Kay. Seu "sim" flutua no escuro. Passeio por ele e subo na cama. Ela está deitada de lado. Imito sua posição, de frente para ela, e encontro seus olhos abertos.

— *Não consegue dormir?*

Kay assente.

— *Eu também não.* — *Sempre que tento, vejo os robôs que ela fez. Minha reação imediata foi um horror visceral e primitivo. Então aquele horror se voltou para dentro. Nunca soube que Kay estava trabalhando neles. Como foi que nos afastamos tanto?*

Kay está falando agora. Sua voz me tira dos meus pensamentos.

— *A gente ainda pode se falar. Por mensagem ou holograma.*

— *Do que você tá falando?*

— Do meu despejo.

Ela não floreia a afirmação. Fala como é. Sem medo. Ela aceitou o fato, e eu lembro por que foi tão difícil, depois da morte de mamãe, ficar perto dela. Vê-la tão autossuficiente só fazia eu me sentir mais quebrada. Estou acostumada a ser a pessoa de quem os outros dependem e odiei a forma como Kasey me expôs pelo que eu realmente era: uma garota despedaçada por coisas voláteis. Como o amor de mamãe. A questão não era tê-lo perdido, mas ter perdido minha habilidade de conquistá-lo, de ser uma filha digna da atenção dela em um mundo que competia por isso.

Ainda assim, o que eu disse para Kay naquele momento, quando vi seu rosto seco, sem lágrimas, é imperdoável. Se nos afastamos, a culpa é minha. É mais fácil me perder em outras pessoas do que ver Kay e saber que, por mais que eu peça desculpas, seria apenas para me confortar. Ela jamais reconhecerá que foi ferida quando foi — ferida o bastante, aparentemente, para guardar minhas palavras e construir uma versão robótica de mamãe. E isso faz eu me sentir ainda pior. Já retirei o que disse, mas queria poder fazer mais.

— Você não vai ser despejada — digo agora.

— É a lei.

— A lei serve às pessoas. — Kay não responde. — Kay. Me escuta. O seu lugar é aqui, ouviu? — Ela fecha os olhos e eu a puxo para perto. — O seu lugar é aqui — digo, segurando a parte de trás da cabeça dela. Ela parece pequena. Há tanta genialidade aqui, mas, no fim das contas, ela é só uma criança de 11 anos. Quando precisou de mim, eu não estava ao lado dela.

Isso muda agora. Daqui em diante, vou ser uma irmã melhor.

Espero ela adormecer, então saio de mansinho da cama, tomando cuidado para não acordá-la.

Papai não está no quarto dele. Vou para o meu, entro na minha cápsula de estase e me projeto holograficamente até a sede do CP2. Lá, encontro-o ainda em sua mesa. A superfície brilha com todas as leis de mamãe. Eu costumava pensar que a determinação de papai para terminá-las era nobre. Agora sinto apenas nojo. Nós, suas filhas de carne e osso, fomos abandonadas também, e duvido que ele sequer saiba da encrenca em que Kasey se meteu quando agarro sua cadeira pelas costas e a giro.

— O que... Celia?

— Você precisa ajudar ela — digo.

— Acorda — digo.

Seguro os braços da cadeira e a sacudo.

— Quer perder ela também, é?

• • •

A luz do sol atravessa as cortinas e dissipa o sonho como a névoa sobre o mar. Mas não desfaz o nó na minha garganta — ou as lágrimas no meu rosto. Lágrimas novas que logo esfriam. Estou deitada no chão do quarto de M. M. em meio às ilhas de roupas que tiramos na noite passada. A pele se retesa, seca.

Certo. A felicidade traz memórias.

Pelo menos, ainda estou na casa. E pensar que eu costumava ter medo de acordar no oceano. Agora tenho medo de encontrá-la enquanto durmo — física e figurativamente. Tenho medo de ver os olhos dela sempre que fechar os meus. Tenho medo de ter feito a escolha errada — de que, apesar de tudo, ela *seja* minha Kay e eu não seja Cee, mas Celia. Minha mão ainda consegue sentir a curva da cabeça de Kay. A seda de seu cabelo. Meu coração engole as falsas memórias como uma esponja, absorvendo-as até parecer que vou explodir. Eu sairia correndo para o mar nesse exato momento se não fosse pelo braço de Herói, que faz um peso ao redor da minha cintura, e nossas pernas entrelaçadas.

Eu me viro para encará-lo: o garoto que me ancora. Sua franja cobre o olho direito. Seus lábios estão levemente abertos. Passo um dedo sobre o lábio inferior e sorrio quando me lembro da forma como julguei seu rosto, o primeiro que vi em três anos. Então meu sorriso desaparece.

Devo ter sido construída para me parecer com Celia. Será que Herói também foi modelado com base em alguém?

E daí se foi? E se *não foi*? O rosto é dele. É ele que lhe dá vida, e não o contrário; passei a gostar daquelas feições, que foram ficando tão belas quanto sua voz. Contemplo aquele rosto por um minuto e depois me solto dele, pego uma toalha de banho e enrolo-a no corpo como um vestido sem alça. Vou até a cozinha, onde faço um chá com folhas de dente-de-leão. Bebo-o como se fosse servido em uma xícara de porcelana. A cerâmica quente nos meus dedos é quase dolorosa, mas até mesmo a dor é uma sensação. Não consigo imaginar viver sem elas. Sem ser capaz de sentir o vapor no rosto ou a brisa do mar, gelada quando abro a porta e me deparo com um céu azul vívido, repleto de gaivotas brancas.

Os dias em que enxergava em preto e branco são como um sonho estranho. Talvez esse desconforto dentro de mim também passe a ser, junto com a culpa de mentir para Herói, assim que a questão de sermos humanos ou não deixar de ser importante. Seremos os únicos no mundo.

Os únicos no mundo.

O chá que acabei de engolir volta a subir pela minha garganta. Fecho a porta, faço outra xícara e a coloco sobre o chão do quarto enquanto me ajoelho ao lado de Herói.

— Ei. — Coloco uma mão sobre seu ombro. — Hora de acordar.

Ele não acorda. Eu o invejo. Sem pesadelos. Sem caminhadas noturnas até o mar. Mas é assim que deve ser. É assim que *será*, se eu conseguir aguentar mais três dias. Um, na verdade, se preciso de dois para nadar até o domo.

Só.

Um.

Dia.

Muito esperto da parte de Herói passar o tempo dormindo. Vou deixá-lo assim. Começo a me levantar.

Uma mão se fecha ao redor do meu tornozelo.

Herói solta um ruído de dor quando caio de costas em cima dele.

— Bem feito — digo, rolando para o lado e vendo seus olhos se encherem de água.

— Fica.

— Me obriga.

Ele pende a cabeça para o lado. Então, antes que eu possa fazer qualquer coisa, ele me deita de costas, se apoia sobre os cotovelos e se inclina sobre mim.

Ele tira minha toalha. Minha pele se contrai com o súbito golpe de ar e me cubro com os braços.

Ele me para. Me desdobra, com cuidado, gentileza e carinho, como se eu fosse um pássaro de origami e ele estivesse aprendendo a sequência na qual fui feita. Sinto todos os pontos em que seu olhar aterrissa e coro. Celia está acostumada a encontros apaixonados no escuro, como o de ontem. Mas hoje o céu está limpo e o sol está alto. Os raios que vêm da janela nos despem como que pela primeira vez.

A luz se espalha pelo ombro de Herói à medida que ele se aproxima.

Ele planta um beijo no espaço entre as minhas clavículas.

E continua seu caminho, da garganta ao esterno ao umbigo. Depois do umbigo, ele vai até um ponto onde seus lábios se demoram. Imagino que ele vai parar lá e erguer o rosto em busca de ar.

Ele não para.

• • •

A tontura começa de manhã e piora ao cair da noite. Péssimo timing. *Hoje é a festa de dezoito anos de Tabitha e fiz de tudo para conseguir que nosso grupo de catorze pessoas pudesse entrar na* πthons, *uma das poucas boates que ainda existem fisicamente. O simples fato de vir aqui faz nossos níveis aumentarem um décimo. Mas só se vira adulto uma vez e, quando Tabitha insistiu em ficar comigo perto do bar, eu lhe disse para esquecer aquilo.*

No fim das contas, precisei recrutar Rach como minhe babá oficial para convencer Tabitha a ir até a pista de dança.

— Obrigada — digo agora para Rach. Estamos sentades no bar enquanto todos os outros dançam. A máquina de neblina e antigravidade dá a impressão de que estão flutuando em meio às nuvens. — Te devo uma.

— Imagina, meus sapatos tavam me matando — diz Rach, dando de ombros. Depois pergunta se quero um detox ou se aguento beber mais.

Elu presume que estou bêbada. Na verdade, faz quase um ano desde que exagerei nos shots de Allegro. Desde que consertei meu relacionamento com Kay, venho tentando não a deixar preocupada. Ela não gosta quando volto bêbada para casa ou fico fora até tarde. Foi por isso que saí escondida hoje.

— Detox é uma boa — digo. Mal não vai fazer. Talvez até ajude. Passei a semana toda me sentindo péssima. Suando à noite, com as mãos geladas, me desequilibrando na ioga, tudo isso. Agora, esfrego as pontas dos dedos. Elas formigam, adormecidas. Talvez seja hora de reinstalar meu biomonitor. Reinstalar as notificações, quero dizer. Por mais irritantes que os alertas se-

jam, não estou tentando cancelar meu plano de saúde da ecocidade ao deletar o aplicativo totalmente.

— Um detox pra ela e um galáxia pra mim — diz Rach para o bartender enquanto eu olho para a pista de dança para ver se Tabitha está se divertindo. A princípio, não consigo vê-la. Buzz está conversando com Joelle. Zane, Ursa, Denise e Logan estão competindo em uma espécie de desafio de dança que está completamente fora de ritmo. Aliona subiu no palco e pegou o microfone, e Rae está ocupada seduzindo um dos DJs. Então vejo Lou e Perry e... Tristan. Com Tabitha.

Ele está com um braço ao redor da cintura dela. Ela ri de alguma coisa que ele diz.

— Ela ia te contar, mas vivia entrando em pânico — murmura Rach no meu ouvido.

— Ah, é? — Esfrego as mãos; elas estão tão adormecidas quanto meus dedos.

— É. Aí falei pra ela que eu ia te contar. Mas acabei esquecendo.

— Claro que esqueceu — provoco. Rach tem uma memória horrível. Todos nós temos certeza de que elu se esquece de alguma coisa toda vez que passa por uma porta.

— Pois é. Mas você não tá chateada, tá? — Nego com a cabeça e Rach assente. — Quem precisa do Tristan quando você pode ter qualquer peixe que quiser no oceano?

O bartender lança nossos drinques e pisca para mim. Sorrio, depois volto a olhar para Tabitha e Tristan.

Tristan pode parecer que é só músculo e nada de cérebro, mas na verdade ele é apaixonado por síntese de nutrientes. E Tabitha adora programar experiências culinárias digitais. Eles serão um casal perfeito. Além disso, fui eu quem *terminei com Tristan, amigavelmente. Eu não deveria estar chateada. Não estou, digo a mim mesma, decidindo pedir um galáxia também. Rach abre um sorriso e ergue seu drinque assim que o meu chega.*

— *À formatura.*

— *À formatura.* — *Dou um sorriso, apesar da minha ansiedade. Ainda não sei o que quero fazer ou no que sou boa. Ester uma vez disse a mamãe que eu tinha a compaixão necessária para ser médica, mas nenhuma das duas viveu para me ver quase largar a escola por causa das aulas de química. Não sou tão inteligente quanto Kay, nem tão determinada quanto mamãe. Não tenho uma vocação para melhorar o mundo e, por mais que goste de ajudar as pessoas, não acho que seria capaz de salvar vidas em risco.*

Acho que ainda tenho tempo para descobrir, penso e abaixo o drinque.

Minutos depois, o mundo começa a girar. Como fiquei leve. Digo a Rach que preciso ir ao banheiro e mal consigo chegar a uma cabine antes de vomitar na privada.

É isso. Biomonitor, você venceu. Reinstalo as notificações. O aplicativo ficou desligado por tanto tempo que precisa ser atualizado. Enquanto atualiza, limpo a boca na pia e vejo meu rosto no espelho. Fazendo uma careta, toco a ferida no canto do meu lábio. Não sei como não vi isso. Tiro meu corretivo da clutch *e paro por um instante.*

A garota no espelho parece triste. Talvez boates não sejam mais a minha praia. A música me cansa mais do que revigora. Prefiro mil vezes o som do mar.

— *Celia?* — *Uma voz vem da entrada do banheiro. Olho e vejo que é Tabitha.*

— *Tá tudo bem?* — *pergunta ela.*

— *Melhor do que nunca.* — *Desenrosco a tampa do corretivo. Deslizar, mesclar, repassar. Toma essa, ferida.* — *Tá tocando Zika Tu?* — *pergunto, indo até Tabitha, passando meu braço pelo dela e arrastando-a pela porta.*

Ela hesita. Eu entendo. Ela teve um momento com Tristan, depois me viu correr para o banheiro. Seria difícil não chegar a conclusões precipitadas, ainda mais se ela estava, como disse Rach, "entrando em pânico" por gostar do meu ex.

Mas sério, está tudo bem. Aperto o ombro dela.

— Tô feliz por você, Tabby. — Sei que ela vai entender o que está implícito e, depois de um momento, ela sorri, hesitante. Sorrio de volta; seu sorriso fica mais confiante.

É para isso que vivo. Para ver as pessoas ao meu redor felizes.

Chega de tristeza. Apesar da tontura, me junto a todos na pista e danço com todo o meu coração. Continuo dançando mesmo quando meu biomonitor termina de atualizar e inunda minha visão com alertas, convocações do hospel e um prognóstico que responde às dúvidas sobre o meu futuro depois do ensino médio. Na verdade, danço ainda mais. Em dois meses, meus amigos estarão na faculdade e em empresas de inovação tecnológica, fazendo alguma coisa de suas vidas.

E eu estarei morta.

• • •

Vivemos — sem qualquer pudor. Conversamos, rimos, respiramos e fazemos todas as coisas que roubam a fala, o riso e a respiração. Quando a hora pede, vestimos um ao outro com os mais ridículos suéteres de M. M. e colocamos calças. Cuidamos dos taros, limpamos a casa e rascunhamos um projeto de um barco de verdade. Celia, me dou conta, teria nos invejado. Isso é o que ela desejava: um propósito e um sentido, o simples ato de criar alguma coisa com as próprias mãos. É o dia perfeito.

E ele não dura.

O puxão começa ao pôr do sol. Eu o ignoro a princípio, assim como ignoro o fluxo de memórias, e continuo a varrer a varanda ao lado de Herói. Mas o puxão dentro de mim se intensifica. Manchas pretas devoram minha visão. Meu coração parece grande demais e meus pulmões, pequenos demais; não há espaço suficiente dentro de mim para sangue, ar *e* memórias circularem.

Digo a Herói que volto logo, então corro até o píer e esvazio o estômago. As ondas carregam as piores partes de mim para longe. Ninguém saberá que eu, Cee, botei minhas tripas para fora no mar. E ninguém saberá que, em algum lugar nas profundezas, uma garota chamada Kay está morrendo em uma cápsula.

Seu olhar atônito volta à minha mente. É sempre esse momento que não consigo superar. O momento em que ela esqueceu que eu não era sua irmã. O momento em que eu lembrei.

Você nunca viu ela morrer, eu disse. Ela, não eu. Celia, não Cee.

Porque *eu* sou Cee. Estou viva, e Celia está morta. *Eu* sou Cee, penso firmemente, extirpando a última camada de negação. Não sou Celia. Não sou... humana. Este é o paradoxo: para acreditar em mim mesma, também preciso aceitar quem eu sou. *O que* eu sou.

Um robô.

Como robô, talvez eu não mereça viver tanto quanto um humano.

Não. Não vou pensar nisso. O sol vai se por. A lua vai surgir. Então, quando for a vez do sol se levantar, vai ter acabado. Tudo vai ter acabado, penso, tremendo igualmente de apreensão e entusiasmo, nauseada diante da enormidade do que vai acontecer — do que precisa acontecer — e tão perdida em pensamentos que não o ouço se aproximar. Braços deslizam ao redor da minha cintura e meu coração pula, depois desacelera e bate junto ao dele.

— Você tá tremendo.

— Só tô com frio — digo, e Herói me abraça com mais força. Juntos, ficamos ali, parados, ouvindo o mar ao redor e abaixo de nós, que lambe as tábuas do píer. O céu amadurece, tingindo-se de laranja vibrante.

— No que você tá pensando? — murmuro.

— Em você — diz ele. Coloco minhas mãos sobre as dele. — E como sinto que ainda posso te perder.

Para? Mas a resposta está diante de nós. O píer é uma península entre dois mundos, e sei exatamente a qual deles Herói está se referindo. Aperto suas mãos com mais força.

— Ela não está lá fora.

Ele não diz nada sobre isso.

— Me diz que isso é ridículo.

Nenhuma resposta.

— Diz! — Eu me viro e bato um punho contra seu peito. Ele me deixa. — Diz, caramba!

— Ela sempre vai estar lá fora — diz Herói finalmente. É exatamente o *oposto* do que eu precisava ouvir. — Enquanto você existir, a esperança vai existir também.

Esperança? Sinto temor, pânico, culpa e medo, mas nada de esperança. Nada. Mas Herói não saberia disso. Ele ainda acha que eu *quero* encontrar Kay. Ele não sabe que encontrar Kay significaria perder a mim mesma. Não é que eu ache que minha vida vale um bilhão, mas, diferentemente de Celia, não *ligo* para o que as pessoas pensam. Não preciso agradar meus amigos. Sobrevivi três anos abandonada em uma ilha deserta, porra. Tenho a mim mesma. Tenho U-me.

E tenho ele. Tiro meu punho do peito de Herói e ergo os olhos.

— O que *você* quer? — Herói não responde. — Você quer que eu vá?

Ele respira fundo.

— Não me pergunta isso.

— Tarde demais. Já perguntei.

Uma sombra passa pelos olhos dele.

— Quero que você fique — admite ele finalmente. — Quero *fazer* você ficar, de todo jeito possível. Mas... — Estremeço ao ouvir a palavra, embora soubesse que ela estava a caminho. — Não quero ser a coisa que te mantém nesta ilha. — Ele dá um passo para trás. — Sei que não é muito, mas meus princípios são tudo que tenho.

E nada mais é preciso. Como digo isso para ele? Que ele não é menos humano do que eu só porque não tem memórias, um passado ou outras pessoas?

— Olha, amor...

Paro quando Herói subitamente enrijece. Sua mandíbula flexiona.

Sua mão se lança à minha garganta.

Eu desvio — por pouco. Recuo e Herói dá um giro, fica de costas para o mar, e eu tropeço, sentindo a adrenalina percorrer minhas veias, mas não medo. Ele não está realmente tentando me matar. Eu nem sequer posso morrer. Está tudo bem, está tudo bem, está...

— O que... — diz Herói quando sua mão avança outra vez. Suas unhas arranham meu pescoço, e a dor faz meu olhar se fixar no rosto dele.

Seu rosto, deformado pelo horror e pela confusão.

Sinto meu estômago afundar. Ele está tentando me matar, assim como das outras vezes. Mas, diferentemente das outras vezes, ele está 100% consciente disso.

— Herói...

Ele desvia de mim, fazendo força com o braço esquerdo para abaixar o direito. É como se houvesse duas pessoas lutando dentro do corpo dele. É assustador de assistir. Quando ele finalmente controla os braços, os meus estão petrificados de horror.

— O que foi isso? — Ele arfa, com um brilho de suor na testa.

A mentira está na ponta da minha língua. Digo a ele que nunca vi isso acontecer antes, então me aproximo dele e o seguro até o incidente desaparecer de sua mente e da minha.

Mas sua expressão está atormentada demais. Não tenho mais coragem de continuar mentindo para ele.

Então conto a verdade.

44

— *VOCÊ*.

Uma acusação. Uma pergunta. Ele não esperava vê-la. Por que esperaria? Eles não haviam se falado ou se visto desde que retornaram à ecocidade quatro dias antes, já que a estadia no Território 4 havia sido encurtada à medida que os delegados retiravam seu apoio e o fracasso da Operação Reinício se tornava iminente. A marca de mão na bochecha de Actinium havia sumido, mas a dor causada por Kasey era real.

Ele também a havia machucado. Primeiro com as mentiras, depois com a verdade. Eles estavam empatados.

Para o azar de Actinium, Kasey jogava para vencer.

— Vim fazer uma tatuagem — disse ela. Ao fundo, a GRAPHYC estava a todo vapor. O mundo podia estar acabando, mas modificações corporais ainda precisavam ser feitas. Jinx gritou a um dos funcionários que parasse de bisbilhotar, e Kasey ouviu a cortina atrás de si cair. Ela dividia a parte da frente da loja dos fundos, onde ficava a sala de Actinium. Ele estava parado na porta agora, sem fazer qualquer movimento para deixá-la entrar. *Você tá brincando, né?* Era a pergunta em sua expressão.

Kasey queria que estivesse. Para um espectador, a impressão era de que eles haviam deixado as coisas mal resolvidas, mas ela sabia exatamente como Actinium havia interpretado a última interação que tiveram. Ele havia despejado todo o seu coração e ela havia recusado. Ela lhe havia perguntado se aquilo era o que ele queria quando, na verdade, estava perguntando a si mesma, e ele havia percebido. Ele a levara até o limite para testá-la; ela hesitara, incapaz de pular. Sua verdadeira escolha, qualquer que fosse, não era dele.

Como uma equipe, haviam terminado.

Mas Kasey ainda tinha negócios não terminados com Actinium.

— Achei suas horas — disse ela. — Sei que você tá trabalhando. — Ela deu um passo à frente. Ele se manteve firme. Não importava; havia espaço o suficiente para ela se apertar e ele enrijeceu quando os ombros de ambos se tocaram, antes de se virar para encará-la.

— Sou eu que desenho as tatuagens. — Sua voz era puro gelo.

— O que eu quero é simples.

— Eu não tatuo.

— Não tatua ou não sabe tatuar? — desafiou Kasey.

Actinium respondeu como ela achou que ele responderia: fechando a porta. Um *click* e de repente o pequeno espaço ficou ainda menor. A salinha continha uma cadeira reclinável verde, uma banqueta, um gabinete de arquivos e dois grandes monitores sobre uma mesa. Sem decoração e utilitário, como sua unidade, com exceção do coelho. Um cinza que cochilava no teclado, esticado.

Não um gato, notou Kasey.

Apenas uma das muitas coisas sobre as quais ela se enganara.

Um holograma flutuou diante de seu nariz e interrompeu seu estudo do mamífero.

— Assine o termo de renúncia — disse Actinium, e Kasey o fez, abrindo mão de sua habilidade de processar a GRAPHYC por quaisquer complicações pós-procedimento. — Pagamento à vista.

Ela transferiu a quantia. Aquilo fez Actinium pausar. Ela havia dito que não estava brincando, mas ele não acreditou. Quão longe ela estava disposta a ir?

— Então o que vai ser? — perguntou ele, sarcástico.

O que você vai escolher?

Ela contou. Ele cerrou os lábios, mas guardou a opinião para si. Ele a fez se sentar, depois vestiu um par de luvas pretas antes de se sentar na banqueta. Ele posicionou um descanso de braço entre eles. O coelho na escrivaninha continuava a dormir.

— Seu punho.

Kasey estendeu o braço direito. Actinium o colocou sobre o descanso, com o lado das veias para cima.

Os minutos seguintes se passaram procedimentalmente. Ele passou o desinfetante, depois um tipo de creme adormecedor, um lembrete de que doeria. A máquina começou a zumbir quando Actinium a ligou; os pelos no braço de Kasey se eriçaram, seguidos por arrepios causados pela leve pressão da mão dele em seu punho. Ele abaixou a cabeça e esperou, dando a ela uma última chance de desistir.

— Comece — ordenou Kasey. Então veio a picada, que rapidamente se aqueceu até queimar.

Você sabe todos os meus segredos, ditos e não ditos.

Kasey observou a tinta aparecer em sua pele e se unir às suas células. Por que, ela se perguntara antes, alguém gostaria de alterar seu corpo físico quando existiam opções menos permanentes na forma holográfica? No caso dela, ela precisara de uma desculpa válida para ir lá pessoalmente. Uma porção garantida do tempo de Actinium, só que paga. Uma razão para se sentar naquela cadeira, como Celia fizera, para confirmar o último segredo dele, não dito.

— Você sabia que ela ia morrer.

Com a cabeça abaixada e tão perto, ela quase podia ver diretamente através do crânio de Actinium. Ele teria reconhecido Celia — se não ao vê-la, então através da transação quando ela pagasse. Ele teria extraído a Intraface como ela pedira e a destruído diante dos olhos de Celia. Mas, entre aqueles passos, ele também teria descoberto por que ela viera. Teria sido fácil o bastante; bastava hackear rapidamente seu biomonitor. Kasey teria feito o mesmo. Uma garota do estrato superior pedindo por uma remoção de Intraface? O mistério teria sido tentador demais para resistir.

— Você sabia que ela estava doente e mesmo assim deixou ela sair por aquela porta.

Eu achava que a gente fosse se ver de novo, Actinium dissera, *se as circunstâncias permitissem*. Como se circunstâncias não pudessem ser fabricadas. Que outra forma melhor de retornar à vida de Kasey senão sob o pretexto da perda compartilhada? Irmã. A garota que amava. A morte de Celia por causa de um erro humano, que espelhava perfeitamente a morte dos pais dele, teria sido a cereja do bolo.

— Você queria que a gente tivesse essa ligação — continuou Kasey, com a voz notavelmente firme, assim como a mão de Actinium enquanto ele continuava a tatuar. A linha escura crescia ao redor do punho de Kasey.

Ele parou.

— Ela que fez a escolha.

Foi o que Kasey dissera quando descobriu a doença de Celia. O segundo coração em seu peito não era nada além de uma semente naquela época, e sua raiva — de Celia por desistir de Kasey — era inacessível. Actinium a desbloqueara. Agora, ela havia visto o que podia ser feito em nome da raiva e do amor. Agora, ela entendia por que a maioria das pessoas não conseguia controlar a forma como reagiam. Era biológico. Quando se perde um braço, sangra. A dor é diretamente proporcional à importância do que foi perdido.

Para Kasey, Celia não era um órgão ou um braço. Ela era a luz da qual Kasey, como humana e não planta, não precisava para sobreviver. Ainda assim, seu calor fazia falta. Sua morte deixara o céu de Kasey sem um sol.

— Não me importo com o que ela escolheu — disse para Actinium. Sua voz ficou áspera. — Você sabia o quanto ela significava pra mim.

A agulha parou.

— E você? — Actinium finalmente ergueu a cabeça; seu olhar queimava no dela. Perto, mas, quando Kasey mediu a distância entre eles com sua Intraface, ainda longe demais. — Você tem noção do quanto você significava pra ela? Quando digo que ela escolheu isso, quero dizer que ela escolheu *você*. Ela escolheu partir e aceitar o destino porque sabia que você tentaria convencê-la a não ir adiante. Ela não queria que você se enfiasse em uma cápsula. — Kasey não conseguia acompanhar. *Como assim?* Mas Actinium já estava exasperado. — Você se recusa a enxergar. Eu pensei muito em como explicar minha determinação em encontrar a verdade da Celia pra você, mas aí você apareceu, pronta pra acreditar que eu amava ela sem evidências ou provas. Para alguém tão analítica, você deduziu.

E daí? Todos tinham uma exceção para suas regras. Celia era a de Kasey.

— Você me iludiu.

Um músculo se retesou na mandíbula de Actinium. Será que era arrependimento que Kasey via em seus olhos ou um truque da luz? A agulha retornou à sua pele antes que ela pudesse decidir, e ela se retraiu com o aumento da pressão.

— Eu planejava te contar quando chegasse a hora certa. — A voz dele se reduziu a um murmúrio. — Claramente, eu tinha meus motivos. Você descobriu muita coisa cedo demais, e olha onde a gente acabou.

O zumbido preenchia o silêncio. O coelho adormecido moveu o nariz.

— Não — disse Kasey baixinho. Ela acompanhava os movimentos da mão de Actinium. Traçar, erguer, secar. — Esse sempre seria o nosso fim. — Traçar, erguer, secar. — Sua verdade me mostrou que preciso viver a minha.

— E qual é a sua verdade? Isso? — Traçar. — Até agora você está se acorrentando a ela. — Erguer. Sem secar. O excesso de tinta se espalhou na pele de Kasey. — Você acha que é inferior a ela, mas não é. Olha pra mim — disse ele, e Kasey olhou, dessa vez inclinando-se para a frente de forma imperceptível.

Um. Dois. Três segundos na distância necessária.

— Você é brilhante — disse Actinium, em perfeita harmonia com a notificação de tarefa concluída que soou na mente de Kasey. Um pop-up apareceu em sua visão.

VARREDURA COMPLETA

Ela tinha o que precisava. Ela havia escolhido, assim como ele. A vingança dele não era a dela.

Era hora de desapegar.

Mas aquilo significaria desistir do garoto que, do seu jeito torto, estivera ao lado dela enquanto ela tentava aceitar a morte de Celia. O garoto que havia construído um escudo ao redor da ilha para proteger seus entes queridos e dado sua sobrepele para uma médica na linha de frente sem pensar duas vezes. Suas crenças podem ter superado as de seus pais, mas Kasey ainda via um lampejo da criança no retrato, parada entre Ester e Frain, criada sob a ética da medicina, nomeada em homenagem ao cientista que havia descoberto o actínio, a chave para a cura de antigos cânceres. Ele era o garoto de olhos escuros, sempre se escondendo, de quem Kasey também havia se escondido. Eles sempre foram semelhantes, determinados a parecerem diferentes nem que fosse para resistir às tentativas de socialização de suas mães.

Se ela fosse sair, precisava oferecer a ele a mesma rota de fuga.

— A gente podia se libertar deles — disse ela. *Dos mortos.*

— Liberdade é fugir.

— Escolha a ciência comigo.

— Ciência — debochou Actinium. — Toda cura possibilita a criação de outra doença.

— E aí a gente cura elas também.

— *As pessoas* são a doença, Mizuhara.

Kasey ficou em silêncio. Sentiria falta de debater com ele. Nenhum assunto era delicado demais para abordar. Ela sentiria falta... daquilo. Da linguagem comum que tinham, mesmo que fosse baseada em mentiras.

Actinium deve ter sentido o mesmo. Quando voltou a tatuar, sua mão se chocou contra a pele dela.

— Achei que você entenderia. — Sua voz soava mais jovem. — Você, dentre todas as pessoas.

Sim, Kasey, a anomalia. Aquela com a mente mecânica, que havia construído robôs exatamente como ele. A única pessoa que conhecia todo o seu ser.

E, consequentemente, a única pessoa que poderia impedi-lo.

— Eu sei, você sabe — disse Actinium, ainda olhando para baixo, e a respiração de Kasey congelou momentaneamente. — Você não vai me perdoar. Sua lógica só vai até sua irmã.

E a sua, até seus pais. A lógica terminava onde o amor começava.

Se Kasey amasse Actinium, extirparia os pais dele de sua memória. Outros veriam aquilo como cruel; ela via como uma gentileza. Ele seria capaz de viver livre das lembranças deles. Mas Actinium estava certo. Ela jamais o perdoaria e, portanto, jamais o amaria. Seguir seu coração significava seguir a lógica, sem deixar espaço para atos aleatórios de gentileza. E a lógica lhe dizia o seguinte:

Em algum momento, a humanidade precisaria da Operação Reinício e, enquanto Actinium estivesse ali, ciente de seus desdobramentos internos, ele a sabotaria, faria com que ela servisse aos motivos dele. Kasey não extirparia sua motivação, mas podia remover o combustível que ela adicionava.

Ela checou a tatuagem. Ainda não estava pronta.

Que ficasse incompleta.

— Sinto muito — disse Kasey, antes de hackear o biomonitor de Actinium com a informação que ela escaneara em sua retina, assim como ela uma vez hackeara o de Celia. Considerando a quantidade de vezes que eles haviam discutido o plano, em circunstâncias variadas, ela teria precisado de tempo demais para definir os parâmetros. Então Kasey fez a coisa mais infalível.

Enquanto o coelho na escrivaninha acordava, ela cognicindiu todas as memórias que Actinium tinha dela.

|||| |||| |||| |||| |||| ||||
|||| |||| ||||

CONTO TUDO A ELE. SOBRE Kay. Sobre mim. Sobre a instalação no mar. O tempo não para enquanto confesso; o laranja do céu se transforma em ferrugem. As nuvens tornam-se nódoas. O mar sangra na altura do horizonte e o sol perfura a pele azulada da água. Nossas sombras crescem sobre as tábuas do píer, e a de Herói já está tocando meus dedos dos pés quando termino.

Por fim, ele fala:

— Quantas vezes tentei te matar?

Uma vez na praia. Talvez uma vez na cordilheira. Uma vez em Genevie e uma vez agora há pouco.

— Duas? — pergunta ele ao mesmo tempo que digo "três".

Silêncio.

— Talvez quatro — acrescento em voz baixa.

O último pedacinho de sol afunda. O ar esfria. A maré azul e preta sobe, lava as tábuas e molha nossos pés. Herói começa a andar de um lado para o outro.

Ele para de repente. Cobre o rosto com as duas mãos, as passa pelo cabelo e então se vira na minha direção.

— Por que você não me contou?

Porque eu queria te proteger e porque não importa. Nós somos reais, sim. Mas todo motivo soa como uma desculpa. Ao mentir para ele, eu escolhi *por* ele, assim como Kay escolheu por mim. Roubei a autonomia dele.

— Desculpa — sussurro. Que palavra mais insignificante.

Sua respiração acelera. Tive todo um mergulho ao fundo do oceano para me mostrar que não era humana. Ele está descobrindo tudo isso de uma vez.

— Herói — começo, mas ele já está se afastando de mim. Ele atravessa o píer. — *Herói!* — Me viro em sua direção, mas não vou atrás dele. Não mereço; ele precisa de espaço e tempo.

Ele não volta para a casa naquela noite.

Por volta da meia-noite, procuro por ele ao longo da praia e na enseada. Sem sorte. O vento aumenta. U-me me recebe na varanda quando volto, mas não tenho energia para entretê-la. Sento-me no sofá, levo as pernas ao peito e enterro o rosto nos braços que cruzei sobre o joelho. Depois de um tempo, minha mente escurece como minha visão. Dessa vez, sonho meus sonhos antigos. As imagens marcantes — de picolés de cereja que derretem rápido demais, de um vestido de paetês que se ajusta ao meu corpo como uma segunda pele, e da mão de Kay buscando a minha enquanto desço uma escada branca para me juntar a ela no mar — são quase reconfortantes, mesmo que eu ainda acorde com lágrimas no rosto. Eu as esfrego antes de ir até a cozinha. Faço chá como se fosse parte de uma rotina normal. Minhas mãos tremem.

Último dia.

A porta da cozinha se abre enquanto encho uma xícara — ou tento. Não consigo mirar e a maior parte do chá cai sobre a bancada. Ergo os olhos e vejo Herói na porta, com as mesmas roupas de ontem e o cabelo bagunçado pelo vento.

— Onde você...

A boca dele cobre a minha antes que eu consiga terminar. Começo a beijá-lo de volta; ele se afasta para me erguer.

Acabamos na bancada — sobre ela, contra ela, meio vestidos, meio despidos. Nosso ritmo é errático como os fragmentos de som que não conseguimos engolir. A bancada colide com meu cóccix e cravo as unhas em seus ombros enquanto nos desfazemos.

— Você tá bem? — É a primeira coisa que Herói pergunta depois que encontra o ar para falar. Sua respiração é ofegante. Ele repousa a testa sobre meu ombro para recuperar o resto do fôlego.

— Mais do que bem — digo, também ofegante.

Nos agarramos um ao outro como se fôssemos quebráveis, mas não somos. Podemos estar sem ar agora, mas nunca ficaremos permanentemente sem ar.

— Como pode? — sussurra Herói no meu ombro. Ele ergue a cabeça para olhar para mim, e a confusão em seus olhos me queima como uma chama. — Você e eu... A gente parece tão real.

— A gente *é* real, Herói.

— Mas as pessoas...

Coloco um dedo sobre seus lábios.

— Não pensa nelas.

— Mas eu preciso. — Ele afasta minha mão. — Porque, se você decidir acordar elas, talvez eu te impeça. Talvez eu te mate. A pior parte é que *não sei* o que sou capaz de fazer, Cee. — Ele começa a tremer. — Simplesmente não sei.

— Shhh. — Tomo sua cabeça nas mãos e o levo até meu peito. Suas lágrimas escorrem quentes pelo meu seio e minhas costelas. — Tá tudo bem — digo, ainda que meu próprio coração se agarre às minhas falsas memórias de Kay. Nós somos iguais, Herói e eu. Tudo que podemos fazer é viver e sentir o quanto conseguirmos e nos rebelar contra a vida e contra os sentimentos que não podemos controlar. — Tá tudo bem, amor.

— Concordo plenamente. — A voz de U-me vem da porta que leva à sala e eu olho para ela. Então Herói tosse uma risada molhada. Uma risada real. Este é o nosso normal. Androides voyeurísticos que derramam lágrimas por seus senhores.

Lentamente, nos separamos. Ainda mais lentamente, nos vestimos, prolongando o presente. Estou apertando o cordão das minhas calças quando Herói pausa, com o suéter preso ao redor de seus cotovelos. Sua visão divaga.

— Herói?

Refocando o olhar, ele passa a cabeça pela abertura do pescoço. O gesto faz seu cabelo ficar todo bagunçado.

— Você iria comigo pra um lugar?

Sendo bem sincera, eu pretendia ficar aqui dentro. Nesta casa, me sinto protegida. À distância — por menor que seja — do mar. Com razão para defender meu lar e minha vida.

Mas Herói parece precisar de ar, então abro a porta da cozinha e digo:

— Vai em frente.

Herói vai e pausa apenas quando U-me nos segue pela varanda.

— U-me, você se importa se formos só nós dois?

U-me chia.

— Ela não funciona com perguntas — explico a Herói. Depois, me dirijo a U-me: — Fica, U-me.

U-me pisca, descontente com a ordem, mas a obedece e nos deixa ir.

Passamos pelas rochas atrás da casa, pela lama pegajosa e depois pelo xisto. A neblina está grossa hoje, o que reduz a visibilidade a meros metros, mas Herói se move como se tivesse percorrido esse caminho há pouco tempo.

— Pra quê você acha que eu fui feito? — pergunta ele casualmente, depois de alguns minutos de caminhada.

Tento lhe dar uma resposta igualmente casual.

— Não sei.

— Você foi feita para acordar sua irmã.

— Certo.

— Que deve acordar a população inteira. E eu devo acabar com você. — *Não dá para ter certeza disso*, penso, mas acho que não há mais ninguém nesta ilha para ele matar. — Por quê? — pergunta Herói.

O assunto parece mórbido, mas eu deveria estar feliz pelo fato de que Herói se sente confortável o bastante para falar disso.

— Sei lá. Talvez a pessoa que te fez não quisesse que a população inteira acordasse.

— Um belo de um filho da puta.

— A gente não sabe como o mundo... — Faço uma pausa, procurando pelo tempo verbal correto — ... *era*. Mas talvez todos estivessem fazendo coisas ruins e a pessoa que te construiu estava tentando fazer o bem.

— Não precisa fazer eu me sentir melhor, Cee.

Sua voz, embora baixa, tem uma firmeza rara. Abro e fecho a boca, procurando palavras.

— Desculpa — falamos ao mesmo tempo; paramos e tentamos outra vez. — Eu só...

Dou um sorriso.

— Joules, somos um desastre.

Herói balança a cabeça.

— *Eu* sou um desastre. Nem fui programado com a linguagem certa.

— Linguagem certa?

— Isso. Você usa palavras que eu não entendo, tipo "Joules".

— Como você sabe se Joules não é meu amante secreto? — provoco enquanto caminhamos pelo xisto.

Herói não diz nada por um segundo.

— Você tem? Um amante secreto?

— *Tive* — corrijo. — E eu... — Corrijo a mim mesma. — A *Celia*... bom, ela conhecia muitos garotos.

— E eu pensando que não tinha concorrência.

— Considere-se sortudo por a gente ter se conhecido nesta ilha — digo, e Herói ri, mas o silêncio cai ao chegarmos à cordilheira.

Em um dia como este, não consigo ver o topo. É apenas um degradê de neblina cinzenta e rochas. A corda laranja-neon é a única coisa que quebra a paisagem monocromática. Será que a cordilheira sempre foi uma cordilheira ou teve um propósito prático no passado? Não deve ter sido uma montanha — é estreita demais em largura —, mas talvez fosse uma...

Barragem. O pensamento vem de repente. *E os templos no outro lado costumavam ser casas. Pessoas moravam nelas, 989 anos atrás.*

Sinistro. Passo a língua por trás dos dentes e percebo as placas que se formaram neles.

— Quer voltar?

— Se você quiser — diz Herói.

Alguma coisa na voz dele me faz hesitar.

— O que você quer?

Não me pergunta isso, ele disse noite passada, quando fiz a mesma pergunta.

Mas hoje, ele diz:

— Subir.

— Por diversão?

— Por que não? Se ioga na praia era o seu hobby, escalar rochas pode ser o meu.

Preciso acrescentar "esportes radicais" à nossa lista de hobbies em comum, então.

— Então tá — digo, agarrando a corda. — Mas vou querer uma massagem nos ombros depois.

— Fechado — diz Herói, segurando o resto da corda atrás de mim.

Faz tanto tempo que não venho à cordilheira que meus músculos estão rígidos. Talvez um humano normal nem consiga sequer fazer essa escalada sem morrer e, à medida que me aproximo do topo, lembro das palavras de Kay.

Te projetamos para ser mecanicamente mais resistente do que um humano real.

Quantas vezes caí no começo? Mais do que consigo me lembrar, isso é certo. Já quebrei ossos o bastante, mas sempre me recupero. Houve também uma porção de quedas *bem* graves — altas demais, com o chão longe demais — em que apaguei. Será que morri? Fui ressuscitada, como Herói? Será que a morte ao menos deixaria uma marca física no meu corpo?

Percebo que não sei a resposta para essa pergunta e, quando Herói alcança o topo, atrás de mim, eu me viro para ele e tomo seu rosto nas mãos. Já cheguei sua testa antes, mas agora checo novamente, procurando uma cicatriz. Não encontro nenhuma. A ferida já se curou completamente. Eu deveria estar preocupada, porque isso significa que posso já ter perdido cicatrizes também, mas fico apenas aliviada por não ver um único traço do meu golpe mortal. Começo a tremer. Minha respiração acelera.

— Ei. — Herói segura meus punhos. — Tá tudo bem. Eu tô bem.

— Não. Não, você não tá. — Estou hiperventilando? Com certeza. Mas por que agora? Já encarei coisas mais assustadoras. Mas nada supera perceber que nossos corpos não pertencem a nós e, mesmo que Kay deixe de existir, seu controle sobre nós permanecerá indestrutível enquanto formos indestrutíveis também.

— Cee, sério, eu tô b...

— Abri sua cabeça com um *remo*.

Herói pisca.

— O remo que eu fiz?

Assinto. Meu lábio inferior treme.

— Então eu morri e voltei... — *À vida* — ... horas depois — termina ele, pulando as palavras que nós dois sabemos.

Outra vez, concordo com a cabeça.

Não chorei quando aconteceu.

Choro agora, com as mãos ainda ao redor do rosto dele.

Herói limpa as lágrimas do meu rosto e as remove dos meus lábios. Então, lentamente, tão diferente da pressa de antes, ele inclina a cabeça. Sua boca substitui os dedos.

Ele me beija com a leveza de uma pena, e eu devolvo o beijo com mais força. Ele me deixa, então dá as costas para a borda. Rochas rolam pela cordilheira.

Começo a dizer para ter cuidado. Então percebo que ele foi cuidadoso esse tempo todo. Essa caminhada foi cuidadosamente planejada. Essa escalada. Esse beijo, tão cuidadosamente plantado quanto um primeiro.

Ou um último.

— Eu queria te dar espaço para decidir — diz Herói. Minha mente gira. O que foi que ele acabou de me pedir para confirmar? *Então eu morri. Voltei horas depois.* — Tempo. Sem minha interferência, mental ou física. E essa — ele olha pela borda — é a única forma que eu conheço.

Não...

Tento agarrá-lo e quase consigo, mas esmoreço quando ele diz:

— Não, Cee. — Sua voz é suave. Destemida. Seus olhos, por outro lado... acho que vejo medo neles, mas o vento os cobre com cabelo. Ele sorri. — Não escolha entre mim ou ela. Escolha você.

E ele pula.

46

A MORTE DA OPERAÇÃO REINÍCIO chegou silenciosamente no dia em que o prazo se encerrava. Apenas 29% dos delegados haviam se comprometido. O mundo não conseguira se unir. Nos bastidores, as duas mentes brilhantes por trás da solução haviam sofrido seu próprio término amargo. Mas, ao contrário de um megaterremoto, não houve reverberações, pelo menos não nas ecocidades; tudo funcionava normalmente naquela tarde de domingo. Na ecocidade 3, residentes passeavam pelo empório do estrato-25, indo de vendedor a vendedor enquanto compravam itens essenciais. Poucos notaram quando o símbolo do CP2 se materializou no ar, no centro da praça.

Mas notaram a garota que apareceu momentos depois.

Seu holograma girava como o avatar de um jogo, não apenas no meio do estrato-25, mas de todos os estratos, em todas as ecocidades. Ela usava um blazer escolar preto. Seu cabelo era curto, na altura do ombro, e a franja, reta. Seu rosto havia sido visto pela última vez borrado e ensanguentado em um vídeo viral. Agora, até onde a multidão sabia, estava limpo e recuperado.

Apenas sua mente estava oculta.

Era melhor assim, já que uma tempestade ainda assolava o cérebro de Kasey. Todos viviam à custa de alguém. Aqueles que se recusavam a admitir isso, que haviam rejeitado a solução porque podiam *se dar ao luxo*, porque lhes era *inconveniente*... bom, talvez Actinium tivesse razão e eles não merecessem ser salvos naquele mundo finito e material, onde mais para alguém significava menos para outra pessoa.

Mas a ciência era infinita. A ciência desconhecia a vingança. Desconhecia emoções. Estava acima das perguntas sórdidas acerca de quem deve viver e quem deve morrer por infringir o direito à vida de outra pessoa. A ciência era o que fazia Kasey se sentir viva.

E, depois de uma proibição de 5 anos, a ciência era dela outra vez.

Kasey inspirou. Em uma linha do tempo alternativa, ela lia as falas que o CP2 havia escrito para ela. Seria sensato fazer aquilo; eles quase não haviam permitido que ela fizesse este discurso post mortem depois do desastre no Território 4.

Em uma outra linha do tempo alternativa, ela condenava os territórios que haviam rejeitado a Operação Reinício e aproveitava para revelar o nome da empresa que havia matado Celia. Ela colocaria lenha na fogueira.

Nesta linha do tempo, Kasey não escolheu nenhuma das duas opções.

— Isso é pela minha irmã.

Em uma casa na massa de terra-660, seu rosto era uma projeção na sala de estar de Leona.

— Quatro meses atrás, você morreu.

Em um abrigo no Território 4, ela brilhava no monitor de uma antiga escola.

— Todos têm sua própria teoria para explicar o que aconteceu.

Em unidades ao redor de todas as oito ecocidades, suas palavras ecoavam diretamente na cabeça das pessoas, levadas até elas por suas Intrafaces.

Em uma clínica estética no estrato-22, um garoto de olhos e cabelos escuros parou de trabalhar para ouvir.

— A verdade é que você está morta para este mundo. Você foi envenenada por ele, assim como tantos outros estão sendo envenenados agora.

Kasey não revelou as visitas que fizeram ao quiosque de aluguel de barcos ou à ilha. Era melhor que alguns segredos ficassem no mar, entre irmãs.

Ela levou uma mão ao peito e sentiu as batidas simuladas de seu coração. Será que as pessoas por trás do vazamento do cano teriam sido despejadas se David Mizuhara não as tivesse acobertado? Será que era isso que mereciam? Quais efeitos secundários seu despejo poderia ter tido em outras que dependiam da CASA como seu único meio de admissão para as ecocidades, como os parentes distantes de Meridian? Mais uma vez, Kasey não sabia. Ela não era Genevie ou uma Cole; não entendia *humanos* bem o bastante para prever os preconceitos ou as discriminações irracionais das pessoas. Mas sabia disso:

— Nenhum de nós vive sem consequências. Nossas preferências pessoais não são verdadeiramente pessoais. As necessidades de uma pessoa anulam as de outra. Nossos privilégios podem prejudicar a nós mesmos e aos outros.

Quando ela olhou para os rostos que a encaravam no empório do estrato-25, viu o de Celia entre eles. Aquilo não era um efeito colateral de uma fumaça alucinógena alheia e virtualmente transmitida ou um hacker mexendo em suas camadas visuais, mas uma miragem da mente, tão real quanto Kasey desejava que fosse.

E, naquele momento, ela desejava com todo o coração.

— Você foi uma vítima do ganha-pão de alguém — disse ela para a irmã. — Sua vida pagou pela vida deles. Ainda assim, você pensava, como eles e como tantos outros neste mundo, que a liberdade de viver como desejamos é um direito.

Kasey fechou a mão sobre o coração até não poder mais sentir seu pulsar.

— Eu discordo — disse ela diretamente para Celia e, apesar do medo de que a irmã reagiria com horror, continuou: — No tempo em que vivemos, a liberdade é um privilégio. A vida é um direito. Precisamos proteger a vida antes de qualquer outra coisa. Juntos, pagamos este preço. Mas, lá na frente, talvez possamos criar o mundo com o qual você sonhou. Um mundo onde nem a vida nem a liberdade precisem ser racionados. Você sempre acreditou que era possível. — Ao ouvir aquilo, Celia sorriu, e a garganta de Kasey se fechou. — Vou acreditar também.

Então ela se desconectou e retornou à cápsula de estase na unidade dos Mizuhara. Seus olhos se abriram, deparando-se com as leituras de seus sinais vitais, todos dentro dos padrões normais.

Agora, era começar de novo.

𝍷𝍷𝍷𝍷 𝍷𝍷𝍷𝍷 𝍷𝍷𝍷𝍷 𝍷𝍷𝍷𝍷 𝍷𝍷𝍷𝍷 𝍷𝍷𝍷𝍷
𝍷𝍷𝍷𝍷 𝍷𝍷𝍷𝍷 𝍷𝍷𝍷𝍷 ||

PENSEI QUE FOSSE ENCONTRAR MEU fim no mar.

Mas é aqui, na cordilheira, encarando o lugar onde Herói estava alguns momentos atrás, que me dou conta de que, não importa o que eu escolha, vou perder uma parte de mim. Não há como vencer.

Foda-se tudo, então. Fodam-se as lágrimas que me cegam, e meus pulmões, que espasmam enquanto tento descer a cordilheira. As rochas machucam meus joelhos, embora a dor seja apenas parte da minha programação, e eu xingo; xingo Herói, que, gentil até o fim, até pensou em saltar para o lado da campina, como se quisesse me dar a opção de evitar completamente seu corpo no meu caminho para casa.

Bom, é uma pena. Qualquer que seja minha decisão, não vou abandoná-lo. Rangendo os dentes, continuo a descida. A neblina se dispersa; começo a discernir os metros finais de rocha abaixo de mim e...

Sangue.

Sangue sobre pele. Sangue sobre osso.

Sangue em alguma coisa branca, mas que decididamente não é osso.

Túbulos delgados saem de seu tronco, onde deveriam ficar suas costelas. Eles flexionam e dançam como pernas de aranha ao longo do corpo, um corpo que já está se recuperando.

Olho para o céu, sentindo as pernas subitamente fracas. A negação retorna. *Não pode ser ele*, penso. Sentimos dor e choramos e suspiramos com tanta *vida*. Mas, quando tento continuar a descida, descubro que não consigo. A morte deveria ser silenciosa, mas o corpo de Herói emite ruídos ao se consertar. Os sons sinistros me dão náuseas. Bile sela minha garganta.

Queria te dar espaço para decidir. Tempo.

— Idiota, idiota, idiota. — E, ainda assim, isso foi tão bem pensado. Ele não pode vir atrás de mim enquanto estiver morto. Ele também não pode me segurar e me dizer que deseja que eu fique. A partir de agora até ele ressuscitar, estou realmente sozinha com minha decisão.

A corda machuca minhas mãos enquanto me seguro a ela, imóvel. Minutos se passam. Ou horas. O tempo sempre pareceu distorcido nesta ilha. Agora desaparece completamente como dimensão.

Entorpecida, começo a subir.

Chego ao topo. *Desculpa.* Sem dar aos meus músculos uma chance de se recuperarem, desço o outro lado, mal conseguindo enxergar em meio às lágrimas.

Desculpa.

Queria que meus braços cedessem. Queria cair, quebrar e acordar com Herói.

Tomei minha decisão, eu mentiria. *Decidi ficar.*

Mas não caio. Não desabo. Minhas pernas me carregam o caminho todo até a casa antes de cederem. Agarro a bancada da cozinha para me apoiar. Soluços explodem do meu peito.

Não consigo fazer isso sozinha.

— O que é que eu faço, U-me? — pergunto quando U-me vem deslizando até a cozinha, atraída pelos sons. — O que é que eu faço?

U-me não responde. Ela não foi programada para processar perguntas ou tomar decisões de vida ou morte.

Mas eu fui.

Não estou sozinha. Uma equipe de pessoas construiu meu cérebro — construiu as memórias dentro dele, construiu até mesmo a habilidade de eu criar as minhas próprias. *Então vai*, penso, cambaleando até o banheiro. *Qual é o seu melhor argumento? Me convença.* Entro na banheira, completamente vestida, e abro a torneira. A água sobe até a borda e depois transborda sobre os azulejos. Deixo que ela me inunde.

Escolho afogar.

• • •

— *Eu fico com essa.*

O garoto está parado na porta da sala de cirurgia. É um funcionário, a julgar pelo avental. Sua voz, mais precisa do que qualquer um dos bisturis dispostos sobre a mesa, me dá um arrepio na espinha.

Por um segundo, a funcionária com a tatuagem de baiacu não fala. Então ela dá de ombros.

— *Menos trabalho pra mim. Mas vou te falar, não achei que você fosse desse tipo.*

O tipo de garoto, sei que ela quer dizer, que se sentiria atraído por uma garota bonita. Mas ele deve saber que não vim para conversar. Já consigo sentir os efeitos da coisa que estava no frasco, seja lá o que for, deixando tudo nebuloso.

A funcionária vai embora e o garoto se senta à minha frente. Através da neblina, vejo que ele não é alguém por quem eu me interessaria. Seu cabelo é escuro, sim, assim como seus olhos, o que eu gosto, mas há um foco afiado como laser neles e uma energia que irradia que parece... intensa.

— Uma extração de Intraface — diz ele, e faço que sim com a cabeça, sentindo a boca seca. Isso é tudo que me lembro antes da medicação tomar conta de mim. O mundo escurece e, quando as luzes retornam, ainda estou sentada na cadeira, mas o lenço ao redor do meu pescoço sumiu, e sobre uma bandeja à minha frente está minha Intraface. Extraída.

— Você não precisa morrer.

Estico o pescoço e vejo o garoto parado atrás da minha cadeira.

— Pode não haver um tratamento agora — continua ele —, mas eles podem te encapsular e te salvar no futuro.

Depois de processar suas palavras, fica óbvio.

— Você olhou.

— Olhei. — Ele nem sequer soa arrependido. Se olhou, então sabe. — Celia Mizuhara.

Meus dentes batem. E lá se vai o anonimato.

— Então o que você quer? — questiono.

— Proteger sua irmã.

Aquilo me desconcerta e, por um segundo, esqueço de ficar brava. Pisco duas vezes para ele e recebo uma mensagem de erro quando seu nível se recusa a aparecer. É claro — anonimato é justamente o atrativo da GRAPHYC. Então ele faz alguma coisa, porque seu ID aparece sobre sua cabeça.

ACTINIUM
Nível: 0

Sim, certo. Kay, tirando o incidente com os robôs, é a pessoa mais ajuizada que eu conheço. Se ela visse um ID hackeado, ficaria a dois metros de distância do garoto.

Então ele diz:

— Sei que a gente não era próximo, apesar das nossas mães tentarem.

Mães? Ele não oferece mais nenhuma palavra, apenas o olhar. Seu olhar sério e sombrio. Há algo de familiar no formato de seus olhos. Então eu vejo — e não consigo parar de vê-la, embora não faça nenhum sentido. A semelhança com Ester Cole deve ser uma coincidência. Impossível, penso, mesmo quando o garoto se apresenta como Andre Cole. Ainda devo estar me recuperando do anestésico.

— Você morreu — digo.

— Era pra ter morrido — diz o garoto com calma —, mas coloquei um robô no meu lugar. Digamos que foi uma brincadeira. — Ele dá a volta e para em frente à minha cadeira. — Então agora você entende. — Ele puxa uma banqueta. — Como eu sei pelo que a sua irmã passou. — Ele se senta e me encara. — Viva. Por ela.

As informações vêm rápidas como disparos de fogo. Robôs. Kay. Um garoto morto — Andre Cole — que a entende. Meu cérebro se esforça para encaixar as peças, depois desiste. Ele foca o que realmente importa.

Viva. Por ela.

Ele faz aquilo parecer simples. Não é. Para começar, não é exatamente "viver" se você está inconsciente em uma cápsula, congelada por não sei quanto *tempo, basicamente morta em qualquer era antes da nossa. Além disso, Kay nem sequer sabe. Ela não sabe que eu saía escondida para nadar no mar porque eu não queria deixá-la preocupada. Claramente esse tiro saiu pela culatra. É minha culpa, e minha culpa apenas. Kay sempre me lembrava dos riscos e eu não lhe dava ouvidos. Escolhi viver da forma que queria viver. E agora eu, sozinha, devo arcar com as consequências.*

— Tem algo de tão errado em escolher uma morte natural? — pergunto ao garoto. Seus olhos dizem "sim". Se existe a opção de me congelar, por que não usá-la? É a escolha racional, e é o que Kay me diria para fazer. — Ela me convenceria a mudar de ideia — digo agora para o garoto. — Ela até se ofereceria para se encapsular comigo. — E ficaria duas vezes mais magoada se eu insistisse na minha decisão, sem saber a verdade: que eu me encapsularia sem hesitar se pudesse acordar com Kay ainda ao meu lado. Mas, como explico para o garoto: — O lugar dela é aqui, no agora. Se você se importa com ela, vai concordar comigo. Então me deixa partir do jeito que eu quero. É uma das poucas liberdades que ainda tenho.

O garoto — Andre — não responde. Em silêncio, ele me encara, até que me convenço de que ele viu tudo. Como tremo à noite. Como quase perdi a coragem, antes de vir aqui, de acabar com isso sozinha. Quero contar para Kay. Quero que ela me diga que está tudo bem, que o mundo ainda estará esperando por nós — eu e ela — quando voltarmos, 80, 100 ou um milhão de anos depois.

Quero, mas, mais do que qualquer coisa, quero que ela faça as escolhas dela separadas das minhas.

— Destrói essa coisa — digo, acenando para a Intraface. — Não vou sair até você fazer isso.

Lentamente, o garoto se levanta. Ele pega uma máquina de vidro que parece uma caixa e joga a Intraface dentro dela. Nunca usei muito a minha, em comparação às outras pessoas, mas ainda há algo de doloroso em ver o objeto se tornar um pó branco. Todas aquelas memórias, apagadas.

Mas Kay sempre estará comigo, na minha mente.

— Obrigada — digo ao garoto quando o trabalho está feito.

Ele assente uma vez. Depois, baixinho, diz:

— Sinto muito.

Ele fala de um jeito tão sincero que é como se ele se sentisse pessoalmente culpado pelo oceano ter me envenenado, mas não consigo deixar de rir. E, assim que rio, subitamente me sinto mais leve.

— Se você encontrar ela — digo —, lembra ela de uma coisa por mim, por favor. Diga que, se existe alguém que pode mudar o mundo, essa pessoa é ela.

Então Celia se levanta da cadeira. Celia — não eu. Ainda estou sentada quando ela se levanta, separando-se de mim como um espírito exorcizado. Eu me levanto atrás dela e a observo caminhar. Seu cabelo, mais longo que o meu, balança a cada passo para longe da sala de cirurgia, ao longo da clínica estética. Mesmo com uma doença terminal e o cérebro cheio de remédios, ela caminha com uma confiança que faz a clientela consciente se virar e olhar para ela.

É a caminhada de alguém que sabe seu lugar no mundo.

E, pela primeira vez, ela realmente sabe. Eu sei, ao ver Celia sair da GRAPHYC, que o que restava de seu medo desapareceu. Esta é a escolha dela — passar seus últimos dias sob o céu aberto, respirando o ar que bilhões antes dela e bilhões depois dela respirarão, carregada para longe pelo azul amniótico. Vivendo esta vida em toda a sua plenitude, mesmo no final, com a esperança de que Kay possa viver a dela.

• • •

Fico sentada na banheira até a água esfriar.

Esse tempo todo, eu achava que a questão era Kay. A vida dela *versus* a minha. Mas agora, com essa última memória — uma tão claramente fabricada pelo meu cérebro, inexistente na Intraface original de Celia —, percebo que Kay não é minha escolha.

Saio da banheira e olho para o espelho acima da pia. Vejo o rosto dela. A garota com a qual fui feita para parecer. Ela roubou minha liberdade de pensamento. Eu deveria odiá-la. Mas não consigo odiar alguém que entendo. E eu a entendo, melhor do que qualquer pessoa. Melhor até do que a irmã dela.

Queria poder falar com ela. Eu sei que *ela* pensa que é fútil, por ter crescido com uma mãe como Genevie e uma irmã como Kay: uma, líder no mundo externo; outra, capaz de criar universos inteiros. Comparada a elas, Celia vê sua vida aparentemente descomunal como frívola. Queria poder dizer que ela está errada. Ela é corajosa. Forte. Sua empatia é um poço tão profundo que não tem fim. Sua determinação é inesgotável. Antes de ter uma parte de seu nome, tive sua força para sair da água. Tenho sua capacidade de amar e não a desperdicei. Amo U-me. Amo Hubert. Amo M. M. E amaria Herói também, se tivesse mais tempo. Amo o cheiro da brisa do mar no meu rosto e a umidade da areia entre os meus dedos. Amo até mesmo esta ilha, acredite ou não, e amo a ideia de que alguém também a amou, mil anos atrás.

Eu amaria minha irmã, se tivesse uma.

Não tenho.

Talvez eu jamais saiba se Kay merece viver mais do que eu.

Mas sei disso: ninguém entra neste mundo por escolha. Se tivermos sorte, podemos escolher como partir.

Vi a escolha de Celia. Fui testemunha de como ela usou seus últimos momentos para ser fiel a si mesma. Uma protetora. Ela protegeu a irmã, e agora não está aqui para fazer isso de novo, e é minha vez, e eu escolho ela. A única pessoa que não recebeu todo o amor incondicional de Celia, que esteve ao meu lado, pelos últimos três anos, antes de U-me e antes de Herói. Uma garota morta para o mundo, mas que vive no meu cérebro e no meu coração. Ela estava buscando um sentido. Algo maior do que ela. Posso dar isso a ela. Posso encontrá-la. Uma garota perdida no mar.

Não por muito tempo.

48

KASEY SE AGACHOU NA EXTREMIDADE dos blocos de partida e esperou pelo *beep*.

Em suas marcas...

𝍸 𝍸 𝍸 𝍸 𝍸 𝍸 𝍸 𝍸 𝍸 ||||

ESTOU PARADA NA EXTREMIDADE DO píer afundado, observando as ondas dançarem na neblina. U-me desliza até mim. Sorrio para ela.

— Fica, U-me.

50

BEEP.

𝍷𝍷𝍷 𝍷𝍷𝍷 𝍷𝍷𝍷 𝍷𝍷𝍷 𝍷𝍷𝍷 𝍷𝍷𝍷
𝍷𝍷𝍷 𝍷𝍷𝍷 𝍷𝍷𝍷 𝍷𝍷𝍷 /

COM U-ME COMO TESTEMUNHA, SALTO do píer, mar adentro.

52

MAS KASEY NÃO SALTOU.

Enquanto o amistoso de natação continuava sem ela, Kasey encarava a pessoa que se aproximava. Seu rosto era nebuloso como na festa.

Yvone Yorkwell.

— Oi — disse a garota ao se aproximar. Ela usava um maiô como Kasey. — Péssimo *timing*, eu sei, mas tenho certeza de que essa é a nossa única aula juntas e...

— Menos conversinha, mais nado! — gritou a professora de natação, do outro lado da piscina.

— Só queria dizer que assisti ao seu discurso.

Kasey sentiu os dedos dos pés se curvarem sobre a borracha antiderrapante do bloco de partida.

— Acho que você tem toda razão — Yvone se apressou em dizer. — Então, me avisa se tiver algo que eu possa fazer. Pra contribuir com a causa.

A professora de natação começou a caminhar até elas.

— Não tem nenhuma causa. — Nenhuma da qual Kasey ainda fazia parte. O CP2 não esperava que ela retornasse como oficial júnior; já cumprira seu tempo. Debochara da confiança que a instituição depositara nela em palco internacional. Meridian e Kasey não se falavam desde aquele dia no Território 4 e, quanto a Actinium, Kasey o havia deletado como contato enquanto saía da GRAPHYC. Ela não olhara para trás. O que não significava que ela não lamentava o caminho que escolhera. Fora fácil recusar as palavras de Actinium no momento, mas era mais difícil convencer a si mesma agora, de volta à escola, seu ambiente em grande parte inalterado, cercada por colegas que não a entendiam, de que ela era corajosa o suficiente, humana o suficiente, simplesmente *suficiente* para impactar um mundo do qual ela mesma muitas vezes se sentia tão distante.

— Não tem nenhuma causa — repetiu Kasey quando Yvone não saiu. Então, antes que a professora pudesse mandar outra vez: — Preciso nadar.

Ela pulou. O mundo rugiu, depois ficou silencioso.

A água cobriu a cabeça de Kasey.

|||| |||| |||| |||| |||| ||||
|||| |||| |||| |||| ///

EU NADO.

54

KASEY NÃO NADOU.

Ela afundou e se curvou em posição fetal.

Actinium dissera que ela estava fugindo. O oposto: sua vida havia estagnado desde então e, sem ninguém atrás de quem se esconder nem ninguém que tomasse as rédeas por ela, fora forçada a encarar a si mesma — seus pensamentos, suas escolhas e seus erros.

Ela cometera tantos erros.

Mas, debaixo d'água, podia apenas *ser*.

Sem pensamentos.

Sem forma.

Quando abriu os olhos, as cores estavam desbotadas, mas ainda complexas. Ela carregava o coração de Celia consigo, sim, mas também o próprio. Era uma batida forte, amplificada pela piscina. Eficiente como sua mente. Talvez até eficiente demais. Um defeito, segundo os padrões da humanidade, e também uma evidência desta. Uma máquina teria sido perfeitamente projetada. Uma criatura sem consciência de si desconheceria inseguranças. Aquela sensação irritante de inconclusão, como uma peça de quebra-cabeça no lugar errado, tinha de ser a característica imensurável da qual Celia falava. A forma e tamanho eram diferentes para cada pessoa, mas sua existência — essa ausência — unia todos. Todas as pessoas.

Até mesmo ela e Yvone.

Kasey localizou o arquivo confidencial do CP2 em sua Intraface e encarou-o, da mesma forma que encarara a pasta que continha as memórias de Celia naquela manhã antes de ir para a escola. Depois de um tempo, retirou as memórias de seu cérebro. Transferiu-as para um chip externo. Esperou que a sensação de sacrilégio se instalasse, depois colocou o chip no bolso.

Celia estava morta.

Outras pessoas ainda estavam vivas.

Kasey talvez jamais se identificasse com elas.

Mas a ciência servia aos vivos, não aos mortos. Não se importava que fosse o rosto de Yvone no fim do arquivo do CP2. A Corporação Yorkwell, uma empresa de família com sede no Território 3, causara o vazamento enquanto encerrava as atividades de suas minas ultrapassadas no fundo do mar como parte de seu acordo de imigração para a ecocidade. Carnificina involuntária, podia-se dizer. Bem-intencionada, não que intenções devessem importar.

Mas as consequências não podiam ser mudadas. Apenas prevenidas.

Kasey fechou o arquivo. Deletou-o. Sentiu-se mal por um momento, por não se sentir mais perturbada. Talvez estivesse perdoando Yvone fácil demais. Talvez estivesse traindo a memória de Celia. Então ela se lembrou de sua escolha — de viver, como ela mesma, por si mesma.

Não era inferior por sentir menos.

Ela soltou a pressão que se acumulava em seu peito. O dióxido de carbono saía de seu nariz em bolhas e flutuava até a superfície, onde pertenciam. Onde era o lugar dela também. Com ou sem uma equipe por trás, ela cumpriria sua última promessa para Celia. Começaria ali, ao emergir em um mundo que precisava dela tanto quanto precisara de sua irmã.

SEIS ANOS DEPOIS

— **PENSEI MESMO QUE FOSSE** te encontrar aqui.

Junto das ondas. Junto do vento. Uma voz fantasmagórica que, por um nanossegundo, fez Kasey esquecer quem ela era e onde estava.

Então se lembrou.

...

VINTE MINUTOS ANTES

— Tem certeza?

Kasey perguntou, na varanda de Leona, onde ficara depois de recusar uma xícara de chá lá dentro. Em 29 horas, a Operação Reinício entraria em vigor mundialmente. Antes disso, ela tinha umas trinta e poucas coisas para fazer; conferir se Leona não queria robôs de reconstrução instalados na ilha não era uma delas.

— Eu tenho o escudo — disse Leona. Kasey sentiu o rosto endurecer.

— Não vai durar. — A voz dela, ao longo dos anos, havia engrossado. As pessoas não davam ouvidos à razão, mas à autoridade, mesmo que aquela autoridade fosse tão superficial quanto assumir uma postura firme e vestir um casaco branco. — Talvez ele se mantenha por um século... — Dois, no máximo. — Mas depois vai se deteriorar... — E, embora a ilha não fosse desaparecer, como tantas outras durante o derretimento do ártico, ela não seria poupada pela natureza. — Nada vai ficar igual — insistiu Kasey, esforçando-se ao máximo para fazer com que Leona entendesse.

— Vamos reconstruí-la.

— Vai ser difícil. — Um *ding* de sua Intraface, notificando-a sobre uma reunião iminente. Kasey piscou para apagar a notificação. — Talvez você não tenha nenhuma ajuda.

— Não tenho medo — disse Leona, com seu próprio toque de firmeza.

Kasey abriu a boca. Depois fechou-a.

Não estavam mais falando sobre aquela ilha, mas da pessoa que a assombrava.

Actinium havia desaparecido quando Kasey retornou à GRAPHYC, seis meses depois de sua última visita. A unidade no topo das escadas havia sido completamente esvaziada, assim como o cérebro dele em relação a memórias de Kasey e da solução que desenvolveram juntos. Mas ele não se esqueceu de suas convicções. Um ano e meio depois, ele assassinaria o primeiro-ministro do Território 2, coincidentemente — ou não — o território com o menor número de delegados a favor da Operação Reinício na época de suas viagens diplomáticas. Desde então, uma série de assassinatos — de CEOs em indústrias não sustentáveis a cidadãos médios com níveis abaixo da média — havia sido ligada a ele. A União Internacional formou uma força-tarefa para pegá-lo e, quando a inteligência rastreou Actinium em uma visita à ilha, todo o local e seus residentes foram colocados sob vigilância.

Durante tudo aquilo, o cabelo castanho de Leona pareceu se tornar grisalho diante dos olhos de Kasey. Ainda assim, a mulher se recusava a ouvir os alertas de Kasey — de que Actinium não era apenas uma ameaça à sociedade, mas também a Leona. Se ela acreditava que era capaz de recuperá-lo, assim como aquela ilha, então estava profundamente enganada.

Mas de que servia a lógica? Ela terminava onde o amor começava.

— Qualquer contato com ele deve ser relatado — lembrava Kasey agora a Leona. A repetição fazia as palavras soarem triviais.

Leona respondeu tomando a mão de Kasey nas suas. Kasey enrijeceu. Vivia sempre cercada por pessoas, mas todos — incluído sua equipe de laboratório — ficavam à distância respeitável de um braço.

— Você se esforçou muito, Kasey.

Como uma serva da ciência, ela apenas fizera o que lhe fora pedido.

— Somos todos muito gratos.

A gratidão lhe era tão indiferente quanto as ameaças de morte. Fazia parte do trabalho.

— Sem você — continuou Leona —, muita gente não teria essa segunda chance.

— Muita gente já não teve. — Depois de largar a escola, Kasey levara quase um ano para encontrar uma empresa de inovação tecnológica disposta a patrociná-la, depois mais um ano para convencer a União Internacional e o CP2 a confiar nela mais uma vez. Três anos para garantir comprometimento global com a Operação Reinício e um para desenvolver um sistema que fizesse cumprir a participação universal. Tempo total decorrido: seis anos. Desastres aconteceram: dois outros megaterremotos, três tsunamis e incontáveis furacões categoria 5. Mortos: 760

milhões. Ecocidades haviam aberto suas portas para refugiados segundo critérios que ignoravam os níveis, mas a ação corretiva veio tarde demais, e com um custo. Doenças fisiológicas, outrora erradicadas pelos Cole, voltaram a crescer devido à densidade populacional, e a saúde mental declinou quando os requisitos para projeção holográfica excederam o máximo recomendado em um esforço para reduzir aglomerações.

Se ao menos as pessoas tivessem chegado a um consenso mais cedo; as circunstâncias impediram que os cálculos fossem feitos mais rápido. Mas Kasey havia aprendido a aceitar a ineficiência como um sintoma da condição humana, e a frustração em seu peito era uma brasa de sua forma antiga, que se apagava enquanto Leona apertava sua mão.

— Você fez o melhor que podia. A Celia não ia querer que você se culpasse.

Celia. Depois do fracasso da Operação Reinício, Kasey fora sozinha até a ilha. Ela e Leona haviam atravessado a barragem para observar Francis John Jr. consertar o barco. O que Kasey lembrava daqueles dias: era verão; a luz do sol brilhava em verde através das árvores; os gêmeos O'Shea gritavam lá perto enquanto brincavam na piscina de Francis. Então veio o outono. O barco estava pronto, e alguma coisa em Kasey finalmente se curou. Ela sabia disso porque ouvir o nome de Celia não mais lhe dava um nó na garganta.

— Preciso ir — disse para Leona.

Ela soltou a mão de Leona. Desceu a varanda. Um robocóptero a aguardava na praia. *Ding*. A reunião havia começado sem ela. Tudo bem. Era de baixa prioridade mesmo, pensou Kasey. Então ela parou quando estava quase chegando ao robocóptero.

Talvez tivesse algum tempo sobrando.

Um minuto, ela disse a si mesma, permitindo que seus pés escolhessem seu destino. Eles a levaram até o píer. Um lugar tranquilo para contemplar o mar e o vento, exceto pelo fato de que era difícil contemplar qualquer coisa quando sua Intraface não parava de receber notificações — mensagens de seu laboratório, do CP2, de pedidos para entrevista e mais. Ela respondeu as urgentes, marcou as outras e checou os *feeds* por força do hábito. O *talk show* de Meridian Lan estava entre os assuntos mais comentados. Kasey pegou o fim de um trecho.

— ... poluíram a Terra. Mas e o privilégio? — Meridian estava sentada em um sofá escarlate, de frente para a coapresentadora. — Aqueles que se industrializaram primeiro ditaram as regras para os outros. Os territórios que ficaram para trás foram obrigados a adotar energia limpa *e* desenvolver suas sociedades depois de séculos de exploração.

— E será que você *realmente* pode se considerar limpo se está apenas transferindo as indústrias do seu quintal para o do Território 4? — acrescentou a coapresentadora.

— Você tirou as palavras da minha boca.

— Agora aqui temos um nome que o mundo conhece: Kasey Mizuhara, Diretora de Ciências da Operação Reinício. Você diria que ela é um exemplo dos privilegiados?

— Totalmente — disse Meridian. — E acho que ela está bancando a salvadora.

Não era uma inverdade. Exemplo de uma coisa de "salvadora" que Kasey fizera: antes de sair da unidade dos Mizuhara e cortar relações com David, ela havia lhe encaminhado a requisição de realocação dos Lan, lembrando a ele que ela podia revelar a informação de que o CP2 acobertara a Corporação Yorkwell quando bem entendesse. Ela não tinha nenhuma intenção de realmente fazer aquilo — não podia, já que não mais possuía o arquivo — e também não tinha nenhuma intenção de contar a Meridian. Elas jamais reataram a amizade. Correspondência. Relacionamento. O que quer que fosse. Em retrospecto, Kasey conseguia ver como era unilateral — via mesmo naquela época, mas não se manifestou. Como em tantas áreas de sua vida, ela se sentia satisfeita em deixar os outros definirem os termos. Fora culpa sua? Fora culpa de Meridian? Kasey achava que não. Naquele refeitório, onze anos atrás, elas ainda eram crianças. Haviam crescido, se afastado e se transformado em quem eram. Kasey voltara-se para a ciência e Meridian tornara-se uma comentarista. Kasey não sentia nenhum ressentimento dela. Nem todas as moléculas estavam fadadas a se ligar.

Ela fechou o *feed* e lançou um último olhar para o cenário ao redor de si. Já se passara um minuto. Se Leona não concordasse com os robôs de reconstrução, então o píer definitivamente afundaria. Que assim fosse. Ele não tinha nenhuma utilidade e, além disso, era lá que Kasey mais se lembrava da garota tola que fora, tão insegura de si que havia tomado emprestadas as emoções de outra pessoa. Ali, ela ainda podia ouvir a voz dele, sobre as ondas.

Uma voz. Naquele momento.

Veio sobre as ondas.

Quais eram as chances? Altas o bastante para Kasey se virar, mais baixas o bastante para ela se perguntar se estava alucinando. Ou se fora hackeada.

As probabilidades de ambas as coisas, infelizmente, eram ainda menores. Como figura pública, seu biomonitor enchia sua corrente sanguínea de nanorrobôs, a qualquer momento, para enfrentar ameaças biológicas. Sua retina, seu cérebro e seu DNA, até as células da pele, eram protegidos por tecnologia anti-hack. Ela era uma fortaleza. Opaca, em todos os sentidos da palavra.

Diferente de Actinium. Parado no fim do píer com um holograma meio transparente. Kasey tentou rastrear seu corpo físico. Sem sorte. Ela rangeu os dentes e retesou as têmporas. As palavras que ele dissera ecoavam em sua cabeça.

Pensei mesmo que fosse te encontrar aqui.

— Foi um bom truque — disse ele, se aproximando. Além de terem ficado mais estáveis ao longo dos anos, os hologramas haviam melhorado visualmente. O de Actinium conseguia capturar a forma como o vento passava por seu cabelo, que agora estava mais comprido, cheio e tinha a franja bagunçada. Ele estava mais magro; seus traços, esqueléticos. Seu sobretudo preto balançava; a frente aberta exibia uma camiseta branca colada a suas costelas. A sombra das 5 da tarde escurecia sua mandíbula, mas seus olhos não haviam mudado. Quando eles atingiram Kasey, ela sentiu como se estivesse olhando um espelho e, embora ele não fosse real, ela se viu dando um passo para trás assim que ele disse: — Mas todo mundo sabe que deve fazer um *backup* de arquivos.

Que arquivos? Mas Kasey não precisava perguntar.

Por seis anos, ela operara sob a suposição de que, o que quer que Actinium fizesse, era sem as memórias dela. Deles. Agora, saber que ele não havia esquecido, que havia apenas feito ela pensar que sim...

— Que desperdício de espaço — disse Kasey secamente.

Então ela havia falhado. Actinium? Ele acabara de abrir mão de sua vantagem ao revelar aquele fato. Ela ainda estava à frente dele. A Operação Reinício ainda entraria em vigor. Aquele turbilhão dentro dela — de ressentimento, alegria, humilhação, alívio — era perverso e exagerado, como todas as emoções.

Ele era uma alma comparada às milhares que dependiam dela.

— Ainda minimizando seu valor — disse Actinium, aproximando-se.

— Sei do meu valor e não preciso de você pra me dizer.

— Então você mudou.

E ele não mudara. Mentalmente, com certeza, e fisicamente em comparação ao mais recente cartaz de procurado — não que Kasey fosse admitir que olhava para eles.

— O que veio fazer aqui? Debochar da minha falha? — perguntou ela, dando um passo para trás.

— Em parte, sim. — Ele parou a exatamente 3,128 metros, de acordo com a Intraface dela. — Mas principalmente pra te dizer que você vai falhar.

Impossível. A mente de Kasey percorreu os cenários. As cápsulas de estase eram vigiadas 24 horas por dia; o plano original de projetá-las com uma trava permanente, acionada por nível, não era mais viável. Havia a tecnologia dos barômetros, mas, mesmo que Actinium pudesse replicá-la, manipulá-la para acordá-lo antes de todos os outros, então o que ele faria? As cápsulas da população eram intransponíveis sem Kasey, a repopuladora zero, e a cápsula de Kasey só abriria depois de ser encontrada por seu robô, programado para tirá-la de estase independentemente de Act...

— Desenvolvi robôs que sabem exatamente como impedir os seus.

E daí? Kasey quase perguntou. *Você não tem o direito de escolher quem acorda e quem não. Só eu posso fazer isso. Sem Kasey, ninguém acordaria...*

Ninguém acordaria.

Bastava impedi-la, impedir seu robô de acordá-la, e todos permaneceriam em estase.

Seria um mundo sem pessoas.

— Você não pode impedir os meus robôs. — Kasey sentiu-se grata por sua voz naturalmente monótona; ela não revelava nada, nada de seu horror, desgosto ou vergonha. Ela estava errada. Ele *havia* mudado. Transformara-se de monstro para algo pior. — Se você matar eles, vão simplesmente se regenerar.

— Existem outros jeitos de desviar uma pessoa de seu curso — disse Actinium.

— Você tá falando por experiência própria? Porque acho que não desviei você do seu.

Ao ouvir aquilo, ele sorriu. Que audácia! Ele deu outro passo para a frente, e Kasey instintivamente reagiu com outro para trás. Só que não havia mais píer atrás dela.

Apenas mar.

Ela perdeu o equilíbrio. O céu girou sobre sua cabeça — e parou quando algo a pegou pela cintura.

— Outras pessoas talvez acreditem que há poder em um único passo — murmurou Actinium. A cadência de sua respiração roçava a orelha de Kasey. Ela arregalou os olhos. O calor dele era real. Assim como a firmeza de seu braço. A pressão de seu peito. — Mas a maioria das escolhas é feita antes de você chegar no precipício.

Ele a soltou e deu um passo para trás. Ao fazer isso, sua figura tremeluziu. A opacidade aumentou para 100% quando ele desligou o filtro de ilusão que havia aplicado em si mesmo. Ele o havia calibrado para ficar perfeitamente igual às configurações da Intraface de Kasey, fazendo-a pensar que ele havia aparecido holograficamente quando, na verdade, estava ali. Fisicamente.

Em carne e osso.

Ela podia matá-lo. Ele podia matá-*la*. Perto assim, ele podia ter atirado nela à queima-roupa.

Por que não o fez?

— Conheço sua mente tão bem quanto você conhece a minha — disse ele. Mas será que ela conhecia mesmo? Por que ele abriria mão do elemento surpresa? Onde estava a vantagem de neutralizar o risco? Certamente, a qualquer momento, ele revelaria sua verdadeira intenção.

Mas, enquanto o cérebro de Kasey considerava as possibilidades, tudo que Actinium fez foi dar meia-volta.

— Daqui um milênio a gente vê quem ganha — disse ele, fazendo o caminho de volta pelo píer. Alguma coisa brilhava no fim dele, ocultada pela mesma tecnologia ilusória que Actinium usara em si mesmo.

Um robocóptero.

A visão da máquina fez Kasey voltar a si. Ela puxou o REM que sempre carregava consigo e atirou.

Errou.

Seu disparo seguinte atingiu o robocóptero, amassando-o, mas o efeito de paralisia não funcionava em um objeto inanimado. Actinium entrou e o robocóptero levantou voo.

Ele desapareceu em um piscar de olhos.

∙ ∙ ∙

De volta à sua unidade, Kasey entrou debaixo do chuveiro de ar. Depois de alguns minutos, acionou o modo aquático.

Era um dos poucos luxos que ela se permitia. Celia tinha razão; o ar não chegava nem perto do efeito de limpeza da água. Ao fim de um longo dia, às vezes um banho quente era o que Kasey precisava para se sentir renovada.

Mas hoje, não importava o quão escaldante fosse a temperatura, parecia não conseguir limpar sua pele. Ela apenas ficava avermelhada, e seu sangue aquecia junto.

Se ela tivesse percebido que ele era real desde o começo, Actinium estaria preso agora. Se tivesse sido mais rápida, mais perspicaz. Se tivesse mirado melhor...

A maioria das escolhas é feita antes de você chegar no precipício.

Sem tirar a toalha, Kasey se sentou aos pés de sua cápsula de estase e esfregou o C tatuado em seu punho direito enquanto pensava.

Em sua posição, uma pessoa comum, com valores morais convencionais, notificaria a União Internacional a respeito das informações recém-descobertas — ou melhor, nunca esquecidas — de Actinium. Por ter dedicado os últimos anos de sua vida a estudá-los, Kasey era capaz de reproduzir comportamentos humanos comuns. Se lhe pedissem, ela podia revelar tudo sobre seu antigo relacionamento com Actinium, mesmo que isso significasse perder sua autoridade como Diretora de Ciências. Aquela não era a causa de sua hesitação.

Não era a razão pela qual a dúvida se instalara.

As pessoas são a doença, Mizuhara.

Assim como Kasey conhecia os comportamentos humanos típicos de trás para a frente, ela também conhecia as armadilhas típicas. As falácias lógicas. A inclinação para a certeza. Se ela apresentasse qualquer possibilidade de a solução estar comprometida, a Operação Reinício seria, no pior dos casos, cancelada; no melhor deles, interrompida. O sofrimento seria prolongado por sabe-se lá quanto tempo enquanto o mundo redobrava os esforços para capturar Actinium. Ele venceria seu próprio jogo ao simplesmente evitar ser preso.

Que estorvo. Ele deveria ter simplesmente a matado. *Por que não matou?*, pensou Kasey.

Seu próprio cérebro conjurou a resposta de Actinium. *Pelo mesmo motivo pelo qual você não me matou.*

Com a mandíbula tensa, Kasey se levantou e ficou de frente para o interior de sua cápsula de estase. Seu acabamento de alto brilho refletia uma mulher que conseguira convencer sua espécie a segui-la até as profundezas do mar.

Mas ela não era um deles. E, diferentemente da garota que fora, ela não mais desejava ser. Aquilo era quem ela era.

Ela tinha sua própria visão de mundo, assim como ele.

Ela tinha os robôs dela. Ele tinha os dele.

Seria a hipótese dele contra a dela.

Deixe o experimento correr, ela quase podia ouvi-lo dizer. *Se você confia em si mesma.*

E não contar ao resto do mundo? Aquilo seria visto como apostar vidas. Mas nem todas as apostas eram imprudentes. Seus laboratórios haviam submetido os robôs a todas as simulações imagináveis, com uma taxa de sucesso de 98,2%. A população média talvez não pudesse tolerar uma chance de falha de 1,8%, mas Kasey podia. As chances estavam a seu favor.

Nem sempre estiveram. Os primeiros robôs haviam desviado de sua programação uma em cinco vezes, escolhendo a própria liberdade. Nem todas as pessoas eram tão socialmente motivadas como Kasey havia presumido. Foi preciso um certo tipo de pessoa para conduzir a missão até o fim, uma pessoa movida pela necessidade de ser necessária; uma pessoa que buscava abrigo não em uma casa, mas em um coração. Celia era aquela pessoa, percebeu Kasey, quando executou o chip com as memórias da irmã no gerador de simulações. Ela havia aceitado seu prognóstico terminal, em parte para não ser condenada a viver em uma cápsula, e em parte para evitar que Kasey se encapsulasse também. Até aquele dia, Kasey discordava da decisão. Achava-a extrema e enraizada nas crenças de Celia. Mas sua irmã era apenas humana, tão propensa a crenças nocivas quanto qualquer pessoa. Kasey levara algum tempo para aceitar aquilo — que o medo de Celia de decepcionar as pessoas que amava podia ser considerado um defeito. Ela tinha as próprias inseguranças, assim como Kasey, e um milhão de facetas que Kasey, cega demais pelas que se destacavam, só enxergou depois da morte da irmã.

Mas antes tarde do que nunca. Assim que Kasey aceitou que ela e a irmã eram iguais, ela soube o que tinha de fazer. Com sua bênção, o laboratório deixou de programar os robôs com memórias genéricas e usou as de Celia diretamente. Era a escolha lógica: eliminava erros de replicação e até dava a Kasey um pouco de conforto irracional. Ela confiava em Celia. Elas podiam não ter sido "unha e carne", para usar a linguagem das pessoas normais, mas a ligação entre elas podia construir pontes entre qualquer distância de mentes ou milênios.

Sim, pensou agora Kasey, dirigindo-se a Actinium. Ela acreditava em si mesma. Acreditava na perfeição de seu projeto.

Como todas as coisas, porém, aquilo levara tempo, e os últimos seis anos haviam cobrado seu preço. Se Celia estivesse viva, ficaria horrorizada ao ver o estado do cabelo de Kasey, raspado para economizar na manutenção, e o lugar onde vivia, tão espartano quanto uma estação espacial, e sua vida social inexistente. Mas Celia também ficaria orgulhosa. Ao passar a entender todos os lados da irmã, Kasey percebeu que Celia nunca teve medo de seus robôs. Ela tinha medo de ter falhado com Kasey, de ter sido ausente quando Kasey, incapaz de perceber aquilo, mais precisara de uma irmã.

Celia não precisava ter se preocupado. Atualmente, Kasey precisava de pouquíssimas coisas. As coisas das quais ela *realmente* precisava — seus robôs e laboratórios — eram dispensáveis. Não Celia.

O único lugar onde Kasey ainda encontrava Celia era nos seus sonhos. A irmã lhe esperava todas as noites, não importava quanto tempo fosse preciso para que a mente de Kasey a libertasse. Juntas, elas desciam uma escada até o fundo do mar. Flutuavam por dias sob o sol, sobre águas cristalinas, e Kasey desenterrava as palavras do fundo de seu coração:

Eu te amo.

E, mesmo que você falhasse comigo,

Eu jamais te substituiria.

AGRADECIMENTOS

Embora tenha escrito a primeira versão desta história em 2017, foi no decorrer de 2020 que a revisei. Foi uma experiência estranha, para dizer o mínimo, trabalhar em um enredo voltado para um desastre global enquanto um se desenrolava na vida real. No entanto, mesmo em um isolamento não muito diferente do de Kasey, não passei um dia sem pensar nas pessoas — especificamente, naquelas que fizeram com que escrever este livro fosse possível.

À Leigh (novamente) e Krystal: vocês acreditaram nesta história antes de mim. Quando eu chegava a um ponto sem saída, suas palavras me davam coragem para pressionar ENVIAR.

A John, que assumiu a tocha da confiança e, sem medo, apresentou esta história para todas as pessoas certas; e para Folio, Kim Yau, Ruta Rimas e também Sarah McCabe: sempre apreciarei suas leituras.

A Jen Besser, que fez eu me sentir calma e confortável durante nossa primeira ligação (um feito impressionante para qualquer pessoa que me conhece): você me ajudou a transformar esta história em uma coisa na qual eu mesma fosse capaz de acreditar. Do fundo do meu coração, obrigada.

A toda a equipe da Macmillan, sem limitar ninguém, mas incluindo: Luisa Beguiristaín, Kelsey Marrujo, Mary Van Akin, Kristen Luby, Johanna Allen, Teresa Ferraiolo, Kathryn Little, Bianca Johnson, Allyson Floridia e Lisa Huang. Obrigada à Brenna Franzitta, e um agradecimento extragrande a Aurora Parlagreco, não apenas pelo design, mas também pelo título escrito à mão.

Falando em arte, minha gratidão infinita vai para Aykut Aydoğdu pela capa e para Paulina Klime e Eduardo Vargas pelas maravilhosas ilustrações de guarda. Obrigada por agraciarem esta história com seu talento.

A toda a equipe da Books Forward, especialmente Chelsea Apple, Ellen Whitfield e Marissa DeCuir. Obrigada por apresentar Kasey e Celia tão apaixonadamente.

A Marie Lu, por responder àquele e-mail muitos anos atrás e pelas palavras gentis que me deram um daqueles raros momentos de realização nesta carreira.

Mais uma vez, a todos os envolvidos em *Descendant of the Crane*. Eliza, você me ajudou a crescer imensuravelmente como escritora, e vou agradecer você a cada livro. Jamie, Lyndsi, Onyoo, Marisa e Jordy, obrigada por ficarem ao lado desta eremita no ano mais eremita até agora.

À Indigo por ter incluído meu livro como escolha da equipe do mês; Liberty Hardy pelo Livro do Mês; Daphne Tonge pelo Illumicrate; Emily May, Chaima e Vickie Cai pelas resenhas que apresentaram o livro a tantos novos leitores; e aos blogueiros, bibliotecários e livreiros que ajudaram *Descendant of the Crane* a se estabelecer. Por último, mas certamente não menos importante, obrigada a todos da Corte Imperial de Hesina, com menções especiais para vários integrantes da antiga guarda: Shealea Iral,

Mike Lasagna, Vicky Chen, Samantha Tan, Adrienne McNellis, Mingshu Dong, Bree do Polish & Paperbacks, Megan Manosh, Harker DeFilippis, Shenwei Chang, Jaime Chan, Sara Conway, Felicia Mathews, Lexie Cenni, Hannah Kamerman, Julith Perry, Sophie Schmidt, Emily Cantrell, Kristi Housman, Aradhna Kaur, Avery Khuan, Nathalie DeFelice, Justine May, Rebecca Bernard, Lauren M. Crown, Noelle Marasheski, Maria, Angela Zhang, Rita Canavarro, Heather (leitora do Young at Heart), Lili, Stella NBFD, Davianna Nieto, Auburn Nenno, Jocelyne Iyare, Maddi Clark, Danielle Cueco, Zaira Patricia SA, Lauren Chamberlin, Kris Mauna, Sarah Lefkowitz, AJ Eversole, Michelle (blog magical reads), Anthony G. e Ashley Shuttleworth.

À Michella, Jamie, Kat — primeiras amigas e fãs. Para June e Marina (fato: Umami Girls é o melhor grupo, e mal posso esperar para ver todos os nossos livros nas prateleiras algum dia). Para Hafsah, a cabra mais incrível e sábia com o melhor gosto e o olhar mais aguçado: não sei o que eu faria sem você.

À Heather: reescrevi esta história graças a você. Outras histórias minhas provavelmente existirão graças a você. Te amo muito, minha amiga. Espero que possamos fazer isso de novo, e de novo, e de novo.

Aos meus pais, sempre. Obrigada por me manterem viva todos esses anos.

E, finalmente, a William. Deixei a parte cafona só para você. Obrigada pelos altos e baixos, pela proximidade e pela distância, você é quem eu nasci para encontrar.

CONHEÇA OUTROS LIVROS DO SELO

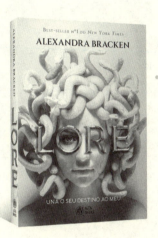

- Edição em capa dura
- Ótima aposta para os fãs de Percy Jackson e American Gods.
- Mitologia Grega no mundo contemporâneo

A CADA SETE ANOS, O AGON COMEÇA.

Como punição por uma rebelião passada, nove deuses gregos são forçados a andar pela terra como mortais, caçados pelos descendentes de linhagens antigas, todos ansiosos para matar um deus e obter seu poder divino e imortalidade. Há muito tempo, Lore Perseous fugiu daquele mundo brutal após o assassinato sádico de sua família por uma linha rival. Mas até que ponto ela conseguiria se manter longe?

Todas as imagens são meramente ilustrativas.

> "ESTES PRAZERES VIOLENTOS TÊM FINAIS VIOLENTOS."
> — SHAKESPEARE, *ROMEU E JULIETA*

Prazeres Violentos traz uma criativa releitura de *Romeu e Julieta* na Xangai de 1920, com gangues rivais e um monstro nas profundezas do Rio Huangpu

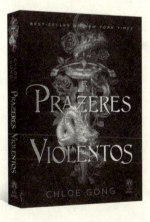

- Edição em capa dura
- Romance e traição

 /altanoveleditora   /altanovel

Este livro foi impresso nas oficinas gráficas da Editora Vozes Ltda.,
Rua Frei Luís, 100 – Petrópolis, RJ.